KB212144

나이프

KNIFE
by Salman Rushdie

나이프

살만 루슈디
SALMAN RUSHDIE

강동혁 옮김

문학동네

일러두기

1. 주석은 모두 옮긴이주다.
2. 본문 중 고딕체는 원서에서 이탤릭체 등으로 강조한 부분이다.
3. 장편 문학작품은 『 』, 단편 문학작품과 시는 「 」, 연속간행물·영화·방송·음악·미술
   작품 등은 〈 〉로 구분했다.

내 삶을 구해준 남성들과 여성들에게 이 책을 바친다.

이제 우리는 다른 사람이다.

더이상 어제의 재앙을 맞기 전의 우리가 아니다.

사뮈엘 베케트

차례

1부
죽음의 천사

1. 칼

2022년 8월 12일 열한시 십오 분 전, 화창한 금요일 아침, 나는 작가들을 위해로부터 지키는 일의 중요성에 관해 이야기하려고 뉴욕시 북부 셔터쿼의 원형극장 무대에 올라간 직후 어느 젊은 남자에게 칼로 공격당해 죽을 뻔했다.

나는 '망명의 도시 피츠버그' 프로젝트의 공동 창립자 헨리 리스와 그의 아내 다이앤 새뮤얼스와 함께 있었다. 이 프로젝트의 목적은 고국에서 안전을 위협받는 수많은 작가에게 피신처를 제공하는 데 있다. 셔터쿼에서 헨리와 나는 이 프로젝트에 관한 이야기, 즉 다른 나라의 작가들에게 미국 내에 안전한 공간을 만들어주는 작업과 이 작업의 초기에 내가 관여한 일들에 대해 말할 참이었다. 이 좌담회는 셔터쿼협회에서 연 '은

신처보다 큰 것: 미국의 집 재정의하기'라는 제목의 일주일짜리 행사의 일부로 예정되어 있었다.

결국 그 이야기는 영영 하지 못했다. 곧 알게 된 사실이지만, 그날 그 원형극장은 내게 안전한 공간이 아니었다.

지금도 그 순간이 슬로모션으로 눈앞에 보인다. 내 눈이 관객석에서 뛰쳐나와 내게 달려오는 남자를 좇는다. 그의 무모한 한 걸음 한 걸음을 본다. 나 자신이 일어서서 그를 향해 돌아서는 모습을 본다(나는 계속 그를 마주본다. 절대 등지지 않는다. 내 등에는 상처가 없다). 자기방어를 위해 왼손을 든다. 남자가 그 왼손에 칼을 박아넣는다.

그후로 수많은 공격이 가해진다. 목, 가슴, 눈, 모든 곳에. 나는 다리에 힘이 풀리는 걸 느끼고 쓰러진다.

———

8월 11일 목요일 저녁은 내가 천진난만했던 마지막 순간이었다. 헨리와 다이앤, 나는 큰 경계심 없이 협회 내부를 산책했고, 베스터플라자라고 불리는 녹색 공원지대 한구석에 있는 레스토랑 2에임스에서 기분좋게 저녁식사를 했다. 우리는 십팔 년 전 '국제 망명자 네트워크 도시'를 만드는 데 내가 했던 역할에 관해 피츠버그에서 열었던 좌담회를 회상했다. 헨리와 다이앤은 당시 좌담회 때 영감을 받아 피츠버그도 망명도시로 만들기로 했다. 기금으로 작은 집 한 채를 마련하고 중국인 시인 황샹黃翔을 후원한 것이 둘의 시작이었다. 놀랍게도 황샹은 커다란 흰색 한자로 시를 써서 새로운 집의 외벽을 뒤덮었다. 헨리와 다이앤은 프로젝트를 점점 확장했고, 결국 도시의 노스사이드에 망명자의 집들로만 이루어진 거리인 샘소니아 웨이가 생겨났다. 나는 그들의 성취를 축하하기 위해 셔터쿼에 온 것이 즐거웠다.

나는 나를 살해하려는 자가 셔터쿼협회 내부에 이미 들어와 있다는 사실을 미처 알지 못했다. 그는 잘 알려진 시아 무슬림 극단주의자들의 실명을 조합한 가명으로 위조 신분증을 만들어 협회에 들어왔다. 우리가 저녁을 먹으러 걸어갔다가 게스트하우스로 돌아오는 동안, 그도 그곳에 있었다. 그는 며칠 밤을 그곳에 머물며 주위를 돌아다니고 아무데서나 잠을 자며 습격을 실행할 현장을 확인하고 계획을 세웠다. 감시 카메라나 보안요원의 의심도 사지 않았다. 우리는 언제든 그와 우연히 마주칠 수 있었다.

이 글에 그의 이름을 쓰고 싶지는 않다. 나의 공격자Assailant, 나를 살해하려 한 자would-be Assassin, 나에 대해 멋대로 추정Assumption한 우둔한Asinine 자, 나와 치명적인 밀회Assignation를 한 자⋯⋯ 나도 모르게 그를, 아마도 용서하는 의미에서 머저리Ass라고 부르게 된 것 같다. 하지만 이 글의 목적에 맞게, 그에게 좀더 점잖은 명칭을 붙여 'A'라고 부르겠다. 내가 집에서 혼자 있을 때 그를 뭐라고 부르는지는 내 소관이다.

이 A는 자신이 죽이기로 한 남자에 관해 굳이 알아보지 않았다. 그가 스스로 인정한 바에 따르면, 그는 내 글을 두 쪽도 읽지 않았으며 나에 관한 유튜브 영상을 두 편 보았을 따름이었다. 그에게 필요한 건 그게 전부였다. 이 사실을 토대로 우리는 습격의 동기가 무엇인지는 몰라도 『악마의 시』 때문은 아니라고 추론할 수 있다.

나는 이 책에서 그의 동기를 이해해보려 한다.

———

8월 12일 아침, 우리는 협회에서 마련해준 햇볕이 잘 드는 웅장한 아테나이움호텔의 실외 테라스에서 행사 후원자들과 이른 아침을 먹었다. 나는 아침을 많이 먹는 걸 좋아하지 않아서 커피와 크루아상 하나만 먹었다. 우리는 그 자리에서 아이티 출신 시인 소니 톤아임과 협회의 문학예술 부문 이사 마이클 I. 러델을 만났다. 러델이 소개사를 맡을 예정이었다. 신간을 아마존에서 주문하는 것의 단점과 장점에 관한 책벌레들의 시시콜콜한 이야기가 오갔다(나는 때로 새 책을 아마존에서 주문한다고 고백했다). 그런 다음 우리는 호텔 로비를 지나 작은 광장을 가로질러 원형극장의 무대 뒤 공간으로 걸어갔다. 거기서 헨리가 나를 구십대인 자기 어머니에게 소개했다. 멋진 일이었다.

무대에 오르기 직전, 나는 수표가 담긴 연설료 봉투를 받아 재킷 주머니에 넣었다. 쇼가 시작되었다. 소니, 헨리, 나는 무대로 걸어나갔다.

원형극장의 좌석수는 사천 개가 넘는다. 만석은 아니었지만 사람이 많았다. 소니가 우리를 짧게 소개했다. 그는 무대 왼쪽의 단상에 있었고, 나는 무대 오른쪽에 앉아 있었다. 청중이 후하게 갈채를 보냈다. 그 박수에 인사하려고 손을 들었던 게 기억난다. 그때, 오른쪽 시야 한구석에서—그게 내 오른쪽 눈이 마지막으로 본 것이었다—검은 옷을 입은 남자가 청중석 오른쪽 바로 아래에서 나를 향해 달려오는 모습이 보였다. 검은 옷, 검은 마스크. 그는 자세를 낮추고 돌진해오고 있었다. 흡사 스쿼트미사일* 같았다. 나는 일어선 채 그가 다가오는 모습을 지켜보았다. 도망치려 하지 않았다. 나는 얼어붙은 채였다.

아야톨라 루홀라 호메이니가 나를 비롯해 『악마의 시』 출간에 관련된 모든 사람을 대상으로 악명 높은 살해 명령을 내린 지 삼십삼 년이 흘렀다. 고백하건대, 그 세월 동안 나는 공개

---

* 보디빌딩에서 쭈그려앉았다가 일어나는 동작인 '스쿼트'와 '스커드미사일'의 발음 유사성에 착안한 농담.

포럼 같은 곳에서 암살자가 벌떡 일어나 바로 이런 방식으로 내게 다가오는 상상을 가끔 했다. 그래서 그 살인적인 형체가 나를 향해 빠르게 달려오는 것을 보고 처음으로 든 생각은 그래, 너로구나, 이제 왔네, 였다. 헨리 제임스는 "결국 그것이 왔다, 그 특별한 것이"라는 유언을 남겼다고 전해진다. 죽음은 내게도 다가오고 있었지만, 특별한 것으로 느껴지지는 않았다. 오히려 시대착오적인 것으로 느껴졌다.

두번째로는 이런 생각이 들었다. 왜 지금이야? 진짜 이러기야? 너무 오래되었잖아. 그렇게 오랜 세월이 흘렀는데 왜 하필 지금이야? 당연히 그동안 세상은 전진했고, 그 주제는 마무리되었다. 그런데 지금 여기에, 시간 여행자 같은 사람이 빠르게 다가오고 있었다. 과거에서 온 살인 유령이.

그날 아침 원형극장에는 눈에 띄는 보안요원이 없었고 — 왜 없었을까? 모르겠다 — 그는 아무런 거리낌 없이 곧장 내게 달려올 수 있었다. 나는 그냥 그 자리에 서서 그를 바라보고 있었다. 헤드라이트 불빛 속의 토끼처럼, 바보같이 자리에 붙박여 있었다.

그리고 그가 내게 이르렀다.

나는 칼을 보지 못했다. 최소한 본 기억은 없다. 그 칼이 길었는지 짧았는지, 널찍한 보위칼*이었는지 뾰족구두처럼 가늘었는지, 빵칼처럼 톱니가 있었는지 초승달처럼 굽어 있었는지, 길거리 어린애들이 가지고 다니는 주머니칼이었는지, 아니면 주방에서 훔쳐온 평범한 고기 써는 칼이었는지조차 알지 못한다. 관심도 없다. 칼은, 그 보이지 않는 무기는 꽤 쓸모가 있었고 제 역할을 다 해냈다.

———

셔터쿼로 가기 이틀 전, 나는 창을 든 남자에게 공격당하는 꿈을 꾸었다. 그 남자는 로마식 원형극장의 검투사였다. 관중이 피를 부르짖었다. 나는 검투사가 아래로 내리찍는 칼을 피하느라 땅을 굴러다니며 비명을 질렀다. 내가 그런 꿈을 꾼 건 그때가 처음이 아니었다. 전에도 두 번 꾼 적이 있었다. 그때는 꿈속의 내가 미친듯이 굴러다니는 동안 자고 있던 나도 실제로 비명을 지르며 몸을―내 몸을―침대 밖으로 내던졌고, 침실 바닥에 아프게 부딪히며 잠에서 깼다.

이번에는 침대에서 떨어지지 않았다. 아내 일라이자―소설가이자 시인, 사진작가인 레이철 일라이자 그리피스―가 때맞게 나를 깨웠다. 나는 꿈의 생생함과 폭력성에 동요한 나머지 침대에 일어나 앉았다. 꿈이 불길한 전조처럼 느껴졌다(나는 전조를 믿지 않지만 말이다). 어쨌거나 내가 연설하기로

---

* 칼날이 30센티미터에 육박하는 대형 외날 단도.

약속한 셔터쿼의 행사장도 원형극장이었다.

"가기 싫어." 나는 일라이자에게 말했다. 하지만 사람들이 내게 의지하고 있었고―헨리 리스가 내게 의지하고 있었고, 그날의 행사는 꽤 오래 홍보되며 티켓도 판매되었다―나는 모습을 드러내는 대가로 후한 돈을 받기로 했다. 공교롭게도 그때 우리집에는 큰돈 나갈 일이 있었다. 집안의 에어컨이 전부 낡아 망가지기 직전이라 교체해야 했기에 그 돈이 무척 유용할 터였다. "가야겠지." 내가 말했다.

셔터쿼는 호숫가의 마을로, 셔터쿼호의 이름을 따서 명명되었다. '셔터쿼'는 이리족이 쓰는 이리어 단어지만, 민족도 언어도 멸종했기에 이 단어의 의미는 불분명하다. '모카신 두 켤레'라는 뜻일 수도 있고, '가운데가 묶인 자루'라는 뜻일 수도 있고, 어쩌면 완전히 다른 뜻일 수도 있다. 호수의 생김새를 묘사하는 단어일 수도 있고, 아닐 수도 있다. 세상에는 과거 속에 사라진 것들이 있다. 우리 모두는 과거가 되고, 우리 중 대부분은 잊힐 것이다.

나는 1974년, 첫번째 장편소설을 마무리했을 때쯤 '셔터쿼'라는 단어를 처음 알게 되었다. 그해에 광신적 돌풍을 불러일으킨 로버트 M. 피어시그의 『선과 모터사이클 관리술』에서 보았다. 지금은 그 책이 유명했다는 것 말고는 기억나는 게 없지만―나는 모터사이클에도, 선불교에도 별다른 관심이 없다―그 낯선 단어를 좋아했던 것과 관용적이고 개방적이며 자유로운 분위기 속에서 여러 이념이 토론되는 '셔터퀴들'이라는 만남의 개념이 마음에 들었던 것이 기억난다. '셔터퀴운동'은 19세기 후반과 20세기 초반에 호숫가 마을에서 미국 전역으로 번졌다. 시어도어 루스벨트는 이를 두고 "미국에서 가장 미국적인 것"이라고 했다.

나는 셔터퀴에서 연설한 적이 한 번 있었다. 거의 정확히 십이 년 전, 2010년 8월이었다. 셔터퀴협회의 아늑하고도 속세와 동떨어진 듯한 분위기, 원형극장을 둘러싸고 양옆에 가로수가 늘어선 단정하고 깨끗한 거리가 잘 기억난다(하지만 놀랍게도 이번에는 다른 원형극장이었다. 옛 원형극장은 철거되고 2017년에 재건축되었다). 협회의 울타리 안에서는 자유주의적 사고를 하는 은발의 사람들이 소박한 공동체를 이루고, 문을 잠글 필요가 없다고 느껴지는 편안한 나무집에서 살았다. 그곳에서 시간을 보내는 것은 과거로, 아마도 꿈속에만 존재했을지 모르는 좀더 이른 시절의 천진한 세상으로 한 발짝 뒷걸음치는 일처럼 느껴졌다.

천진했던 마지막 밤, 8월 11일 밤에 나는 게스트하우스 앞에 혼자 서서 호수를 밝게 비추는 보름달을 바라보았다. 어둠에 감싸인 채, 오직 달과 나 단둘뿐이었다. 내 소설 『승리 도시 *Victory City*』에서 남인도 비자야나가라제국의 초대 왕들은 달의 신의 후손임을 주장하며 자신들을 '달의 혈통'과 관련짓는다. 여기에는 크리슈나와 아킬레우스처럼 막강한 전사인 『마하바라타』*의 아르주나도 포함된다. 나는 지구인에 불과한 존재들이 해괴하게도 그리스의 태양신 아폴론의 이름을 딴 우주선을 타고 달로 올라가는 이야기보다 달의 신들이 위성에서 지구로 내려왔다는 발상이 더 마음에 들었다. 그렇게 나는 달빛 속에 한동안 서서 달과 관련된 생각들이 내달리게 놔두었다. 닐 암스트롱이 달에 첫발을 내디디고는 "행운을 빕니다, 고스키 아저씨"라고 말했다는 미심쩍은 이야기를 떠올렸다. 어린 시절 오하이오에 살았던 그는 당시 이웃인 고스키 씨가 구강성교를 받고 싶다며 아내와 말다툼하는 소리를 들었고, 고스키 부인은 "옆집 애가 달을 걷는 날 해줄게"라고 대답했다고 한다. 슬프게도 이 이야기는 사실이 아니었지만, 내 친구 알레그라 휴스턴**은 이 이야기에 관한 웃긴 영화를 찍었다.

또 나는 〈코스미코믹스〉에 실린 이탈로 칼비노의 단편소설 「달과의 거리」를 생각했다. 달이 지금보다 지구에 훨씬 더 가까웠고, 연인들이 낭만적인 밀회를 위해 달로 뛰어오를 수 있었던 시대에 관한 이야기다.

---

* 인도의 3대 고대 서사시 중 하나.

** 영국계 미국인 작가. 단편영화 〈행운을 빕니다, 고스키 씨〉의 시나리오를 썼다.

또한 달을 먹은 새끼 염소에 관한 텍스 에이버리의 만화 〈빌리 보이〉도 생각했다.

마지막으로는 조르주 멜리에스의 십사 분짜리 무성영화 〈달세계 여행〉을 떠올렸다. 1902년에 제작된 이 영화는 영화사 초기의 고전 작품이다. 엄청나게 긴 대포에서 발사된 총알 모양의 캡슐을 타고 달에 최초로 착륙하는 남자들이 등장하는데, 그들은 중절모를 쓰고 우산을 들고 있다. 아래 사진이 바로 영화에서 가장 유명한 순간, 즉 달 착륙 장면이다.

나는 우주선이 달의 오른쪽 눈에 부상을 입히는 이 장면을 떠올리면서도 다음날 아침 내 오른쪽 눈에 어떤 일이 닥쳐올지는 전혀 알지 못했다.

나는 그 행복한 사람을, 나 자신을 돌아본다. 8월의 목요일 밤, 그는 여름의 달빛에 젖은 채 서 있다. 그가 행복한 건 풍경이 아름답기 때문이고, 사랑에 빠져 있기 때문이며, 소설을 완성했기 때문이고—그는 방금 전에야 최종 작업인 교정 원고 검토를 마쳤다—그 소설을 처음으로 읽은 독자들이 흥분했기 때문이다. 그의 인생은 훌륭하게 느껴진다. 하지만 우리는 그가 모르는 것을 안다. 호숫가의 그 행복한 남자가 치명적인 위험에 처해 있음을 안다. 그 남자는 아무것도 모른다. 그 남자에 대한 우리의 두려움은 더욱 커진다.

이것은 복선이라고 알려진 문학적 장치다. 『백 년의 고독』의 유명한 첫 장면은 복선을 잘 사용한 사례로 꼽힌다. "여러 해가 지나 처형대를 마주보았을 때……" 독자는 등장인물이 알 수 없는 것을 알 때 그들에게 경고하고 싶어진다. 도망쳐, 안네 프랑크. 놈들이 내일 네가 숨어 있는 곳을 발견할 거야. 아무 걱정 없던 그 마지막 밤을 떠올리면, 내 기억에 미래의 그림자가 드리운다. 하지만 나 자신에게 경고할 수는 없다. 그러기에는 너무 늦었다. 나는 이야기를 전할 수 있을 뿐이다.

여기, 한 남자가 어둠 속에 홀로 있다. 아주 가까이 다가온 위험을 모르는 채로.

한 남자가 침대로 향한다. 아침이면 그의 인생이 바뀔 것이다. 그 불쌍하고 천진한 자는 아무것도 모른 채 잠들어 있다.

그가 자는 동안 미래가 그에게 달려든다.

이상하게도 실제로 돌아오는 것은 과거다. 내 과거가 내게 돌진해온다. 꿈속의 검투사가 아니라, 마스크를 쓰고 칼을 든 남자가 삼십 년 전에 받은 살해 명령을 실행하러 다가온다. 죽음 속에서 우리는 모두 과거시제에 영원히 갇혀버린 어제의 인간이다. 그것이 바로 칼이 나를 집어넣고 싶어한 감옥이다.

미래가 아니다. 시간을 거슬러 나를 끌고 가려는 과거의 망령이다.

———

나는 왜 맞서 싸우지 않았을까? 왜 도망치지 않았을까? 나는 그냥 피냐타*처럼 서서 그가 나를 때려부수게 놔두었다. 내가 너무 약해서 자신을 지키려는 최소한의 노력조차 못한 걸까? 운명론에 너무 젖어서 살인자에게 그대로 굴복할 준비가 되어 있었던 걸까?

나는 왜 행동하지 않았을까? 다른 사람들이, 가족과 친구들이 나 대신 이 질문에 대답하려고 노력했다. "당신은 그때 일흔다섯 살이었어. 놈은 스물네 살이었고. 당신이 그놈과 맞서 싸울 수는 없었어." "그놈이 당신에게 다다르기 전부터 당신은 아마 쇼크 상태였을 거야." "당신이 뭘 어쩔 수 있었겠어? 그자가 당신보다 빠르고 당신은 무기도 없었는데." 그리고 반

---

* 과자나 장난감 등을 넣은 종이 인형. 축제나 어린아이의 생일에 이 인형을 마구 때려 안에 들어 있는 과자를 꺼내 먹는다.

복적으로 나온 말은, "빌어먹을 보안요원은 대체 어디 있었던 거야?"였다.

딱히 무엇이라고 생각해야 할지, 어떻게 대답해야 할지 모르겠다. 어떤 날에는 맞서 싸우지 못한 것이 창피하다. 심지어 수치스럽다. 또 어떤 날에는 바보같이 굴지 말라고, 대체 뭘 할 수 있었으리라 상상하는 거냐고 나 자신을 타이른다.

내가 나의 부작위를 최대한 이해한 대로 표현해보면 이렇다. 폭력의 표적이 된 사람은 현실을 이해하는 데 위기를 겪는다. 학교에 가는 아이들, 시나고그* 안의 회중, 마트의 손님들, 원형극장 무대에 선 남자는 모두, 말하자면 세상에 대한 안정적인 그림 속에 살고 있다. 학교는 교육 공간이다. 시나고그는 예배의 장소다. 마트는 물건을 사는 곳이다. 무대는 공연하는 공간이다. 이것이 그들이 자신을 보는 틀이다.

그런데 폭력이 그 그림을 부숴버린다. 폭력의 표적이 된 사람들은 갑자기 규칙을 알지 못하게 된다. 뭐라고 말해야 할지, 어떻게 행동해야 할지, 무슨 선택을 해야 할지 말이다. 그들은 더이상 사물의 형태를 알지 못하게 된다. 현실이 녹아내려 이해할 수 없는 것이 된다. 이성적 사고 대신 두려움, 공황, 마비가 자리한다. '똑바로 생각하기'가 불가능해진다. 폭력이 존재

---

* 유대교 회당.

하는 곳에서는 '똑바로 생각하기'가 무엇인지 더이상 알 수 없기 때문이다. 그들은—우리는—안정성을 잃고, 심지어 제정신도 잃는다. 우리의 정신은 더이상 어떻게 작동해야 할지 알지 못한다.

그토록 아름다운 날 아침, 그토록 매력적인 공간에서 폭력이 내게 달려오자 내 현실은 산산조각났다. 내게 있었던 그 짧은 시간 동안 뭘 해야 할지 알지 못했던 건 어쩌면 당연한 일이었을 것이다.

———

피습 후 처음 며칠 동안 나는 몸의 여러 부분을 금속 봉합기로 고정해놓은 상태에서 병원 침대에 누워, 이야기를 들으려는 사람만 있으면 "난 한 번도 의식을 잃지 않았어. 모든 게 기억나"라고 자랑스럽게 말하곤 했다. 주변에 대한 흐릿한 의식이 있었고 완전히 정신을 잃지 않은 것도 사실이지만, 관찰력이 정상적으로 작동했다든가 하는 이야기는 사실이 아니다. 내가 자신 있게 주장할 수 있었던 건 아마 당시 내게 투여되던 강력한 진통제 덕분이었을 것이다. 펜타닐, 모르핀, 그 무엇이든. 그러므로 다음의 내용은 다른 증언과 뉴스 보도를 붙인 내 기억의 조각들로 만든 콜라주다.

나는 그자가 내 오른쪽 턱을 아주 세게 치는 걸 느꼈다. 내 턱을 부러뜨렸어. 이렇게 생각했던 게 기억난다. 이가 다 빠지겠군.

처음에 나는 제대로 주먹질할 줄 아는 누군가에게 맞았을 뿐이라고 생각했다(나중에 알게 되었지만, 그자는 권투를 배웠다고 한다). 지금 나는 그 주먹에 칼이 쥐어져 있었다는 걸 안다. 내 목에서 피가 쏟아져나오기 시작했다. 나는 쓰러지면서 셔츠에 튀는 액체를 자각했다.

그후로는 많은 일이 아주 빠르게 일어났다. 순서는 확실하지 않다. 내 왼손에는 깊은 자상이 생겼고, 그 상처로 인대 전부와 대부분의 신경이 끊겼다. 목에는 깊은 자상이 두 개 이상 있었으며—하나는 목을 가로질렀고, 목 오른쪽에도 하나 더 있었다—얼굴 위쪽 오른편에도 자상이 생겼다. 지금 내 가슴을 보면 가운데를 따라 내려가는 흉터가 보인다. 하복부 오른쪽에 자상 두 개가 더 있고, 오른 허벅지 위쪽에도 베인 상처가 있다. 입 왼쪽에도 상처가 있으며, 헤어라인을 따라서도 상처가 있다.

그리고 눈에 칼이 박혔다. 그것이 가장 잔인한 공격이었고, 깊은 상처를 남겼다. 칼날이 시신경이 있는 곳까지 들어갔다. 그 말은 시각을 되살릴 가능성이 없다는 뜻이었다. 시각은 끝이었다.

그자는 그냥 미친듯이 찔러댔다. 찌르고 베고, 마치 칼 자체에 생명이 있는 것처럼 내게 휘둘러댔다. 그자가 나를 공격했을 때 나는 그에게서 멀리, 뒤로 넘어졌다. 쓰러지면서 왼쪽 어깨를 땅에 세게 부딪혔다.

———

몇몇 관객은—세상을 바라보는 자신만의 시선을 버리고 실제로 벌어지는 일을 보기가 꺼려진 나머지—피습 사건이 우리가 모여서 논의하려던 작가의 안전 문제를 강조하기 위한 일종의 행위예술일지도 모른다고 생각했다.

의자에 앉아 있던 헨리 리스조차 잠시 후에야 현실에 적응할 수 있었다. 그때 그는 나를 '완전히 찍어누르고' 있는 남자와 내가 흘린 피를 보았다.

다음 순간 일어난 일은 그야말로 영웅적이었다.

헨리는 자신이 '본능적으로' 행동했다고 하지만, 나는 잘 모르겠다. 헨리는 나처럼 칠십대였고, A는 스물네 살이었다. 게다가 A는 무장한 채 살인을 저지를 작정이었다. 그런데도 헨리는 무대를 가로질러 달려가 그자를 붙들었다. 나는 그가 자기 본성의 최선에 따라 행동한 것이라고 말하고 싶다. 달리 말하면, 그는 자신의 성품에 따른 것이다. 헨리의 용기는 헨리라는 사람의 결과다.

그런 뒤 청중도 각자 최선의 본성에 따라 행동했다. 정확히 몇 명이 도와주러 달려나왔는지는 모르지만, 쓰러져 있던 바닥에서 나는 나를 살해하려는 자를 잡으려고 몸부림치는 수많은 몸뚱이들을 느꼈다. 그자는 젊고, 힘세고, 피 묻은 칼을 들고 있었으며, 쉽게 제압할 수 없었는데도 말이다. 헨리와 청중이 아니었다면 나는 이 자리에 앉아 이 글을 적을 수 없었을 것이다.

나는 그들의 얼굴을 보지 못했고 그들의 이름도 모른다. 하지만 그들은 내 목숨을 구한 첫번째 사람들이다. 셔터퀴의 그날 아침에, 나는 그렇게 인간 본성의 최악과 최선을 거의 동시에 경험했다. 이것이 인류라는 종種이다. 우리 안에는 거의 아무 이유도 없이 낯선 노인을 살해할 가능성—셰익스피어의 작중인물 이아고가 가진 이 능력을 콜리지는 "동기 없는 악의"라고 불렀다*—과 그 질병에 대한 해독제인 용기와 이타심, 땅바닥에 쓰러진 낯선 노인을 돕기 위해 기꺼이 위험을 감수하려는 의지가 모두 있다.

결국, 경찰관이 나타나 나를 살해하려는 자를 체포한 것 같다. 그 부분에 대해서는 전혀 모른다. 나에겐 요리해야 할 다른 생선이 있었다.

---

* 셰익스피어의 『오셀로』에 등장하는 이아고는 자신의 뜻을 이루기 위해 계략을 꾸며 오셀로를 함정에 빠뜨린다. 이를 두고 영국의 시인이자 평론가 새뮤얼 테일러 콜리지가 한 말을 인용한 것.

총은 멀리서 쏠 수 있다. 총알은 먼길을 날아 살인자와 피살자 사이에 치명적인 다리를 놓을 수 있다.

이렇듯 총격은 멀리서 이루어지지만 칼로 하는 공격에는 일종의 친밀함이 있다. 칼은 가까이서 쓰는 무기이고, 칼로 저지르는 범죄는 친밀한 접촉이 수반된다. 내가 여기 있어, 이 개자식아. 칼은 피해자에게 이렇게 속삭인다. 나는 너를 기다려왔어. 내가 보여? 네 얼굴 바로 앞에 있어. 암살자다운 내 뾰족한 끝을 네 목에 박아주마. 느껴져? 더 박아주마, 좀더. 내가 여기 있어. 네 바로 앞에.

뉴스 보도에 따르면 A가 나와 보낸 시간은 27초였다. 혹시 당신이 종교를 갖고 있다면, 27초 안에는 주기도문을 외울 수 있다. 종교를 빼고 말하자면, 셰익스피어의 소네트 한 편을 큰 소리로 낭송할 수 있는 시간이다. 여름날에 관한 소네트나 내가 가장 좋아하는 소네트 130번 「내 연인의 눈은 태양과 전혀 다르다네」를 낭송할 수 있을 것이다. 전장 8행과 후장 6행으로 이루어진 단장 5보격의 14행 소네트를. 우리가 유일하게 함께 보낸 친밀했던 시간은 그 정도였다. 낯선 사람 간의 친밀함. 나는 독서라는 행위를 할 때 일어나는 어떤 즐거움을, 작가와 독자의 내면적 삶이 이루어내는 행복한 결합을 표현하기 위해 가끔 이 문구를 사용했었다.

이 결합에는 행복한 점이 아무것도 없었다. A에게는 있었는지도 모르겠다. 어쨌든 그는 표적에 닿았으니까. 그의 칼날이 표적의 몸에 들어가고 또 들어갔으니까. 그에게는 자신의 노력이 성공했다고, 아주 오랜 위협을 실행한 사람으로서 자신이 역사의 무대에 서게 되었다고 생각할 이유가 얼마든지 있었다.

그렇다. 단 한 번 있었던 우리의 친밀한 순간에 그는 행복했을지도 모른다.

하지만 그런 다음 그는 내게서 끌려나가 꼼짝 못하게 붙잡혔다. 27초의 명성은 끝났다. 그는 다시 아무것도 아닌 사람이 되었다.

———

바닥에 쓰러져 내 몸에서 바깥쪽으로 퍼져가던 피 웅덩이를 바라보던 모습이 기억난다. 피가 많네, 나는 생각했다. 그런 다음에는 내가 죽는구나, 하고 생각했다. 극적이라거나 특별히 끔찍하게 느껴지지는 않았다. 개연성 있는 일로 느껴졌다. 그렇다, 일어날 가능성이 매우 높은 일이었다. 그 일은 건조한 사실처럼 느껴졌다.

아무나 임사체험을 묘사할 수 있는 건 아니다. 일단 일어나지 않은 일에 대해 말하겠다. 내 경험에 초자연적인 부분은 전혀 없었다. '빛의 터널'은 없었다. 내 몸에서 벗어나 떠오르는 느낌도 없었다. 사실, 내 몸과 그렇게까지 강하게 연결된 느낌을 받아본 적이 거의 없었다. 내 몸은 죽어가고 있었고, 나를 함께 데려가려 했다. 그건 강렬한 신체적 감각이었다. 나중에 위험에서 벗어났을 때 나는 내가 누구를, 혹은 무엇을 '나'라고 생각했는지 자문했다. 몸속에 들어 있지만 몸은 아닌 자아, 철학자 길버트 라일이 한때 "기계 속 유령"*이라고 부른 존재. 나는 영혼의 불멸성을 믿어본 적이 한 번도 없었고, 셔터퀴에서의 경험은 이런 내 생각에 확신을 심어주는 듯했다. 무엇인지 혹은 누구인지 모르겠는 '나'는 분명 '나'를 담고 있던 신체와 함께 죽음의 경계선에 있었다. 때로 나는 육체적이지 않은 목적어로서의 '나' 혹은 주어로서의 '나'라는 감각은 우리에게 필멸하는 영혼이 있다는 뜻일 거라고 농담삼아 말해왔다. 우리에게 신체적 존재와 함께 끝나는 실체 혹은 의식이 있을지도 모른다고 말이다. 지금은 이것이 완전히 농담은 아닐 수도 있겠다고 생각한다.

　바닥에 누워 있을 때는 이런 생각을 전혀 하지 않았다. 내 머리를 가득 채운 생각, 그리고 견디기 힘들었던 건 내가 사랑하는 사람들과 멀리 떨어진 곳에서 모르는 사람들에 둘러싸여

---

* 영혼과 육체가 구별된다는 데카르트식 이원론적 사고를 비판하는 말.

죽게 되리라는 것이었다. 내가 가장 강렬하게 느낀 것은 근원적인 고독이었다. 다시는 일라이자를 보지 못할 거라는. 다시는 내 아들들을, 여동생이나 여동생의 딸들을 보지 못할 거라는 외로움.

그들에게 전해주세요. 나는 이렇게 말하려 했다. 누가 내 말을 들었거나 이해했는지는 모르겠다. 내 목소리는 내게서 멀게, 잔뜩 쉬고, 뚝뚝 끊기고, 흐릿하고, 부정확하게 들렸다.

거울로 보듯 희미하게 보였다. 불분명하게 들렸다. 소음이 많았다. 나를 둘러싸고 내 위로 몸을 숙인 채 고함을 질러대는 사람들 무리가 있는 것을 알 수 있었다. 소란스러운 인간 돔이 나라는 취약한 형체를 에워싸고 있었다. 식품업계의 용어를 빌리자면, 클로시* 같았다. 마치 내가 큰 접시에 담긴 메인 요리―설익은 채 피투성이로 나온―이고, 그들은 나를 따뜻하게 유지해주는 것 같았다. 말하자면, 그들이 내게 뚜껑을 덮고 있었던 것이다.

이제 고통에 관해 이야기해야겠다. 이 화제에 대해서는 내 기억이 주변 사람들의 기억과 상당히 다르기 때문이다. 그날 청중 속에 있던 최소 두 명의 의사를 포함한 내 주변인들은 내가 고통으로 울부짖었다고, 내 손이 어떻게 된 거야? 너무 아파!라

---

* 종 모양의 덮개.

고 계속 물었다고 기자들에게 말했다. 그런데 이상하게도 내게는 고통의 기억이 없다. 충격과 당황스러움이 고통에 대한 인식마저 압도한 걸까? 잘 모르겠다. '외부적' 자아, 세상에 속해서 울부짖는 등등의 일을 했던 자아와 왠지 모르지만 나 자신의 감각에서 유리되어 있었고 지금 생각하면 거의 환각 상태에 빠져 있던, 나 자신에 국한된 '내부적' 자아의 연결이 끊겼던 것만 같다.

레드 럼Red Rum은 살인murder을 거꾸로 쓴 단어다. 레드 럼은 말의 이름이다. 그랜드 내셔널 스티플체이스 경마에서 세 번(1973년, 1974년, 1977년) 우승했다. 이런 것이 당시 내 두 귀 사이에 맴돌던 아무 의미 없는 말들이었다. 하지만 내 머리 위에서 누군가 한 말 중 확실히 들린 말도 있었다.

"옷을 자르세요. 그래야 어디에 상처가 생겼는지 볼 수 있습니다." 누군가 소리쳤다.

아, 나는 생각했다. 내 멋진 랄프로렌 정장.

그런 다음 정말로 가위가—어쩌면 칼이었는지도 모르겠다, 정말 생각이 나지 않는다—나왔고 내 옷이 잘려나갔다. 사람들이 긴급하게 처리해주어야 할 문제들이 있었다. 해야 할 말도 있었다.

"주머니 속에 신용카드가 있습니다." 나는 누구든 관심을 기울이고 있을 만한 사람에게 웅얼거렸다. "집 열쇠는 다른 주머니에 있고요."

어떤 남자가 그게 무슨 상관이냐고 말하는 소리가 들렸다.

그다음으로 두번째 목소리가 말했다. 당연히 중요하죠, 이 분이 누구신지 몰라요?

내가 죽어가는 중일 수도 있는데, 정말이지 그게 다 무슨 상 관이었을까. 나는 집 열쇠나 신용카드가 필요해질 거라고 생 각하지는 않았다.

하지만 지금에 와서 그때를 돌아보면, 평범하고 일상적인 물 건들을 고집스럽게 언급하던 나의 갈라진 목소리를 들어보면 나의 일부―내면 깊은 곳에서 싸우던 어떤 부분―에게는 죽 을 계획이 없었고, 오히려 미래에 열쇠와 카드를 다시 사용할 의지가 가득했던 것 같다. 나의 그 부분은 자신이 가진 의지력 을 전부 동원해 미래의 존재를 고집스럽게 주장했다.

나의 일부는 속삭였다. 살아, 살아.

———

기록을 위해 남기는 말인데, 나는 모든 것을 돌려받았다― 신용카드, 열쇠, 손목시계, 현금 등 모든 것을. 아무것도 도둑 맞지 않았다. 안주머니에 있던 수표는 돌려받지 못했다. 수표 는 피로 얼룩져 경찰이 증거로 보관했다. 같은 이유로 경찰은 내 신발도 가져갔다(사람들은 내 소지품 중 없어진 게 하나도 없다는 사실이 뭐가 그렇게 놀랍냐고 물었다. 무슨 이유든 그 끔찍한 순간에 물건을 훔치고 싶어하겠느냐고. 아마 나는 그런 질문을 던지는 사람들보다 인간 본성에 관한 환상에서 더 멀리 벗어나 있는 것 같다. 나는 이런 의심이 틀린 것으로 드러날 때면 기쁘다).

———

누군가의 엄지손가락이 내 목을 눌렀다. 큰 엄지손가락 같았다. 그 손가락이 가장 큰 상처를 눌러, 내 생명이 담긴 피가 빠져나가지 못하게 막았다. 엄지손가락의 주인은 듣는 사람만 있으면 계속해서 자기소개를 했다. 그는 자신이 은퇴한 소방관이라고 했다. 이름은 마크 페레즈였다. 어쩌면 맷 페레즈였는지도 모르겠다. 그는 내 목숨을 구해준 수많은 사람 중 하나다. 하지만 그 순간 나는 그를 은퇴한 소방관으로 생각하지 않았다. 엄지손가락이라고 생각했다.

누군가—아마 의사였을 것이다—가 다리를 들어주세요, 피가 심장으로 흘러내리게 해야 합니다, 라고 말했다. 그러자 팔들이 내 다리를 들어올렸다. 나는 옷이 잘려나간 채 다리를 허공에 허우적거리며 바닥에 누워 있었다. 리어왕처럼 "완벽한 정신이 아니었지만"…… 수치심을 느낄 만큼의 의식은 있었다.

그후 몇 달 동안 그런 신체적 굴욕이 여러 차례 더 이어졌다. 심각한 부상이 있으면 신체의 사생활은 더이상 존재하지 않는다. 그럴 때 사람은 자신의 신체적 자아, 즉 자신이 항해하는 배에 대한 자주성을 잃는다. 사람들은 마땅한 대안이 없기에 이런 상황을 받아들인다. 배를 가라앉히지 않으려고 선장으로서의 권리를 포기하는 것이다. 남들이 자기 몸에 행하려는 일을—찔러보고 액체를 빼고 주사를 놓고 꿰매고 벗은 몸을 살펴보도록—하도록 놔둔다. 그래야 살 수 있으니까.

———

나는 들것 위로 끌려갔다. 들것은 바퀴 달린 이송용 들것 위에 올려졌다. 그런 다음 빠르게 무대 뒤 공간으로 나가 탁 트인 실외로, 대기중인 헬리콥터로 옮겨졌다. 이 과정 내내 맷 아니면 마크 페레즈라 불리던 엄지손가락이 자기 자리를 지키며 목의 상처를 눌렀다. 하지만 헬리콥터에서는 엄지손가락과 헤어져야 했다.

체중이 어떻게 됩니까.

정신이 흐려져갔지만 나는 이 질문이 나를 향한 것임을 알아챘다. 끔찍한 상태였음에도 대답하기가 창피했다. 최근 몇 년 동안 체중이 통제할 수 없을 정도로 불어나 있었다. 20~25킬로그램을 빼야 한다는 걸 알았지만 만만찮은 무게였다. 나는 다이어트를 제대로 하지 못했다. 그래서 들을 수 있는 거리에 있는 모든 사람에게 그 치욕스러운 숫자를 말해야만 했다.

나는 간신히, 하나씩 끊어지는 음절로 말했다. 백. 팔.

헬리콥터는 문이 따로 없고 최대 하중에 엄격한 제한이 있는, 호박벌처럼 몸체가 노란색과 검은색인 소형 헬기였다. 마크 또는 맷 페레즈라 불리는 엄지손가락이 탈 공간이 없었다. 다른 엄지손가락, 혹은 다른 무언가가 그 자리를 대신했다. 나는 더이상 아무것도 분명하게 인지하지 못했다.

우리는 날고 있었다. 그것만은 알았다. 우리 아래의 공기가, 그 움직임이, 사방에서 일어나는 긴급한 활동이 느껴졌다. 착륙이 너무 부드러워서 다시 땅에 내려섰다는 것을 깨닫지 못했다. 사람들이 뛰어다니는 느낌이 들고, 마취용 마스크가 코와 입에 덮였던 것 같다. 그뒤로는…… 아무것도 없었다.

———

나흘 뒤, 셔터퀴협회에서 성명을 발표했다. 그 일부는 다음과 같다. "협회 전역의 경찰력을 상당 수준 증가시킬 예정입니다. 추가로, 방문객과 거주자가 인지할 수 없는 범주까지 광범위하게 보안 프로토콜이 적용될 것입니다. 협회에서는 보안 전문 자문위원 및 다수의 법 집행기관과 함께 추가적인 보안 강화 조치 및 위험 관리 방안을 강구하고 있습니다." (열 달 뒤인 2023년 6월 15일, 당시에 약속한 새로운 보안 조치가 언론에 공개되었다.)

소 잃고 외양간 고치는군. 이런 생각이 들지도 모르겠다.

그러나 주의깊은 독자라면 짐작할 수 있듯, 나는 살아남았다. 브라질 작가 마샤두 지 아시스의 훌륭한 소설 『브라스 꾸바스의 사후 회고록』에서 제목에 등장하는 주인공 브라스 꾸바스는 자신이 무덤에 묻힌 뒤 사연을 전하는 것이라고 고백한다. 그 방법은 설명하지 않았고, 나는 아직 그 재주를 배우지 못했다.

그리고 살아남은 나는—생존이라는 사건에 대해 나는 할말이 훨씬 더 많다—자유연상법을 좋아하는 타고난 정신적 경향성에서 탈출할 수가 없다.

칼. 폭력과 부정에 관한 이야기를 담은, 내가 가장 좋아하는 영화인 폴란스키의 〈물속의 칼〉에 등장하는 칼. 내가 가장 좋아하는 책에 등장하는 칼. 여러 세계 사이에 구멍을 뚫어 그 칼을 든 사람에게 다차원의 현실을 오가게 하는 필립 풀먼의 '마법의 검'. 물론 카프카의 『소송』의 주인공이 책의 마지막 페이지에서 살해당할 때 쓰인 고기 칼도 있다. "'개처럼' 살해당했다고 그는 생각했다. 그 수치심이 자신보다 오래 살아남기를 바라는 것처럼."

이외에도 개인적으로 칼을 두 자루 갖고 있다.

첫째는 1968년의 칼이다. 그때 나는 케임브리지를 졸업하고 인생을 어떻게 살아갈 것인지 생각할 겸 파키스탄 카라치에서 부모님과 함께 지냈다. 당시 그곳에서는 비교적 새로 생긴 지역 TV 방송국에서 매일 밤 〈보난자〉*의 에피소드 같은 영어 프로그램을 하나씩 방영하곤 했다. 당시 카라치 TV를 운영하던 아슬람 아자르라는 신사는 나의 이모 바지(베굼 아미나 마지드 말릭. 뛰어난 교육자이자 내 어머니의 언니다)의 친구였다. 바지가 아자르와 약속을 잡아준 덕분에 나는 사업을 제안할 기회를 얻었다. 나는 아자르에게 영어 프로그램을 방영하고 싶다면 〈하와이 파이브 오〉**만 내내 틀어주는 대신 가끔 오리지널 콘텐츠를 제작해보는 건 어떻겠느냐고 말했다. 에드워드 올비의 단막극 〈동물원 이야기〉 제작을 제안했다. "분량은 오십 분입니다." 내가 말했다. "〈형사 콜롬보〉와 같은 분량이니까 같은 시간대에 맞을 거예요. 등장인물도 두 명만 캐스팅하면 되고, 세트장도 공원 벤치 하나 비용밖에 들지 않을 겁니다. 그러니까 저렴하기도 하죠." 이 제안이 통했다. 나는 이 프로그램을 연출했고 직접 출연하기도 했다. 통탄할 만큼 형편없는 작품이었고, 다행히도 보존되지는 않았다.

이 연극의 클라이맥스에서 내가 맡은 인물은 다른 인물이

---

* 미국 NBC 방송국에서 1959~1973년에 방영한 서부극 형식의 TV 드라마.
** 하와이를 배경으로 주인공들이 범죄 조직에 맞서 싸우는 액션 드라마.

들고 있던 칼에 자기 몸을 관통당해야 했다. 사람들이 내게 준 칼은 소품이 아니었다. 칼날이 손잡이 안으로 접혀 들어가지 않는 진짜 칼, 15센티미터 길이의 날카로운 날이 달린 실제 칼이었다. "이걸로 어쩌라는 거예요?" 내가 소품 담당자에게 물었다.

"연기하세요." 그가 대답했다.

두번째 칼. 나중에 『광대 샬리마르』가 된 그 소설은 이십 년 전, 내가 머릿속에서 도저히 지울 수 없었던 단 하나의 이미지, 그러니까 암살자가 피 묻은 칼을 들고 서서 내려다보는 가운데 한 남자가 땅바닥에서 죽어가는 이미지에서 시작되었다. 처음에는 피가 낭자한 그 행위가 전부였다. 그 두 남자가 누구이고 둘의 사연이 무엇인지 이해하게 된 건 나중의 일이다. 지금 생각하면 놀랍다. 나는 보통 내 책을 예언으로 생각하지 않는다. 살면서 예언자들과 문제가 좀 있었기에 그 업계에 지원할 생각이 없다. 하지만 『광대 샬리마르』의 기원을 돌이켜 생각하면서 그 이미지를—최소한—복선이라고 생각하지 않기는 힘들다. 이런 상상은 때로 상상하는 정신조차 완전히 이해하지 못하는 방식으로 작동한다.

『악마의 시』의 첫 구절도 다시 나를 괴롭혔다. "다시 태어나려면," 지브릴 파리슈타는 하늘에서 곤두박질치며 노래했다. "우선 죽어야 한다네."

———

   1988년 『악마의 시』가 출간되었을 때 나는 마흔한 살이었다. 그것은 나의 다섯번째 출간작이었다. 그리고 2022년 8월 12일, 나는 일흔다섯 살의 나이로 스물한번째 책인 『승리 도시』 출간을 고대하고 있었다. 내 작가 인생의 4분의 3 이상은—종종 쓰던 말을 빌리자면—환기구에 똥이 떨어진 이후에 진행되었다는 뜻이다. 내 작품을 궁금해하는 사람들에게는 당시보다 지금 선택할 만한 책이 훨씬 더 많다. 그런 사람들에게 나는 '그' 책(사람들이 『악마의 시』를 종종 이렇게 불렀다)보다는 다른 책부터 읽기 시작하는 게 좋겠다고 말한다.

   몇 년 동안 나는 '그' 소설의 내용과 저자의 성품 둘 다 변호해야 한다는 의무감을 느꼈다. 문학 분야의 일부에서는 특정한 책을 읽을 수 없는 책, 열다섯 쪽 이상 넘어가는 게 불가능한 책이라고 말하는 것이 유행이다. 또 그 분야의 사람들은 '15페이지 클럽'이라는 말을 한다. 소위 루슈디 사건을 다룬 〈이란의 밤〉이라는 연극이 런던 로열코트극장에서 제작되었는데, 그 연극에는 "읽을 수 없는 책이었다"라는 대사가 반복적으로 등장한다. 나는 내 글을 변호해야겠다고 느꼈다. 게다가 저명하고 이슬람교도가 아닌 수많은 사람들까지 이슬람교도들의 공격에 가담해 내가 얼마나 나쁜 인간인지 말했다. 그중에는 존 버거, 저메인 그리어, 지미 카터 대통령, 로알드 달, 그리고 영국 토리당의 다양한 고관들이 있었다. 기자 리처드 리틀존과 역사학자 휴 트레버로퍼 등의 평자들은 내가 공격당해도 전혀 신경쓰지 않겠노라고 말했다(트레버로퍼는 나보다 먼저 죽었지만, 리틀존은 어디에 있는지는 몰라도 지금 꽤 만족감을 느꼈으리라 생각한다).

이제는 소설이든 나 자신이든 변호해야겠다는 최소한의 충동조차 일지 않는다. 그에 관해 할 말은 에세이 『신념을 갖고 *In Good Faith*』와 『신성한 것은 없는가?*Is Nothing Sacred?*』 그리고 회고록 『조지프 앤턴』에 모두 담겨 있다. 나머지에 관해서는 내가 쓴 책과 살아온 삶으로 평가받는 것에 만족한다. 이 한 가지는 말하고 시작하겠다. 나는 내가 한 작업이 자랑스럽다. 그리고 내가 자랑스러워하는 이 작업에는 『악마의 시』도 분명히 포함된다. 내가 후회하는 모습을 보고 싶다면 여기서 그만 읽어도 좋다. 내 소설들은 자신을 돌볼 줄 안다. 시간이 흘러서 좋은 점 하나는 요즘에는 『악마의 시』를 신학적 뜨거운 감자가 아닌 밋밋한 옛 소설로 보고 접근하는 젊은 독자들이 많다는 것이다. 어떤 독자는 그 책을 좋아하고 어떤 독자는 싫어한다. 그것이 책의 평범한 삶이다.

수정하겠다. 이처럼 순수하게 문학적인 접근법은 8월의 그날까지만 가능했다. 셔터쿼에서 내게 일어난 일의 짜증스러운

면 중 하나는 아마 영원히, 영원하지는 않더라도 한동안은 셔터퀵 사건이 '그' 소설을 다시 추문의 내러티브로 돌려놓았다는 점이다.

하지만 나는 더이상 그 내러티브 안에서 살아갈 의향이 없다.

2. 일라이자

나는 에세이 『진실의 언어*Languages of Truth*』에 PEN아메리카 월드 보이스 페스티벌에서 얻은 영감과 이 축제의 탄생에 대해 적었다. 했던 말을 반복하지 않기 위해 이렇게만 말해두겠다. 노먼 메일러가 1986년 당시 PEN의 수장이 아니었다면—그가 엄청나게 많은 돈을 모금해서 세계에서 가장 위대하고 빛나는 작가들을 초대해 뉴욕시에서 주최한 그 전설적 모임, 그러니까 귄터 그라스와 솔 벨로가 사우스브롱크스의 빈곤을 놓고 서로에게 화를 내고, 존 업다이크가 미국의 작은 파란색 우체통을 자유에 관한 은유*로 활용하는 안이한 태도로 청중의 상당수를 불쾌하게 만들고, 야세르 아라파트**와 만났다는 이유로 신시아 오직이 오스트리아의 전직 총리인 브루노 크라이스키를 반유대주의자라고 비난하고(크라이스키도 유대인이었다), 그레이스 페일리가 여성 패널을 너무 적게 참여시켰다며 노먼에게 화를 내고, 네이딘 고디머와 수전 손택이 "문학이란 평등한 기회를 주는 고용주가 아니"라며 그레이스에게 반대했던 바로 그 모임으로 이들을 불러들이지 않았다면—그리고 내가 유명인들을 보게 되어 충격받은 초짜가 아니었다면, 또 센트럴파크사우스의 에식스하우스호텔에서의 그 거친 나날이 없었다면, 나는 십팔 년 뒤 온갖 국제 페스티벌이 열리지만 그때까지 국제적인 문학 페스티벌만은 열린 적 없던 도시에서 국제 문학 페스티벌을 열어야겠다는 생각은 품지 못했을 것이다. 내가 마이크 로버츠와 에스터 앨런을 비롯한 수많은 PEN 회원들의 도움을 받아 그 페스티벌을 시작하는 작업에 착수하지 않았다면, 그리고 그 페스티벌이 야구로

---

* 존 업다이크는 심오한 개념을 일상의 평범한 사물에 은유하는 작가다. 1986년 PEN아메리카 월드 보이스 페스티벌에서 그는 자유롭게 이념을 교환한다는 의미로 자유를 파란색 우체통에 빗대었다. 그러나 좀더 심각하고 정치적인 주제에 집중하던 이 모임의 참석자들은 업다이크가 자유라는 개념을 지나치게 단순화하고 현실의 구체적 문제들을 사소한 것으로 치부했다며 비판했다.

** 팔레스타인 자치정부의 초대 수반. 1960년대부터 팔레스타인 독립을 위한 무장투쟁을 이끌며 이스라엘에 대한 테러를 지원하고 직접 관여했다. 1990년대에 들어서 평화적 해결을 모색하며 1993년 이스라엘과의 오슬로 협정을 통해 팔레스타인 자치정부를 설립하는 데 기여해 일부 유대인 공동체와 관계를 개선했으나 많은 유대인들은 여전히 그를 불신하고 있다.

치면 〈꿈의 구장〉*("구장을 지으면 사람들이 올 겁니다")에 해당하는 성공적인 연례행사가 되지 않았다면…… 내가 일라이자를 만나지 못했을 확률이 대단히 높다. 하지만 그 모든 일이 실제로 일어났고, 나는 2017년 메이데이에, 페스티벌의 개막식이 열리기 전, 쿠퍼유니언**의 휴게실에서 그녀를 만났다. 어쩌면 그 모든 일이, 우리가 만나도록 일어난 것인지도 모른다. 그렇다면 우리의 행운은 노먼 메일러 선생 덕분임을 인정해야 할 것이다.

나는 이 페스티벌이 시작되고 첫 십 년 동안 의장을 맡은 뒤, 콤 토이빈을 시작으로 훌륭한 인물들에게 그 직무를 넘겼다. 2017년에 공동 창립자로서 내가 맡은 유일한 임무는 개막식 때 페스티벌을 소개하고 첫 연사들을 무대로 맞아들이는 것이었다. 이때 초청된 연사는 아랍어로 작품을 낭독하기로 한 시리아의 위대한 시인 아도니스(알리 아흐마드 사이드 에스베르)와 아도니스 시의 영역본을 낭독할 아프리카계 미국인 시인 레이철 일라이자 그리피스였고, 일라이자는 내게 생소한 인물이었다. 나는 아도니스에게 인사하러 갔고(프랑스어로 인사했다. 그는 영어를 하지 못했다), 그 옆에 서 있던

---

* 야구를 소재로 한 1991년 영화.
** 뉴욕 맨해튼에 있는 사립대학.

여자의 아찔한 미소로 보답을 받았다. 그녀는 나와 악수하며 자신을 '일라이자'라고 소개했다.

독자여, 그 미소는 도저히 지나칠 수 없었다.

일라이자는 어머니가 늘 부르는 가운데 이름으로 불리는 게 좋다고 했다. 공교롭게도 나 역시 가운데 이름을 사용했으므로 우리에게는 공통점이 있는 셈이었다. 어머니가 내게 화났을 때를 제외하면 나를 '아흐마드'라고 부르는 사람은 아무도 없었고, 그때의 어머니조차 "아흐마드 살만, 당장 이리 와라!" 하는 식으로 내 첫째 이름과 가운데 이름을 모두 불렀다. 세월이 지나면서 나는 가운데 이름을 사용하는 유명한 사람들의 명단을 머릿속에 작성해두었다. 제임스 폴 매카트니, 프랜시스 스콧 피츠제럴드, 로빈 리애나 펜티, F. 머리 에이브러햄, 라피엣 론 허버드, 조지프 러디어드 키플링, 에드워드 모건 포스터, 키스 루퍼트 머독, 토머스 숀 코너리, 레이철 메건 마클. 때로(어쩌면 너무 자주) 나는 파티에서 잔재주로 이 명단을 풀어놓곤 했다. 하지만 왠지 모르게 일라이자의 미소는 그 길을 가지 말라고 내게 경고했다.

잘난 척하지 마. 나는 나 자신을 타일렀다.

영리한 한 수였다.

이름이라는 주제에 관해 좀더 이야기하겠다. 얼마 지나지 않아 나는 일라이자의 아버지를 비롯한 모든 가족과 오랜 친구들

대부분이 그녀를 레이철이라고 부른다는 걸 알게 되었다. 하지만 그녀는 내게 자신을 일라이자로 불러달라고 했고, 그래서 나는 지금까지 그렇게 하고 있다. 그녀 인생에 격심한 여파를 미친 사건이자 그녀의 다섯번째 시집 『시신을 보며 *Seeing the Body*』에 영감을 준 사건인 2014년 어머니의 죽음 이후로 일라이자는 자신에게 남은 어머니의 모습을 유지하고 싶어했다. 그것이 바로 '일라이자'였다. 어머니는 그녀를 일라이자라는 이름으로 자주 불렀고, 그래서 그녀는 일라이자가 되고 싶어했으며, 그 과정에 있었다.

요즘은 레이철 대 일라이자의 점수가 50 대 50 정도인 것 같다. '일라이자'가 부상중이다.

휴게실에 있던 그날 저녁에는 우리 둘 다 낭만적인 생각을 하지 않았다. 적어도 일라이자에게 그런 생각이 없었다는 건 내가 확실히 안다. 나는 거의 십오 년 전에 이혼한 상태로, 일 년 반 넘게 교제하는 사람이 없는 상태였다. 그로부터 얼마 전 나는 내 여동생 사민—그녀는 나보다 한 살 어린데, 자기 의견으로는 '나보다 한참 어린 동생'이다—과 우리 둘의 인생에서 낭만의 시기는 끝났을지 모른다는 대화를 나눈 적이 있었다. 그래도 괜찮다고 의견을 모으기도 했다. 내게는 훌륭한 인생과 멋진 두 아들, 사랑하는 일, 아끼는 친구들, 아름다운 집, 충분한 돈이 있었다. 힘들었던 옛 시절은 떠나온 지 오래였다.

나는 뉴욕을 사랑했다. 이 그림에 잘못된 부분은 전혀 없었다. 빠진 것도 없었다. 풍경을 완성하는 데 다른 인물, 다른 사람이—동반자, 연인—필요하지 않았다. 이미 충분했다.

다시 말해 나 역시 결코 낭만을 찾고 있지 않았다. 사실 나는 적극적으로, 단호하게 낭만을 찾지 않았다. 그런데 그때 낭만이 내 등뒤로 다가와 귀 뒤를 후려쳤고, 나는 저항할 힘을 잃었다.

사랑의 만달로리안* 전사라면 이렇게 말할 것이다. 바로 이것이 낭만이다.

———

월드 보이스 페스티벌이 끝난 후 군중이 좌대 위에 놓인 피터 쿠퍼** 조각상의 시선을 받으며 쿠퍼광장으로 나왔을 때는 블랙라이브즈매터Black Lives Matter운동을 지지하는 촛불집회가 열리고 있었다. 조지 짐머만에게 살해당하고, 이어진 짐머만의 무죄 방면으로 한번 더 살해당해 BLM운동의 계기가 된 젊은 트레이본 마틴의 영혼이 그곳을 맴돌고 있었다. 나는 누군가에게 아이폰으로 사진을 찍어달라고 부탁했다. 당시에는 아

---

* 〈스타워즈〉 세계관에 등장하는 사나운 전사 민족.
** 미국의 사업가, 발명가, 자선가로 쿠퍼유니언의 설립자다.

무 사건도 일어나지 않았지만—아니, 더 정확히 표현하자면 아무 사건도 일어나지 않은 것처럼 보였다—지금은 그 순간을 이미지로 남기길 잘했다고 생각한다. 우리는 한동안 촛불을 들고 있다가 각자 갈 길을 갔다.

쿠퍼유니언에서 조금만 걸어가면 나오는 스탠더드이스트빌리지호텔 옥상에서 PEN 행사의 애프터파티가 열렸다. 나는 말런 제임스와 콜럼 매캔을 만나 호텔 1층 바에서 술을 한잔 마신 뒤, 그냥 집에 가야겠다고 생각했다. 두 사람은 파티장으로 올라갈 거라며 잠깐이라도 같이 가서 시간을 보내자고 나를 구슬렸다. 나는 잠시 흠, 허, 하다가 그러기로 했다.

인생은 동전을 던지는 한순간에 바뀔 수 있다. 우연은 최소한 선택만큼, 또는 실재하지 않는 관념인 카르마나 크스마트*나 '숙명'만큼 우리의 운명을 완전히 뒤바꾼다.

파티장에 올라갔을 때 처음 내 눈에 들어온 사람은 일라이자였다. 그후로는 다른 누구도 보이지 않았다. 무엇인지는 모르겠지만, 휴게실이나 촛불집회에서는 일어나지 않은 것처럼 보인 일이, 우리가 보지 않는 사이 결국 일어난 듯했다. 우리는 서로의 마음을 사려는 의도가 아주 조금 담긴 편안한 대화에 빠져들었다.

---

* 힌두교에서 말하는 운명.

옥상의 파티 공간에는 실내 구역과 실외 테라스가 있었고, 그 사이에는 미닫이식 전면 유리문이 있었다. 따뜻하고 환한 밤이어서 나는 밖으로 나가 도시의 조명을 보자고 제안했다. 일라이자가 앞장섰다. 일라이자를 따라가던 나는 중요한 사실을 놓쳤다. 유리문 한쪽이 열려 있었고 일라이자가 그곳을 통과하는 동안 다른 한쪽 문은 닫혔다는 사실 말이다. 나는 방금 만난 찬란하고 아름다운 여성의 존재에 완전히 정신이 팔려, 내가 가는 곳을 제대로 보지 못한 채 탁 트인 곳으로 나서고 있다고 생각하며 앞으로 성큼성큼 걸어가다가 유리문에 세게 부딪힌 뒤 보란듯이 바닥에 넘어졌다. 정말이지 바보 같고 멋없는 짓이었다. P. G. 우드하우스가 쓴 「바보의 심장」이라는 이야기가 있는데, 이 에피소드에 써도 괜찮을 제목이다.

머리가 핑핑 돌았다. '기절하지 마.' 나는 스스로에게 사납게 명령했다. '빌어먹을, 기절하지 말라고.'

안경이 부러져 콧등에 박히는 바람에 얼굴에 피가 줄줄 흘러내렸다. 일라이자가 내 옆으로 달려와 코에서 피를 닦아내기 시작했다. 내가 넘어졌다고 소리치는 사람들의 목소리가 들렸다. 상당한 소란이었다. 하지만 나는 기절하지 않았다. 약간 도움을 받아 자리에서 일어났고, 놀랐으니 택시를 잡아 집에 가야겠다고 말했다.

일라이자가 나와 함께 엘리베이터를 타고 내려왔다. 택시가

와 있었고, 나는 그 택시에 탔다.

일라이자도 함께 탔다.

친구들에게 이 이야기를 할 때, 나는 이렇게 말하기를 좋아한다. "그후로 우리는 쭉 함께였어."

이렇게 말하는 것도 좋다. "일라이자가 말 그대로 날 케이오시킨 거야."

할리우드 로맨틱 코미디 영화의 전문용어를 빌리자면, 나는 이것이 '귀여운 만남'의 한 예라고 믿는다.

———

내가 그렇게 폭력적으로 유리문을 맞닥뜨리지 않았다면 일라이자가 나와 함께 택시를 타는 일은 없었을 것이다(일라이자도 이 말에 완전히 동의한다). 그때 일라이자가 나와 동행한건 내가 걱정되었고, 내가 괜찮은지 확인하고 싶어서였다.

내 집에 도착해서 우리는 대화를 시작했다. 아마 새벽 네시까지 이야기했을 것이다. 어느 순간 일라이자는 이제 나와 친구가 되어 기쁘다고 했고, 나는 이렇게 대꾸했다. "난 친구는 많아요. 이건 다른 겁니다."

그 말이 깊은 인상을 남겼다. 일라이자는 이렇게 생각했다. 아, 이 사람은 친구가 많구나. 일라이자는 기뻐했다.

일라이자는 해가 뜰 무렵 브루클린의 자기 집으로 돌아갔다. 그녀가 떠난 뒤 나는 나 자신에게 쪽지를 썼다. "일라이자와 사랑에 빠진 것 같다. 이게 진짜면 좋겠다."

———

이 로맨틱 코미디의 한 장면은 묘하게도 피습 장면과 유사하다. 깨진 유리, 피(양은 훨씬 적었지만 피는 피였다), 멍하니 바닥에 쓰러진 것, 머리 위로 몰려들던 사람들. 일종의 희극적 복선이다. 하지만 이건 행복한 장면이라는 것이 큰 차이점이다. 사랑에 관한 장면이었다.

내게 일어난 일을 이해하는 가장 중요한 방식이자, 여기서 내가 전하려는 이야기의 본질은 사랑이 증오에—칼은 증오의 은유다—응답하고, 결국 이긴다는 것이다. 아마도 유리문은 쿠 드 푸드르*, 즉 벼락의 비유일 것이다. 사랑의 은유 말이다.

———

나는 행복에 관한 글을 쓰는 데 줄곧 관심이 있었다. 주된 이유는 그런 글을 쓰는 것이 매우 어렵기 때문이다. 프랑스 작가 앙리 드 몽테를랑은 "르 보뇌르 에크리 아 랑크르 블랑슈 쉬르

---

* coup de foudre. 프랑스어로 '벼락'을 뜻하며, '첫눈에 반한다'는 의미로도 쓰인다.

데 파주 블랑슈"*, 즉 행복은 흰 종이에 흰 잉크로 쓰는 것이라는 유명한 말을 했다. 행복을 종이에 드러나게 할 수는 없다는 뜻이다. 행복은 눈에 보이지 않는다. 드러나지 않는다. 나는 이것이 도전 과제라고 생각했다. 나는 도전을 좋아한다. 그리하여 나는 '흰 종이 위의 흰 잉크'라는 제목의 이야기를 쓰기 시작했다. 몽테를랑에게, 또 존 베리먼의 「꿈의 노래」에 나오는 앙리에게 경의를 표하는 의미로 주인공 이름을 앙리라고 지었다. 사람들이 불치병이나 어리석음을 앓듯 나의 앙리가 행복을 앓게 하고 싶었다. 나는 볼테르의 『캉디드』를 떠올렸고, 앙리가 캉디드처럼 자신이 가능한 최선의 세계에 살고 있다고 생각하기를 바랐다. 그런 식으로 행복한 사람이라면 유색인일 수는 없다고 생각했다. 그는 백인이어야 했다.

나는 첫 문단을 다음과 같이 썼다. "앙리 화이트는 백인이었고 행복했다. 오랫동안 그에 대해 할 만한 말은 딱히 없었다. 앙리의 주변에는 이야기할 가치가 있는 불행을 겪는 사람들이 잔뜩 있었지만, 앙리는 자족하는 사람이었기에 별생각이 없었다. 그를 어떻게 생각해야 할지 아무도 알지 못했다. 그는 태어난 날부터 백인이었고 행복했다. 하지만 그는 자신을 백인이라고 생각하지 않았다. 흰색은 스스로가 그냥 사람이기에 피

---

* Le bonheur écrit à l'encre blanche sur des pages blanches.

부색에 대해 생각하는 건 중요하지 않다고 생각하는 사람들의 색이었기 때문이다. 피부색이란 다른 사람들, 그냥 사람이 아닌 사람들이 생각해야 할 문제였다. 또한 행복이란 앙리의 본성, 단 한 번도 행복을 방해받아본 적 없고 그가 태어나기 한참 전부터 인권선언문이 설득한 대로 자신에게 행복을 추구할 권리가 있다고 생각하는 인간의 본성이었다. 앙리는 '투스 에이커'*라고 적힌 흰 간판이 앞뜰에 자랑스럽게 세워진 치과의사의 집에서 조금 걸어내려오면 있는, 뉴잉글랜드 시골길의 자기 집 우편함 옆에 팻말이 달린 나무 기둥을 세워두었다. 그 팻말에는 '행복한 집'이라고 적혀 있었다."(주석: 내 이모 바지도 백만 년 전쯤 파키스탄 카라치의 딥찬드오자 로드에 있는 '행복한 집'이라는 집에 살았다.)

나는 그쯤에서 멈췄다. 이야기를 마무리할 수도 있고, 하지 않을 수도 있었다. 나는 앙리에 대해 많이 생각했다. 나의 앙리만이 아니라 베리먼의 앙리에 대해서도.

언젠가 플라타너스 위에서 나는 행복했다
그 높은 꼭대기에서 나는 노래했다

---

* Tooth Acres. '치통을 앓는 사람'을 뜻하는 '투스에이커(toothacher)'와 발음이 유사한 데서 착안한 유머러스한 상호.

베리먼은 「꿈의 노래」의 맨 앞에서 이렇게 말한다. 시의 뒷 부분에는 인도의 앙리도 나온다.

앙리는 흥분하고 행복해서 정신이 나갔다.
제정신에서도, 자신의 가능성에서도 벗어났다.
반쯤 눈이 먼 아침에 살람 인사*를 하면
비에 젖은 나환자들이 살람 인사로 답했다

나는 나의 '캉디드 이야기'에 나오는 앙리에게 끔찍한 짓을 하고 싶었다. 그의 부모가 죽고, 재산도 잃고, 벨 퀴네공드**는 그를 떠나 매독에 걸려 이가 빠지게 하고 싶었다. 나는 그가 리스본 지진으로 죽다 살아나기를 바랐고, 나환자들이 그를 강탈하고 그의 고통을 비웃기를 바랐다. 백인이라는 이유로 부여받은 갑옷을 부숴 그가 백인이 아닌 눈으로 세상을 보게 하고 싶었다. 앙리 논화이트가 되게 하고 싶었다. 그 모든 일을 겪고도 앙리가 계속 행복하고 만족스럽게 자신의 텃밭을 가꿀 수 있다면, 그의 행복은, 어쩌면 모든 행복은 바보의 광기인지도 모른다. 망상 말이다. 세상은 괴물 같다. 그러니 행복이란

---

* 이마에 손을 대고 하는 이슬람식 인사.
** 『캉디드』에 나오는 여성 인물로, 캉디드가 반하는 대상이다.

거짓이다. 어쩌면 결말은 베리먼의 작품과 똑같이, 다리에서 뛰어내려 모든 걸 끝장내는 것인지도 몰랐다.

최소한 그런 미친 행복은 흰색으로 쓰이지 않을 것이다.

나는 이 이야기를 끝내 마무리짓지 않았다. 그 이야기는 지금도 내 머릿속, 그림자가 드리워진 어느 구석에 살아 있다.

내가 그 작업을 중단한 건 개연성이 매우 낮은 일이 내게 일어났기 때문이다. 일라이자를 우연히 만나게 되어 나는 행복해졌다. 행복은 이제 내 등장인물만이 아니라 나 자신의 이야기가 되었고, 흰색으로 쓰이지도 않았다. 유쾌한 일이었다.

나는―우리는―오 년 넘게 행복했다. 그런 뒤 나의 앙리에게 갔으면 했던 형태의 재앙이 내게 던져졌다. 그런 타격에도 우리의 행복이 살아남을 수 있을까? 만일 그렇다면 그건 하나의 착각, 칼이 너무도 선명하게 보여준 세상의 기괴함에서 눈을 돌리기 위한 방법으로서의 망상일까? 암살 시도를 당한 후에 행복하게 산다는 건 무슨 의미일까? 행복하게 살기를 멈춘다는 건 무슨 의미이고, 그것은 우리에게 어떤 영향을 미칠까?

이 질문들을 2022년 8월 12일에 떠올렸다면 덧없게 느껴졌을 것이다. 그날에는 나의 어떤 조각조차 살아남지 못할 것 같았다.

―

일라이자는 아름다웠지만, 그녀의 말마따나 아름다움과 그녀의 관계는 복잡했다. 그녀는 이런 생각을 가진 릴케를 사랑했다. "아름다움은 우리가 견딜 수 있는 두려움의 시작일 뿐이며, 우리가 아름다움을 그토록 존중하는 것은 아름다움이 우리를 침착하게 경멸하며 파괴하기 때문이다."

일라이자는 아름다움과 두려움, 이 둘의 동등한 비율로 만들어졌다. 나는 그녀의 시집을 전부 주문해 읽어본 뒤 그녀의 재능과 성품, 이 세상에서 그녀라는 존재가 독보적이라는 사실을 알게 되었다. 그녀는 이렇게 썼다.

나는 그림자 춤을 추는

무법의 여자. 내 삶은 너무 빨리 멍든다. 무엇일까

아름다움을 수집하는 자들의 이름은.

나는 보물이 숨겨진 동굴의 문을 여는 마법의 주문―열려라, 참깨―을 배우는 알리바바가 된 기분이었다. 그 안은 눈부시게 빛났고, 보물이, 바로 그녀가 있었다.

일라이자 역시 나를 좋게 본 것은 행운이었다. 몇 해 뒤 일라이자의 아버지가 어떻게 사랑에 빠졌느냐고 묻자, 일라이자는 나와 만난 지 얼마 되지 않아 식당에서 함께 저녁을 먹다가 이 남자와 여생을 보내는 것만으로도 충분하겠다는 생각이 들었다고 말했다. 그러니까 우리는 서로 사랑을 받고 또 준 것이다. 가장 달콤한 선물 교환이었다.

상황은 빠르게 변했다. 우리 삶은 너무 빨리 멍든다. 사실 우리는 둘 다 멍든 상태였는데도 겨우 몇 주 만에 함께 살게 되었다(나만 해도 가지각색의 연애로 전투의 상흔을 입은 상태였다). 우리의 친구들은 경고의 말을 건넸다. 언론에서 나에 대해 떠들어대는 비우호적이고 사실도 아닌 이야기를 읽은 일라이자의 친구들은 나에 대해 경고했다. 내가 과거에 얼마나 깊이, 그리고 자주 상처를 입었는지 본 내 친구들은 불안한 듯 확신이 있어? 하고 물었다. 첫사랑도 풋사랑도 아니고 천진하지도 않으며 쓰라린 경험에 이어지는 사랑에는 세상이 이런 식으로 반응하는 것이 불가피한 듯하다. 조심해. 세상은 우리에게 충고한다. 또 다치지 마.

하지만 우리는 물살을 거슬러올라가는 배가 되어 계속 나아갔다. 아주 강력한 무언가가 우리 인생에 들어왔고, 우리 둘 다 그 사실을 알았다. 시간이 흐른 뒤 일라이자는 내 친구들을, 나는 그녀의 친구들을 만났다. 그러자 경고장은 더이상 날아오지 않았다. 내가 유리문과 싸움을 벌이고 육 주쯤 지났을 때, 우리는 트라이베카* 시내의 한 중국 식당에 갔다. 일라이자의 가장 친한 친구이자, 호평을 받는 시집『별빛과 진흙*Starshine & Clay*』과『그녀에게는 이름이 있다*She has a name*』를 출간한 시인 카밀라 아이샤 문과 함께였다. 우리와 마찬가지로 가운데 이름을 사용하는 아이샤는 일라이자보다 나이도 많고 슬픔도 컸지만(아이샤는 일라이자를 레이철이라고 불렀다), 두 사람은 자매처럼 가까웠다. 그녀와 나는 죽이 잘 맞았으며, 저녁시간은 즐겁고 웃음으로 가득했다. 식사 도중 일라이자가 화장실에 갔다. 그러자 아이샤는 즉시 몸을 숙여 내 눈을 들여다보고는 아주 진지한 표정으로 말했다. "일라이자한테 잘해주는 게 좋을 거예요."

———

나도 차츰 알게 된 사실이지만, 시인들의 세상은 소설가들의 세상에 비해 훨씬 더 친밀했다. 시인들은 서로를 모두 알고 서로의 작품을 읽고 함께 어울리고 낭독회를 비롯한 행사들을 꾸준히 함께하는 것 같았다. 밤늦은 시간에 서로에게 전화를 걸고 새벽까지 가십을 이야기했다. 몇 년 동안 방에 혼자 앉아 있다가 난간 위로 가끔씩 고개를 내미는 소설가가 보기에 시인들은 놀라울 정도로 사교적이었다. 대가족 또는 하나의 공

---

* 뉴욕 맨해튼의 한 구역.

동체 같았다. 그리고 비교적 큰 시 공동체 안에서도 흑인 시인들의 모임은 더욱 긴밀하고 서로를 지지하는 것 같았다. 서로에 대해 얼마나 많은 걸 알고 있던지! 서로의 작품에 얼마나 깊이 참여하며, 서로의 삶에도 얼마나 얽혀 있던지! 시 분야는 분명 산문에 비해 경제적으로 넉넉하지 않다(마야 안젤루, 어맨다 고먼, 루피 카우르 같은 시인들이라면 그렇지 않겠지만). 그 세계의 '작은' 경제적 규모가 시인들을 인간적으로 더 깊이 연결되도록 만드는 것처럼 느껴졌다. 그것이 부러웠다.

시의 땅과 산문 마을 사이의 경계를 넘어가는 여정은 회고록의 나라를 거쳐가는 것처럼 보였다. 요즘 같은 문학적 순간에 회고록은 중요한 예술 형식이다. 회고록은 작가의 개인적 삶의 경험과 특별한 과거를 통해 현재에 대한 우리의 의지를 재구성하게 해준다(최근의 사례를 하나 꼽자면, 자메이카에서 어린 시절을 보내고 라스타파리아니즘*을 신봉하는 독재자 같은 아버지에게서 도망친 경험을 담은 사피야 싱클레어의 선명한 회고록 『바빌론을 말하는 법How to Say Babylon』을 들 수 있다).

일라이자는 달랐다. 그녀는 언제나 소설가가 되고 싶었다고 말했다. 작가가 되겠다는 꿈을 꾸기 시작했을 때부터 그녀의

---

* 에티오피아의 황제 하일레 셀라시에 1세(1892~1975)를 재림한 그리스도로 섬기는 기독교와 토속신앙이 결합된 종교.

꿈은 소설가였다. 사실 일라이자는 평생, 시를 쓰기 전부터 소설을 써왔다. 하지만 자기 이름으로 다섯 권의 시집을 낸 지금—우리가 만났을 때 네 권은 이미 출간된 상태였고, 다섯번째 시집인 『시신을 보며』는 출간 예정이었다—이 바로 소설가로서 앞으로 나설 때였다.

나는 일라이자가 동료 시인들에게 좋은 평가를 받는다는 사실을 금세 알게 되었다. 그러나 성공적으로 소설의 세계에 넘어오는 시인들이 그리 많지 않다는 관습적인 통념을 반쯤 믿고 있기도 했다(반대로 시의 세계로 넘어갈 수 있는 소설가의 수가 매우, 극히 적다는 것을 나는 절대적인 사실로 알고 있다. 나는 살면서 시는 딱 한 편 발표했는데, 그것에 관해서는 더 말할 필요가 없다). 그래서 일라이자가 내게 첫 소설의 초고를 완성했다고 말했을 때—뭐랄까—긴장했다.

일라이자도 긴장했다. 그래서인지 한동안은 주저하며 초고를 보여주지 않았다. 우리는 두 작가가 서로의 작품을 좋아하지 않고도 함께하기란 거의 불가능하다는 걸 알고 있었다. 그리고 여기서 '좋아한다'라는 말은 '정말로 좋아한다, 심지어 사랑한다'라는 뜻이다. 하지만 결국 일라이자는 내게 소설 초고를 보여주었고, 나로서는 대단히 안심되게도 그 소설에 감명받았다고 진심으로 말할 수 있었다. 얼마 지나지 않아 나는 일라이자가 뛰어난 사진가이자 훌륭한 무용수이기도 하다는 것을, 그녀가 만든 크랩케이크가 전설이 될 만큼 맛있다는 것을, 또 그녀가 노래도 잘 부른다는 것을 알게 되었다. 내가 부르는 노래를 듣고 싶어하거나, 내가 춤추는 모습을 보고 싶어하거나, 내가 만든 크랩케이크를 먹고 싶어한 사람은 아무도 없었다. 오직 한 가지만을 할 수 있는 사람으로서 나는 일라이자의 다채로운 재능을 경이롭다고 느꼈다. 우리가 동등한 관계에서 그치지 않는다는 것이 분명해 보였다. 상당한 격차로 내가 일라이자에게 미치지 못했다. 우리는 경쟁적인 관계가 아니라, 서로를 완전히 지지하는 그보다 좀더 좋은 관계였다.

행복한 관계.

———

세상에는 사생활을 선호하고, 대중의 눈에서 벗어났을 때 번영하며, 남들에게 알리고 확인받을 필요가 없는 깊은 행복이 존재한다. 오직 행복한 사람들만을 위한 행복, 다시 말해 그 자체로 충분한 행복. 나는 알지도 못하는 사람들에게 사생활을 난도질당하고 판단받는 일에 신물이 났고, 마구잡이로 놀리는 혓바닥들의 악의에 지쳐 있었다. 일라이자는 과거나 지금이나 사생활을 매우 중요하게 여기는 사람이다. 그녀는 나와 함께함으로써 사생활을 포기하고 유명세라는 매서운 빛 속에 잠겨야 할지도 모른다는 점을 가장 걱정했다. 나는 그림자라곤 없는 그 환한 곳에서 너무 오래 살아왔기에 일라이자마저 그런 일을 겪는 건 바라지 않았다. 나 자신도 그걸 원하지 않았다.

요즘 우리가 사는 비현실적인 시대에서는 사생활이라는 개념이 이상해졌다. 서구의 수많은 사람들, 특히 젊은 사람들에게 사생활은 더이상 귀중하게 여겨지지 않고 아무 가치 없는 속성, 바람직하지 않은 속성이 된 듯하다. 공개되지 않은 것은 존재하지 않는 것이나 마찬가지로 취급된다. 자신이 키우는 개, 결혼식, 놀러간 바닷가, 자녀, 저녁식사, 최근에 본 흥미로운 밈 등등이 매일 공유되어야 한다.

인도에서 사생활은 부자들만 누리는 사치다. 좁고 지나치게 붐비는 공간에서 사는 가난한 사람들은 절대 혼자 있지 못한다. 빈곤을 겪는 수많은 인도인들은 가장 은밀한 행위, 즉 자연스러운 신체적 행위도 실외에서 해야만 한다. 자기만의 방을 가지려면 돈이 있어야 하기 때문이다(버지니아 울프는 인도에 가본 적이 없겠지만, 그녀의 언명*은 그곳 인도에서도, 그리고 남자들에게도 유효하다).

희소성은 수요를 낳고, 세상의 가난한 다수에게—특히 여성에게—자기만의 방은 오늘날에도 갈망의 대상이다. 하지만

---

* 버지니아 울프의 에세이 「자기만의 방」에 나오는 말. "소설을 쓰려는 여자에게는 돈과 자기만의 방이 필요하다."

탐욕스러운 서구에서는 관심이 가장 큰 굶주림의 대상이며, 팔로워와 좋아요에 대한 추구가 새로운 탐식 행위가 되어버린 그곳에서는 사생활이 불필요하고 원치도 않으며 심지어 기이한 것이 되어버렸다.

일라이자와 나는 사생활을 중시하는 사람이 되기로 했다.

우리 관계를 비밀로 했다는 뜻이 아니다. 나의 가족도, 일라이자의 가족도 우리의 관계를 알았다. 일라이자의 친구들도, 내 친구들도 알았다. 우리는 함께 식사하고, 영화관에 가고, 야구장에서 양키스를 응원했으며, 미술관을 산책하고 록 콘서트장에서 몸을 흔들기도 했다. 짧게 말하자면, 뉴요커의 평범한 삶을 살았다. 하지만 우리는 소셜미디어에서 벗어나 있었다. 나는 일라이자에게 '좋아요'를 누르지 않았고, 일라이자도 내게 '좋아요'를 누르지 않았다. 그 결과 우리는 오 년 삼 개월 십일 일 동안 거의 완전하게 레이더를 피해 비행했다.

관심에 중독된 오늘날과 같은 시대에도 두 사람이 적당히 공개적으로 행복한 사생활을 영위하는 일이 여전히 가능하다는 걸 우리가 증명한 것 같았다.

그러던 중 칼이 들어와 그 삶을 베어내버렸다.

———

내가 케임브리지대학교 킹스 칼리지에 다니던 스무 살 때,

저명한 인류학자 에드먼드 리치가 단과대 교무처장이었다(여기서 '교무처장'이란 '학장'을 의미하는 킹스 칼리지의 은어다). 그해, 그러니까 1967년은 전설적인 사랑의 여름*이었다. 히피 모임과 헤이트애시버리**, 머리에 꽂은 꽃의 해에 리치는 BBC 라디오의 명망 높은 리스 강연Reith Lectures을 했다. 이 강의는 다음의 한 문장 때문에 악명을 얻게 되었다. "편협한 사생활과 싸구려 비밀로 이루어진 가족이야말로 우리가 가진 모든 불만의 근원이다."

1967년은 가족이라는 관념에 우호적이지 않은 해였다. 이해에 젊은 세대—내 세대—는 티머시 리리의 추천대로 턴 온, 튠 인, 드롭 아웃***하거나, 영국이나 미국에서 징집되어 컨트리 조 앤드 더 피시의 〈난 걸레짝이 되어 죽겠지〉("너의 아들이 상자에 담겨 집에 돌아오는/ 동네의 첫번째 사람이 되겠지")라는 노래에 맞춰 베트남으로 파병되었으니 말이다. 가족은 향정신성 약물과 정치적 시위, 그리고 '반反문화'의 집단적

---

* 미국 샌프란시스코를 중심으로 일어난 문화적·사회적 혁명. 이 시기에는 히피, 비트세대 등 반문화주의를 따르는 수많은 젊은이가 사랑과 평화, 자유에 대한 새로운 사상을 받아들였다.

** 샌프란시스코의 한 지역. 1960년대 히피운동의 중심지였다.

*** 1960년대에 심리학자 티머시 리리가 사용해서 유명해진 말. 향정신성 약물의 사용을 옹호하는 말로, '턴 온'은 의식을 확장해주는 향정신성 약물을 사용해 흥분하는 것, '튠 인'은 주변 세계와 깊은 관계를 맺는 것, '드롭 아웃'은 주류 사회에서 한 발짝 물러나는 것을 의미한다.

영향 아래 분열되어 보수주의자들을 아연실색하게 했다. 이런 상황에서 영국 제도권 교육의 심장부에서 나온 리치 교무처장의 특강은 어떤 사람들에게 전복적인 행위로, 혁명의 촉구로 느껴졌다.

나는 아버지와 잘 지내지 못하고 있었다. 아버지에게 있는 여러 모습 중 하나는 분노에 찬 주정뱅이였다. 동생들과 나는 아버지가 밤마다 분노를 터뜨린다는 사실을 오래전부터 알고 있었지만, 어머니는 그 분노로부터 우리를 보호하려고 최선을 다했다. 우리는 저녁에는 아버지를 피하는 것이 최선이라는 사실과 아버지의 눈이 붉으면 아침식사 때도 침묵을 지켜야 한다는 걸 알았다. 하지만 아버지가 위스키를 마시고 터뜨리는 격노의 전면적인 힘을 느껴본 적은 거의 없었다. 그러다가 1961년 1월에 나는 기숙학교 생활을 시작하려고 아버지와 함께 비행기를 타고 잉글랜드로 갔다. 학기 시작 전에 런던에서 며칠을 함께 지냈다. 호텔방 하나를 같이 썼는데, 그때 조니 워커(레드 라벨)도 그 방을 함께 쓰게 되리라는 걸 곧 깨달았다.

컴벌랜드호텔에서 보낸 1월의 그 추운 밤들은 내게 트라우마를 남겼다. 아버지와 조니가 술병 밑바닥에 이르고 나면, 자정에서 새벽으로 이어지는 시간에 아버지는 나를 흔들어 깨웠다. 그러고는 들어본 적도 없고 알지도 못할 거라 여겨졌던 말들로, 더군다나 자신의 맏이이자 유일한 아들을 상대로 할 것이라고는 상상도 해보지 못한 말들로 나를 학대했다. 나는 아버지에게서 벗어나야겠다는 생각밖에 할 수 없었고, 그 생각을 한 번도 멈추지 않았다. 1968년 내가 케임브리지를 졸업했을 때 아버지는 졸업식에 오지 않았고, 어머니나 여동생들에게 비행기표를 사주지도 않았다. 나는 킹스 칼리지의 잔디밭에, 동료 졸업생들을 축하하는 행복한 가족들 사이에 학위증을 들고 혼자 서 있었다.

그것이야말로 우리가 가진 모든 불만의 근원이라고 나는 생각했다. 정말 그랬다.

나는 졸업 후에도 집으로 돌아가지 않고 한동안 잉글랜드에서 살기로 했다. 그후로 오랫동안 가정생활은—아니, 가정생활에서 안정을 구하는 것은—내게 어려운 일이었다. 결혼도, 이혼도 경험했다. 아버지는 돌아가셨고, 너무 짧긴 했지만 아버지 인생의 마지막 주에 사랑과 화해의 중요한 순간이 있었다. 하지만 지금은 그런 편협한 사생활 속으로 지나치게 들어가거나 값싼 비밀들을 흘릴 순간이 아니다. 이렇게만 말하겠다. 어제의 재앙이 없었다면 우리는 오늘의 우리가 아닐 것이다.

일라이자를 만날 때쯤 내 주위에는 사랑하는 작은 가족이 공고히 자리잡고 있었다. 두 아들과 여동생, 여동생의 두 딸,

그리고 세상에 도착하기 시작한 다음 세대의 아이들. 그 가족이 내 인생의 중심, 초년의 불안정 때문에 더욱 강해진 핵심에 자리해 있었다. 그리고 그들 모두가 일라이자를 곧바로 마음에 들어했다. 일라이자 이전에 찾아온 한두 명의 여자들에 대해서는 그런 열정을 보여준 적이 없었는데 말이다(내 아들 밀런은 자기 생각을 정말 있는 그대로 말하는 청년이다. 그 녀석이 내게 이렇게 물은 적이 있다. "아빠, 아빠한테는 굉장한 여성 친구분들이 많잖아요. 다들 천재적이고 따뜻하고 인상 깊은 분들이죠. 저도 그분들을 정말로 좋아하고요." 그런 다음, 완벽한 재미를 위해 잠깐의 침묵 뒤 이렇게 물었다. "왜 그런 여자분들과 사귀지 않는 거예요?").

밀런을 비롯한 모든 가족이 일라이자를 만나고는 "드디어"라고 말했다(그후 일라이자는 내게 드디어라고 쓰인 티셔츠를 만들어주었다).

내가 일라이자의 가족—일라이자의 아버지와 세 동생, 그들의 배우자들—을 만났을 때는 일라이자가 어머니 미셸을 잃은 슬픔이 아직 가시지 않았을 때였다. 그러나 그들은 친밀하고 사랑이 많은 가족으로서 서로의 생활에 깊이 관여했고, 다양한 방식으로 풍부한 재능을 갖고 있었다. 일라이자는 사남매 중 첫째였다. 남동생 크리스는 마흔 살이 되기 전에 로펌의 파트너 변호사가 되었으며, 지금은 델라웨어주 대법원의 최초이자유일한 흑인 대법관이다. 또다른 남동생 애덤은 재능 있는 시각예술가이자 그래픽노블 작가(『워싱턴 화이트*Washington White*』)이고, 여동생 멀리사는 재계에서 성공적으로 일해왔다. 아버지 노먼은 현재 은퇴했지만 역시 변호사로 일했고 고향인 델라웨어주 월밍턴에서 성공적인 지역 정치인으로서 여러 번 공직에 당선되었다.

이들 모두 나를 자신들의 삶에 반갑게 맞아주었다. 노먼은 일라이자에게 그녀가 지금처럼 행복한 모습은 본 적이 없다면서, 만일 내가 그 이유라면 우리 관계가 좋은 거라고 말했다. 멀리사도 그 느낌에 공명했다. 어느 날 멀리사가 일라이자에게 말했다. "잠깐, 언니 목소리가 얼마나 행복한지 들어봐. 두 사람 정말 잘해내고 있어."

일라이자의 가족이 나를 좋아했다! 내 가족이 일라이자를 좋아했다! 우리의 행복은 가족이 줄 수 있는 좋은 힘에 단단히 기반하고 있었다. 나는 에드먼드 리치를 떠나왔다. 가족은 더이상 내 불만의 근원이 아니었다.

하지만.

팬데믹 시대에 행복에 관해 이야기하는 것이 ─ 적절하거나 윤리적이기는 할까? ─ 과연 가능할까? 우리는 팬데믹이 막 시작되던 2020년 3월에 둘 다 코로나에 걸렸다가 다행히 회복했다. 쉽지 않았다. 나는 심하게 앓았고, 그다음에는 일라이자가 코로나에 걸렸다. 일라이자는 매우 아픈데도 계속해서 나를 돌보았다. 나중에 그녀는 내게 말했다. "해내지 못할지도 모르겠다고, 어쩌면 이게 이야기의 끝인지도 모르겠다고 생각한 순간도 있어." 하지만 우리는 해냈다. 사람들은 최전선에서 일하는 보건 노동자들을 기리기 위해 매일 저녁 냄비와 프라이팬을 두드려댔다. 우리도 동참했다. 우리의 생존을 기리는 행위이기도 했다.

그런 다음에는 죽음의 천사가 집집마다 문을 두드렸다. 당시에는 이 살인 병균과 싸울 방법을 아무도 몰랐다. 의사와 간호사들은 이십사 시간 내내 일했다. 그들도 죽어갔다. 병원은 죽음을 맞이하는 공간이었다. 일단 인공호흡기를 끼고 나면 그걸 떼고 살아날 가능성이 거의 없었다.

2022년 8월 12일, 나는 호흡기를 낀다는 게 무슨 의미인지 알게 되었다. 당시에는 팬데믹이라는 어마어마한 비극에 대한 생각에서 벗어날 수 없었다. 그 비극이 나 자신의 비극보다 훨씬 컸다.

일라이자는 코로나바이러스로 사랑하는 삼촌을 둘이나 잃었다. 나는 가족을 잃지는 않았지만, 사랑하는 친구 한 명을 일찍 떠나보냈다. 간신히 살아남은 친구들도 많았다. 내 아들 자파의 아내 내털리는 코로나를 심하게 앓아 입원했고, 한동안 우리는 내털리를 잃을지 모른다는 두려움에 시달렸다. 내털리가 회복해서 한시름 덜었지만, 그 과정은 길고 더뎠다. 게다가 나는 이 년 동안 가족을 만나러 런던에 갈 수 없었고, 가족들도 나를 만나러 뉴욕으로 올 수 없었다. 이 년이 수백 년처럼 느껴졌다.

수백만 명이 죽었는데, 행복에 대해 조잘거린다고? 게다가 팬데믹 너머의 세상은 위기에 빠져 있었다. 미국은 극우파에 의해 둘로 분열되었고, 영국은 끔찍한 혼란에 빠져 있었으며, 인도는 권위주의로 인해 빠르게 침몰하고 있었다. 자유는 금서 조치를 내리는 보수주의자들은 물론 비앙팡상* 좌익에게까지 모든 곳에서 공격당했으며, 지구라는 행성 자체가 끔찍한 곤경과 난민, 기아, 물 부족, 우크라이나 전쟁으로 고통받고 있었다. 이토록 역사적인 순간에 "나는 행복해"라고 말하는 건 사치가 아니었을까? 선택적 맹목의 한 형태, 고집스럽고 이기적인 태도는 아니었을까? 이것이야말로 내가 끝마치지 못한 이야기의 주인공 '앙리 화이트'가 저지른 죄—특권으로서의 행복, 권리로서 주어져 성찰하지 않은 행동으로서의 행복은 아니었을까? 행복이란 현실에서 눈을 돌리고 가린 채 나의 정원을 가꾸는 유아론唯我論의 일종이 아니었을까? 거의 극

---

* bien-pensant. '좋은 생각'이라는 뜻의 프랑스어로, 별다른 비판적 사고 없이 주류의 생각이나 의견을 받아들이는 사람들을 냉소적으로 일컬을 때 주로 쓰인다.

도로 불행한 이 세상에서, 진정한 행복을 주장할 권리가 누구에게나 있을까?

그럼에도 심장은 자기가 아는 건 아는 것이라며 고집을 부렸다.

———

2021년 5월 1일 토요일, 일라이자와 나는 사 주년 기념일을 축하했다. 팬데믹은 끝나지 않았고, 우리가 할 수 있는 일은 제한적이었다. 우리는 공원이 내려다보이는 호텔에서 조촐한 스테이케이션*을 즐기기로 했다. 호텔측에서 방 등급을 25층의 스위트룸으로 높여주어 경관이 훌륭했다. 저녁을 먹은 뒤, 일라이자가 머뭇거리며 몇 달 전 내가 반지 사이즈를 물어본 이야기를 꺼냈다. 일라이자는 그 질문이 그냥 물어본 것이었는지, 아니면 사 년을 사귀었으니 구체적인 계획이 있어서 물어본 것인지 알고 싶어했다.

"잠깐만 기다려." 나는 일어서서 침실로 가며 말했다. "바로 돌아올게."

내가 아무 설명도 없이, 게다가 무표정한 얼굴로 나가자 일라이자는 걱정했다. 뭘 잘못 말한 건가? 그녀는 궁금해했다.

---

* '머무르다'라는 뜻의 '스테이(stay)'와 '휴가'라는 뜻의 '베이케이션(vacation)'의 합성어. 집이나 숙소에 머무는 휴가를 의미한다.

그때 내가 돌아와 그녀에게 작은 보라색 상자를 건네주며, 그것이 그녀의 질문에 대한 답이라고 말했다. 내가 일라이자를 완전히 놀라게 한, 얼마 되지 않는 경우 중 하나였다.

우리는 그렇게, 센트럴파크 위의 하늘 위에서 약혼했다. 세상이 어떤 상황이었든, 그 누구도 우리가 가장 행복한 사람들이 아니라고 말할 수는 없었다.

"당신은 내 사람이야." 그녀가 말했다.

"당신은 내 사람이야." 내가 대답했다.

———

사생활이 전혀 없는 시대에 사적인 결혼식을 하는 방법은 다음과 같았다. 1) 뉴욕시에서는 하지 말 것. 2) 일라이자가 어린 시절을 보냈고 아무도 내 이름을 모르는 델라웨어주 윌밍턴에서 할 것. 결혼허가서*를 받으러 갔을 때, 나이 지긋한 여자 공무원은 내 이름을 알아본 낌새조차 없이 받아적었다. 내 이름의 철자를 하나하나 불러주어야 했다. 3) 친구들을 근사한 점심 결혼식에 초대하고, "소셜미디어 금지"라고 말할 것.

이게 전부다.

우리는 2021년 9월 24일 금요일에 결혼했다. 친구와 가족

---

* 미국의 일부 주에서는 무분별하고 충동적인 혼인신고를 막기 위해 사전에 결혼허가서를 받도록 하고 있다.

들은 모두 그 사실을 알았다. 하지만 대중의 눈에서는 벗어나 있었고, 거의 일 년간 그런 상태가 유지되었다. 그 칼만 아니었으면 아마 지금도 그럴 것이다.

아름다운 날이었다. 날씨도, 친구들도, 결혼식도, 그 기쁨도. 우리는 둘의 전통을 한데 합쳐 서로에게 장식을 걸어주고(인도식) 빗자루를 뛰어넘었다(아프리카계 미국식). 일라이자는 시라는 초능력을 가지고 있었기에 노래하듯 내게 말을 걸었다. 나 역시 상황에 맞춰 수준을 높이기 위해 일라이자에게 건네는 좀더 산문에 가까운 글에 E. E. 커밍스의 시 「나는 네 심장을 가지고 다닌다(안에 담아서)」를 곁들였다.

나는 네 심장을 가지고 다닌다(내 심장 안에
담아서) 지니지 않은 적이 없었다(내가 어디에
가든 너도 함께 간다, 내 사랑아. 오직 나에 의해
이루어진 모든 일은 네가 한 일이다, 내 사랑아)
                                        나는 두렵
지 않다 운명이(네가 나의 운명이니, 내 사랑아) 나는
어떤 세상을 원하지도 않는다(네가 나의 아름다운 세상이
니, 내 진실아)
달이 언제나 떠어온 의미는 너다
태양이 언제나 불러온 노래도 너다

이것은 아무도 모르는 가장 깊은 비밀이니
(이것은 삶이라 불리는 나무의 뿌리의 뿌리이자
꽃봉오리의 꽃봉오리이자 하늘의 하늘. 그 나무는 자란다
영혼이 원하는 것보다 생각이 감추는 것보다 더 높이)
바로 이것이 별들을 계속해서 떨어뜨려놓는 경이

나는 네 심장을 가지고 다닌다(내 심장 안에 담아서)

　내 가족은 결혼식에 오지 못했다. 당시 미국에서 코로나바이러스를 이유로 외국인의 입국을 금지했기 때문이다. 우리는 결혼식장에 노트북컴퓨터를 가져가 잘 마련해둔 강단에 올려놓았다. 내 가족들은 이제는 너무도 필수적인 존재가 되어버린, 줌이라는 새로운 방법으로 런던에서 예식을 지켜보았다. 친구들과 가족들이 발언했다. 재미있고 감동적인 이야기였다. 일라이자의 시인 자매 아라셀리스 기르메는 여러 시를 콜라주한 글을 읽어주었다. 우리는 헤밍웨이가 괜찮은 점심이라고 말했을 만한 식사를 한 후(우리는 감사하는 마음으로 먹었고, 그것으로 충분했다), 지금은 황폐해진 지브롤터라는 저택 부지에 있는 아름다운 장소인 메리언 커핀 가든에 가서―이때 우리란 일라이자와 나, 일라이자의 가족, 그리고 사진작가 한

명과 그의 조수 한 명이었다―결혼사진을 찍었다. 그리고 이틀 뒤, 바다 건너 런던으로 가서 그쪽에 있는 내 가족과 가까운 친구들을 위한 소규모 행사를 치렀다. 결혼은 남은 인생의 시작처럼 느껴졌다.

하지만 그후로 채 일 년도 되지 않는 미래에 재앙이 우리를 기다리고 있었다.

———

밀라노, 사르데냐, 카프리, 아말피, 로마, 움브리아. 2022년 여름. 팬데믹으로 인해 기나긴 은거를 하고 나니 이탈리아가 기적처럼 느껴졌다. 이탈리아는 옛친구의 따뜻한 품처럼 우리를 감싸안았다. 지나치게 따뜻했다. 심한 더위에 강물이 말라붙었다. 정오의 햇볕 속에 밖으로 나가는 건 불가능했다. 하지만 이탈리아는 우리를 새롭게 해주었다. 이탈리아는 나의 낡은 부분을 가져갔으며, 신선하고 새로운 부분들이 생겨나 그 자리를 채웠다. 이탈리아는 미소이자 축제였다. 음악이었다. 우리는 한 달 동안 이탈리아에 머물렀다. 밀라노에서는 내가 오래 머물렀던 동네 브레라의 리골로라는 레스토랑에서 저녁을 먹었다. 레스토랑 주인들이 나를 기억한다는 건 멋진 일이었다. 사르데냐에서는 내가 막 마무리지은 소설 속 세상이 연상되는, 바위투성이 풍경이 배경인 사랑하는 친구들의 집에서 나의 일흔다섯번째 생일을 축하했다. 집주인 스티브 머피는 별빛이 가득한 밤에 직접 기타 반주를 하며 내가 가장 좋아하는 밥 딜런의 노래 〈러브 마이너스 제로/노 리밋〉을 생일선물로 불러주었다. 아말피와 라벨로에는 더 많은 옛친구들, 알바와 프란체스코 클레멘테도 있었다. 성안드레아 축제의 밤도 그곳에서 보냈다. 1544년에 폭풍을 불러일으켜 마을을 정복하러 온 사라센 함대를 궤멸했다는 그 성인은 지금도 바다로 나가는 사람들의 수호성인이다. 처음에 사람들은 이 성인의 조각상을 가마에 실어 생일선물로 조각배에 축복을 내릴 수 있도록 물가에 가져다놓았다. 그런 다음 가마를 어깨에 짊어지고 성인을 거리 이곳저곳으로 데리고 다니고, 마지막에는 대성당의 가파른 계단을 달려올라갔다. 한 발만 잘못 디뎌도 재앙이 일어났을 테지만 그런 일은 없었다. 성인을 모신 뒤에는 불꽃놀이가 이어졌다. 우리는 마을 광장 위쪽 언덕 높은 곳에 있는 알바의 집 테라스에서 그 불꽃놀이를 지켜보았는데, 마치 눈앞에서 일어나는 것처럼 느껴졌다. 로마에서는 날씨가 너무 더워 움직일 수 없을 지경이었고, 나는 일라이자에게 부채를 사주었다(밀라노에서는 핸드백을 사주었다). 움브리아에서는 유명한 작가들의 휴양지인 치비텔라 라니에리에 묵었다. 그곳은 15세기에 만들어진 라니에리 가문 소유의 성지에 자리하고 있다. 그 가문에는 가족들이 묵고 있는 다른 성도 한 채 있었다. 즉 치비텔라 라니에리는 그들이 가진 두번째로 좋은 성, 남는 성이었다. 그것만으로도 우리에게는 충분했다. 그곳에서 많은 일을 했고 새로운 친구들도 많이 사귀었다. 낮에는 글을 썼고, 저녁에는 좋은 음식과 와인, 깊은 밤까지 이어지는 대화가 있었다. 나는 내 나이의 절반밖에 안 되는 작가들을 상대로 탁구를 치면서도 치욕을 당하지는 않았다. 어느 날우리는 아레초에 가서 피에로 델라 프란체스카의 프레스코화를 보고, 보표니 음자리표니 하는 현대의 악보 체계를 발명한귀도 다레초의 조각상에 경의를 표했다. 『승리 도시』 교정도보았다. 기분이 좋았다.

그런 다음 그 훌륭한 품에서 떨어져나와 미국으로 돌아왔다. 일라이자가 그녀의 친구인 시인 트레이시 K. 스미스가 작사한 그레고리 스피어스의 신작 오페라 〈카스토르와 인내심〉의 시각 효과를 구성하는 사진 및 영상 이미지를 만들었기 때문이다. 오페라는 7월 21일 목요일 신시내티에서 시연될 예정이었다. 이탈리아의 성에서 신시내티로 간다니. 꽤 급진적인변화였지만 시연은 잘 진행되었고 일라이자의 작품은 상찬받았다.

그렇게 이어질 우리의 옛 삶이 이십 일 남아 있었다. 나는 가족을 만나기 위해 런던 여행을 계획하기 시작했다. 7월 28일목요일, 나는 『승리 도시』의 최종 교정본을 마지막 순간에 한

번 더 고쳤다. 그것으로 원고는 인쇄될 준비가 되었다. 우리는 친구들을 만났다. 8월 9일 화요일, 우리는 세레나 윌리엄스가 U.S. 오픈을 치른 후 은퇴할 계획이라는 기사를 읽고 다른 사람들이 모두 그랬듯 한 시대가 막을 내렸다고 생각했다. 그날 밤, 나는 검투사에게 공격당하는 꿈을 꾸었다. 8월 10일 수요일, 우리는 이탈리아 식당 알 코로에서 밤 데이트를 했다.

소소한 일상.

그런 다음 8월 11일 목요일 아침, 나는 JFK공항에서 버펄로까지 혼자 비행기를 타고 간 뒤 샌드라라는 친절한 여자가 모는 차를 타고 셔터쿼의 이리호 남쪽 호숫가를 따라 달렸다.

———

일라이자는 델라웨어에 있는 자기 가족을 만나러 가고, 나는 내 가족을 만나러 일주일 동안 런던에 가는 것이 우리의 계획이었다. 하지만 일라이자는 뉴욕에 남아 있다가 내가 셔터쿼에서 집으로 돌아왔을 때 깜짝 선물 겸 나와 하룻밤을 보낸 뒤 각자 가족과 시간을 보내자고 했다. 한편 런던에서는 내 아들 자파와 밀런, 여동생 사민, 그리고 조카 마야와 미슈카가 내가 곧 도착한다는 소식에 신나 있었다. 자파는 아직 두 살도 되지 않은 딸 로즈에게 곧 할아버지를 만날 거라고, 할아버지가 수영 교실로 찾아와 로즈가 물장구치는 모습을 구경할 거라고 말했다. 랜덤하우스 출판 담당자들은 출간과 관련한 상세 계획을 세우기 위해 내가 돌아오는 직후로 줌 회의를 잡았다. 모든 것이 순조롭게 느껴졌다.

그러다가 세상이 폭발했다.

일라이자의 친구 사피야 싱클레어가 아침나절에 일라이자에게 전화를 걸어 떨리는 목소리로 괜찮으냐고 물었다. 그렇게 일라이자는 내가 피습당했다는 소식을 들었다. 그런 다음에는 CNN 방송 화면 아랫부분에 자막이 지나가며 그 소식을 확인해주었다. 일라이자는 TV를 보며 비명을 질렀다. 영원처럼 느껴지는 시간 동안 자세하거나 믿을 만한 정보는 거의 없었다. 휴대폰이 끊임없이 울려댔다. 소문이 사실의 자리를 차지하고 일라이자의 고통을 더했다. 내가 죽었다. 구타당하긴 했지만 살해되지는 않았다. 자리에서 일어나 무사히 무대를 떠났다.

대서양이 순식간에 더 넓어지기라도 한 것처럼, 갑자기 그 어느 때보다 멀어진 것만 같은 런던에서도 가족들이 소식을 찾아 절박하게 허둥댔다. 모두의 얼굴에 공포가 드리웠다. 그들은 일라이자에게, 일라이자는 그들에게 전화를 걸었지만, 확실하게 아는 사람은 아무도 없었다. 자파의 언론 쪽 정보원들도 처음에는 확신하지 못했다. 그들은 내가 다섯 번, 열 번 찔렸다고 했다. 아니, 괜찮다고 했다. 아니, 열다섯 번 찔렸다고 했다. 런던은 저녁으로 접어드는 늦은 오후였다. 가족 모두가 함께 있으려고 사민의 집으로 모여드는 가운데, 진실은 천천히 찾아왔다.

나는 헬리콥터에 실려 가장 가까운 병원으로 이송되었다. 내가 살아날 가능성은 극히 낮아 보였다. 이십사 시간 안에 생사 여부가 결정될 터였다.

———

일라이자는 뉴욕시에서 내가 있는 곳으로 올 가장 빠른 방법을 찾으려 애썼다. 그러는 동안 휴대폰은 폭발하려 했다. 모든 것이 아수라장이었다.

누군가 일라이자에게 전화를 걸어 내가 살아나지 못할 테니 서두르는 것이 좋겠다고 말했다—나중에 일라이자는 그 사람이 누구였는지 기억하지 못했다. 일라이자의 세상이 무너져내렸다. 우리가 지난 오 년 동안 쌓아온 사랑의 삶이 폭력적인 종말을 맞았다. 악몽이 꿈과 현실의 경계를 가로질러 실현되었다. 일라이자가 그린 세상에 대한 그림이 산산조각나 바닥에 흩뿌려졌다.

위대한 책 『이것이 인간인가』에서 프리모 레비는 "완벽한 행복은 얻을 수 없다"고 말한다. 그리고 완벽한 불행도 마찬가지라고 말한다. 일라이자는 레비가 틀렸다고 말하고 싶었다.

그 순간 일라이자는 완벽한 불행이라는 나라에 살고 있었다.

———

일라이자는 우리의 문학 에이전트 앤드루 와일리, 그리고 진 오와 이야기를 나누었다. 앤드루는 울고 있었다. 우리는 삼십육 년 동안 친구로 지냈다. 『악마의 시』가 출간되고 호메이니가 파트와를 내린 이후 내게 닥친 허리케인 속에서 앤드루는 나의 가장 강하고 의리 있는 동맹이었다. 우리는 그 전쟁을 함께 치렀다. 그런데 이제 와서 이런 일이 벌어진다고? 앤드루는 견딜 수 없었다. 하지만 눈물이 아니라 행동이 필요한 시점이었다. "지금 당장 셔터쿼로 가야 해요." 그들이 일라이자에게 말했다. 육로로 가면 최소한 일곱 시간이 걸릴 터였다. 일라이자는 일곱 시간이나 허비할 수 없었다. 유일한 해결책은 비행기였다.

우리는 전세기를 이용하는 사람들이 아니다. 우리에겐 그런 돈이 없다. 하지만 그 순간에는 돈이 중요하지 않았다. 오로지 그곳으로 가는 것이 중요했다. 우선 아멕스 카드를 사용하고 돈 걱정은 나중에 하기로 했다. 앤드루와 진은 비행기에서 일라이자를 만났다. 비행기는 뉴욕주 화이트플레인스의 비행장에서 대기하고 있었다. 2만 달러 이상의 비용이 들 터였다. 하지만 상관없었다.

"가요." 그들이 말했다.

일라이자는 출발했다. 일라이자의 여동생 멀리사와 온화한 성격의 브루클린 학교 교사인 멀리사의 남편 유미르 브라운도 함께 출발했다. 가는 내내 일라이자는 전화로 들은 말―살아나지 못할 거예요―을 짐처럼 짊어지고 있었다. 어떤 위로도 통하지 않는 말이었다.

한편 워싱턴 D.C.에서는 일라이자의 남동생 애덤과 그의 남편 제프 리슈어가 자동차에 뛰어올라 북서쪽으로, 이리호를 향해 최대한 빠르게 차를 몰기 시작했다. 윌밍턴에서는 일라이자의 또다른 남동생 크리스도 합류해 최대한 빨리 차를 몰았다.

가족들은 이런 식으로 행동했다. 그들에게 일라이자는(그들에게는 레이철이었지만) 사랑하는 가족이었다. 이제는 나도 그들의 가족이었다. 그들은 일라이자만큼이나 나를 위해서도 셔터쿼에 오려 했다.

———

뉴욕주 경찰이 일라이자에게 전화를 걸어왔다. 펜실베이니아주 경찰도 그녀에게 전화했다. 헬리콥터가 나를 태우고 주 경계선을 넘어 펜실베이니아주 이리의 셔터쿼에서 56킬로미터 떨어진 UPMC해멋으로 이동했다. 온라인 정보에 따르면 그곳은 '이리 지역에서 유일하게 신뢰할 수 있는 외상센터'이기에 내 생존 가능성을 만들어줄 유일한 공간이었다.

　살아나지 못할 거예요.

　비행기가 착륙했을 때는 사방에 보안 차량이 있었다. 그때쯤 내 피습 소식은 전 세계 공중파를 타고 활활 타올랐다. 공항에서도, 병원에서도 최고의 보안 작전이 발령되었다. 일라이자, 멀리사, 유미르는 경찰차로 해멋까지 이동했다. 차 안에서는 아무도 별다른 말을 하지 않았다. 일라이자는 생각했다. 그 사람이 죽었다는 말을 내게 하고 싶지 않은 거야. 이 사람들은 남편의 시신을 보여주려고 나를 데려가고 있어.

———

　나는 죽지 않았다. 수술받는 중이었다. 외과의 여럿이 부상 입은 나의 다양한 부위를 동시에 수술했다. 목, 오른쪽 눈, 왼손, 간, 복부. 얼굴—이마, 양쪽 뺨, 입—과 가슴의 자상. 수술은 여덟 시간쯤 걸렸다.

　수술이 끝났을 때 나는 호흡기를 끼고 있었지만 죽지는 않았다.

　살아 있었다.

　일 년 뒤, 나의 며느리 내털리가 피습 사건 몇 주 후에 작성했던, 사건 직후 첫 이십사 시간에 대한 메모를 보내왔다. 내털리에 따르면, 자파는 소식을 듣고 무너져내린 것처럼 보였다고 한다. "자파의 내면에서 무언가 움직였다." 자정쯤 일라이자가 병원에서 런던으로 전화를 걸었다. 일라이자는 상담사와 함께 있었고, 스피커폰을 이용했다. 상담사는 가족 모두에게 내가 살아날 가능성이 조금밖에 없으니 최악의 상황에 대비하라고 말했다. 상담사가 내 부상에 대해 설명하는 동안 내털리는 일라이자가 슬픔에 울부짖는 소리를 들었다. "안 돼, 제발 안 돼." 그날 밤 자파와 내털리는 어둠 속에 누워 있었고, "세상은 매우 묵직하고 고요하고 어둡게 느껴졌다." 자파는 밤새 울었다. "아빠를 안고 싶어하는 어린애 같았다." 내털리는 그렇게 적었다. "자파는 자기가 잠들면 깨어났을 때 아버지가 없을지도 모른다는 걸 알았다." 다음날, 일라이자가 다시 전화를 걸었다. 내가 아직 호흡기를 끼고 있긴 하지만 깨어나 정신을 차리고 있다는 소식이었다. 일라이자는 자파가 내게 사랑한다고 말할 수 있도록 휴대폰을 내 귀에 대주었다. 나는 자파의 목소리를 듣고 발가락을 꼼지락거렸다. 일라이자가 그 사실을 전해주자 자파는 기쁨의 눈물을 흘렸다.

———

나중에 우리는 A가 셔터쿼 카운티 구치소에 수감되어 있으며 보석이 거부되었다는 것을 알게 되었다. 그의 혐의는 살인미수와 가중폭행*이었다. 나중에 일라이자와 나는 셰리를 만났다. 셰리는 FBI 요원으로, 내 병실에 찾아와 연방정부에서 이 사건을 처리하기 위해 '이십사 시간 내내' 일하고 있으며 테러 혐의도 입증하는 것을 목표로 삼고 있다고 나를 안심시켰다. FBI와 주경찰이 나를 찾아와 진술을 요청했고, 아마 예의상 한 말이겠지만 나의 기억력에 감명받았다고 했다. 시간이 더 흐른 뒤 우리는 뉴저지주에 있는 A의 지하실에서 '3만 점의 증거'가 발견되었다는 소식을 들었다. 그의 노트북컴퓨터 안에 있던 모든 파일, 문자와 이메일 전부일 터였다. 그 모든 것이 우리에게는, 내게는 무척이나 추상적으로 느껴졌다. 처음 며칠의 화두는 단순했다. 생존.

　살아, 살아.

---

* 치명적 무기의 사용, 중상을 입힐 의도, 피해자의 지위 등 일반 폭행에 비해 가중처벌할 이유가 있다고 판단되는 폭행에 대해 선고되는 죄.

3. 해멋

의식을 되찾았을 때 나는 환각을 보고 있었다. 건축적 환각이었다. 으리으리한 궁전과 전부 알파벳으로 만들어진 웅장한 건물들이 보였다. 그 환상적인 구조물들은 글자들로 만들어진 벽돌로 세워졌다. 마치 세상이 단어이고, 언어와 시의 기본 구성 요소와 같은 글자들로 이루어져 있다는 듯이. 글자들로 만들어진 것과 같은 소재로 만들어진 이야기 사이에는 본질적 차이가 없었다. 둘의 본질은 같았다. 환각은 외벽과 거대한 회랑, 사치스러우면서도 절도 있는 높은 돔을 만들어냈다. 어느 순간에는 거울 타일로 만들어진 무굴제국의 쉬시마할*이고,

---

* 인도 암베르성의 왕비궁.

또다른 순간에는 작은 철창들이 있는 돌벽으로 만들어진 공간이었다. 나의 불안한 뇌가 이스탄불의 성소피아성당과 비슷한 무언가를 보여주었다. 알람브라도, 베르사유도. 파테푸르시크리와 아그라의 붉은 요새와 우다이푸르의 호수궁전도. 하지만 스페인 엘에스코리알의 어두운 버전도 보였다. 악의적이고 금욕적이며, 꿈보다는 악몽에 가까운 모습이었다. 가까이서 보면 알파벳이 언제나 존재했다. 거울처럼 반짝이는 알파벳과 돌로 만들어진 음침한 글자들, 벽돌 알파벳과 다이아몬드나 금으로 만들어진 보물 같은 글자들. 얼마 후 나는 내 두 눈이―당시만 해도 내 눈이 두 개 있다고 생각했다―감겨 있다는 걸 알았다.

　나는 눈을 떴다―왼쪽 눈만 떴다는 걸 절반쯤 이해했다. 오른쪽 눈은 부드러운 붕대로 덮여 있었다―환각은 사라지는 대신 더 으스스하고 반투명하게 변했다. 나의 처지를 차츰 가늠할 수 있었다. 가장 먼저 부담스럽고 불편하게 느껴진 것은 인공호흡기였다. 이후 인공호흡기를 떼고 말을 할 수 있게 되자, 나는 인공호흡기를 끼고 있는 것이 마치 아르마딜로의 꼬리를 목구멍으로 쑤셔넣는 듯한 느낌이라고 말했다. 인공호흡기를 빼는 것은 아르마딜로의 꼬리를 목구멍에서 끄집어내는 것과 비슷했다. 나는 코로나바이러스에서도 인공호흡기 없이 살아남았다. 하지만 이렇게 쓰게 되었다. 심한 현기증을 느끼는 와중에도 나는 팬데믹 초기를, 인공호흡기를 꼈다가 떼고 살아남는 사람이 거의 없던 그 시기를 떠올렸다.

말을 할 수가 없었다. 병실에 사람들이 앉아 있었다. 다섯 명, 어쩌면 여섯 명. 그 시기에 나는 숫자를 잘 몰랐다. 나와 그들 사이에 글자들이 떠다녔다. 어쩌면 그들은, 그 사람들은 존재하지 않는지도 몰랐다. 그들도 환각일지 몰랐다. 내게는 강한 진통제가 투여되고 있었다. 펜타닐, 모르핀. 아마 그것이 알파벳 환각의 이유였을 것이다. 어쩌면 그것이 병실에 그 유령들이 있는 이유인지도 몰랐다.

그들은 유령이 아니었다. 그들은 일라이자, 멀리사, 유미르, 크리스, 애덤, 제프였다. 그들은 비행기를 타고, 차를 타고 내가 깨어난 시간에 늦지 않게 도착했다. 나는 안경을 쓰고 있지 않았으므로—안경은 피습 당시에, 아니면 피습에 이어진 광란 속에서 깨졌을 것이다—초점이 흐려져 사람들을 제대로 볼 수 없었다. 그들의 얼굴에 떠오른 암울한 표정을 보지 못했으니 오히려 잘된 것일지도 몰랐다. 그들은 내가 볼 수 없는 것, 즉 나를 보고 있었다. 내 목과 오른쪽 뺨은 칼에 베여 벌어져 있었고, 그들은 상처 양옆을 금속 봉합기로 고정한 모습을 볼 수 있었다. 턱 아래의 목에도 가로로 자상이 길게 나 있고, 그것 역시 봉합기로 고정되어 있었다. 사람들은 내 목 전체가 기괴하게 부풀어오르고 피로 검붉게 물들어 있는 것을 볼 수 있었다. 왼손 상처에 피가 말라붙어 성흔처럼 보였다. 상처 주변이 붕대로 감겨 있고 손에는 뻣뻣하게 부목이 대어져 있었다. 간호사가 내 망가진 눈을 살피러 왔을 때, 일라이자를 비롯한 사람들은 SF영화의 특수효과처럼 보이는 무언가를 보았다. 거대하게 부푼 눈이 눈구멍에서 튀어나와, 얼굴 아래로 커다란 수란처럼 늘어져 있었다. 부기가 너무 심해 처음 며칠 동안 의사들은 내게 아직 눈꺼풀이 있는지조차 알지 못했다(나는 알았다). 일라이자를 비롯한 사람들은 내 입에 꽂힌 인공호흡기의 관을 볼 수 있었다. 아무도 그들에게 언제 그 관을 뺄 수 있을지, 뺄 수는 있는 건지 확실하게 말하지 못했다. 가슴의 상처는 가려져 있었지만, 그들은 내 간이 손상되었으며 소장도 일부 제거했어야 했다는 걸 알았다. 그들은 내 심장이 "멍들었"다는 말을 들었다. 그들은 내가 살아날지, 살아난다면 미래의 내 상태는 어떨지 알지 못했다. 이 모든 것이 그들의 표정에 적혀 있었다. 하지만 그들은 흐릿하게 보였다. 마취로 의식이 절반밖에 없는 상태에서, 나는 그들이 와 있다는 것만으로 기뻤다.

(처음 몇 주 동안 일라이자는 거울을 보지 못하게 했다. 그래서 나는 내 모습이 얼마나 끔찍한지 전혀 몰랐다. 의사와 간호사들이 진찰하러 와서는 "훨씬 나아 보이시네요"라고 말했기에 그들의 거짓말을 믿었다. 믿고 싶었기 때문이다. 깊은

밤, UPMC해멋의 외상 병동에서 다른 병실의 죽어가는 남자들의 비명소리를 들을 때면 가장 큰 질문—살 것인가, 죽을 것인가?—이 허공에 맴돌았다. 그 질문에 대한 분명한 답은 없었다.)

일라이자는 내 곁을 지키며 자신의 슬픔이나 두려움을 내게 보이지 않으려 했다. 나를 위해 다정하고 강한 모습을 지켜야 한다는 걸 알았다. 그녀가 말했다. "내 말 알아듣겠으면 발을 움직여봐." 내 발이 움직이지 않자 일라이자는 절망에 빠질 뻔했다. 어쩌면 내 눈 속 아주 깊은 곳까지 들어간 칼이—시신경이 있는 곳까지 들어갔다—내 뇌를 망가뜨린 것인지도 몰랐다.

잠시 후 현기증이 좀 가시자 내게 어떤 행동을 요구하는지 좀더 잘 이해하게 되었고, 나는 발을 움직이기 시작했다. 한 번은 예, 두 번은 아니요. 그런 휘청거리는 상황에서도 안도의 물결이 병실에 번져가는 것을 느낄 수 있었다.

내가 알아듣는다는 걸 알게 되자, 사람들은 내게 말을 걸 수 있었다. 유미르가 다가와 내 머리맡에 앉더니, 내게 읽어주고 싶은 것이 있다고 했다. 내 피습 사건에 대한 바이든 대통령의 성명서였다. 유미르는 내 귓가에 대고 천천히, 속삭이듯 조용히 그 성명서를 읽었다.

질과 저는 어제 뉴욕에서 살만 루슈디에게 벌어진 악랄한 공격에 대해 알고 충격과 슬픔에 빠졌습니다. 우리는 모든 미국인, 그리고 전 세계 사람들과 함께 루슈디의 건강과 회복을 기원합니다. 구급대원들을 비롯해 루슈디를 돕고 공격자를 제압하기 위해 주저 없이 행동에 나선 분들께 감사를 전합니다.

인간성에 대한 통찰과 이야기에 대한 독보적인 감각, 위협당하지도 침묵을 강요받지도 않겠다는 의지를 가진 살만 루슈디는 우리에게 필수적이고도 보편적인 이상을 상징합니다. 진실. 용기. 회복력. 두려움 없이 생각을 공유하는 능력. 이런 것이 바로 자유롭고 개방된 사회를 이루는 벽돌입니다. 오늘날 우리는 루슈디, 그리고 표현의 자유를 위해 맞서는 모든 사람과 연대하며, 대단히 미국적인 가치에 대한 우리의 헌신을 재확인합니다.

죽음이 매우 가까워지면, 세상이 멀어지고 엄청난 고독감을 느낀다. 그런 때에는 친절한 말이 위안과 힘을 준다. 혼자가 아니라는 느낌, 지금껏 살고 일한 것이 헛되지 않다고 느끼게 한다. 이후 이십사 시간 동안 나는 내게로 흘러오는 사랑이 얼마나 큰지 알게 되었다. 전 세계의 경악과 응원. 경탄이 빗발쳤다. 바이든 대통령의 메시지와 더불어 프랑스 마크롱 대통령의 강인한 성명도 전달되었다. "살만 루슈디는 삼십삼 년간 자유를 구현하고 반反계몽주의에 맞서 싸워왔습니다. 루슈디는 극심한 증오와 야만주의에 의한, 비겁한 공격의 피해자입니다. 그의 싸움은 우리의 싸움이며 보편적인 것입니다. 지금 우리는 그 어느 때보다도 그의 곁에 서 있습니다." 세계 각국의 다른 지도자들도 비슷한 성명을 냈다. 2007년 6월 '문학에 대한 기여'로 내가 기사 작위를 받은 것에 대해 좋은 작가가 아니므로 작위를 받을 자격이 없다는 기사를 쓴 적이 있는 당시 영국 총리 보리스 존슨조차 마지못해 몇 마디 진부한 말을 남겼다. 내가 태어난 곳이자 내게 가장 깊은 영감을 주는 나라인 인도는 그날 아무 말이 없었다. 그리고 불가피한 일이지만, 이번 사건에 대해 기쁨을 표현하는 목소리들도 있었다. 증오의 대상이 된 사람에게는 이유 없이 자신을 싫어하는 사람들이 생기기 마련이다. 그건 삼십사 년간 진실이었다.

친구들은 내가 읽지 않을 걸 알면서도 내 휴대폰으로 문자를 보냈다. 의미 없다는 걸 알면서도 이메일을 보내고 음성메시지를 남겼다. 페이스북과 인스타그램에 내게 보내는 메시지를 올렸다. 제발, 제발 무사하길.

내가 마지막으로 인스타그램에 올린 게시물은 공격당하기 전날 밤에 직접 찍은, 셔터쿼호를 비추는 보름달 사진이었다. "당신을 생각합니다." 수십 명의 사람들이 그 게시물에 댓글을 남겼다. "사막에 초를 밝혀놓고 당신을 생각합니다." "당신을 사랑하고 필요로 하는 사람들이 곳곳에 있어요. 우리 모두 당신을 응원합니다." "역경 속에서 당신의 힘이 다시 한번 초능력으로 입증되기를 바랍니다." "처참합니다." "달은 그러지 못했지만, 별들은 나란히 당신을 보호해주길." "나아요 나아요 회복해요 이겨내요." "사랑합니다." "사랑해요." "우리는 당신을 사랑합니다."

수많은 사람들이 나를 위해 기도하고 있다고 말했다. 내가 신을 믿지 않는 개자식이라는 걸 알면서도.

"당신이 떠난 줄 알았어요." 나의 친구 화가 타린 사이먼이 한참 뒤에 말했다. "우리 모두 당신이 떠난 줄 알았어요. 난 당신을 잃은 줄 알았죠. 내가 느껴본 가장 힘든 감정이었어요."

보통 사람들의 반응이 뒤따랐다. 독자들, 독자가 아닌 사람들, 내가 모르는 사람들, 그냥 이 끔찍한 짓에 경악한 선한 사람들. 사민이 미국행 비행기를 타기 전 런던에서 전화로 그런 메시지를 조금 읽어주었다. 나는 이 일의 여파가 병실 밖에서 얼마나 큰지 제대로 이해할 만큼 멀쩡한 상태가 아니었지만, 느낄 수 있었다. 나는 언제나 사랑에 힘이 있다고, 가장 강력한 형태의 사랑은 산도 옮길 수 있다고 믿어왔다. 사랑은 세상을 바꿀 수 있다.

내 삶은 기묘해서, 마크롱 대통령이 말한 "증오와 야만주의"와 치유, 연대, 용기라는 가치를 가진 사랑 사이에 벌어지는 싸움 한가운데로 나를 밀어넣었다. 내가 사랑하고 나를 사랑한 여자가 내 곁에 있었다. 우리가 이 싸움에서 이길 터였다. 나는 살 것이다.

———

당장은 병실이 내 세상이었고, 세상은 목숨을 건 게임이었다. 그 게임에서 탈출해 더 넓고 익숙한 현실로 돌아가기 위해, 나는 세상 모든 신화의 영웅들처럼 신체적, 도덕적 시험을 무수히 거쳐야 했다. 나의 건강이—나의 인생이—내 항해의 목적인 황금 양털*이었다. 이 이야기에서 침대는 아르고호였고, 병실은 바다였으며, 바다는 위험한 세상이었다.

수술 후 첫 이십사 시간의 한순간, 내 목숨이 줄타기를 하던 중에 나는 잉마르 베리만이 나오는 꿈을 꾸었다. 구체적으로 말하면, 십자군전쟁을 마치고 집으로 돌아온 기사가 죽음의 신을 상대로 마지막 체스게임을 벌여 불가피한 체크메이트**를 최대한 피하려 하는 〈제7의 봉인〉의 유명한 장면을 보았

———

* 이아손과 헤라클레스 등 아르고호의 영웅들이 나라에 번영을 가져다준다는 전설 속 보물인 황금 양털을 찾기 위해 갖은 난관을 겪은 이야기에 자신을 빗댄 것이다.
** 킹이 붙잡히게 된 상황, 즉 완전히 패배한 상황을 뜻한다.

다. 그 기사가 바로 나였다. 사실 나의 체스 실력은 대학 시절 이후로 많이 떨어졌다.

해멋 외상센터는 조용한 곳이 아니었다. 병원에는 나 때문에 보안상 전면적인 봉쇄 조치가 내려졌고, 수많은 보안요원이 순찰을 돌았다. 일라이자가 구내식당에서 샌드위치 하나라도 사오려면 보안요원이 동행해야 했다. 하지만 이 위쪽, 중증외상 병동은 괴로울 정도로 통제를 벗어난 상태였다. 근처 병실에서는 약을 달라고 시끄럽게 소리질렀고, 또다른 병실에서는 치료가 늦어졌는지 누군가의 비명이 들려왔다. 때로는 흐느끼는 소리도 들렸다. 일라이자는 죽어가는 남자들의 방을 지나 복도를 걸어가면서, 나의 운명도 그렇게 될지 모른다는 생각을 떨쳐내지 못했다. 내 남편도 사체낭에 들어가게 될까?

거의 그럴 뻔했다. 나중에 내가 살 것이 확실해지자 의사들의 안도감도 명백하게 드러났다. 수술 팀의 한 사람이 말했다. "헬리콥터로 당신을 싣고 왔을 때, 우린 당신을 구하지 못할 거라고 생각했습니다."

그들은 나를 구해냈지만, 그 정도로 아슬아슬했다.

다른 의사는 내게 이렇게 말했다. "다행이었던 점이 뭔지 아세요? 당신을 공격한 사람은 칼로 사람 죽이는 방법을 전혀 몰랐습니다. 운이 좋았던 겁니다."

검은 옷을 입고 미친듯이 칼을 휘둘러대다가 아슬아슬하게 실패한 놈의 실루엣이 눈앞에 번쩍 떠올랐다. 하지만 그는 거의 성공할 뻔했다. 나의 바보 같은, 분노에 찬 A.

———

8월 13일 오후, 병원에서 인공호흡기를 떼기로 했다. 인공호흡기가, 아르마딜로의 꼬리가 내 몸에서 떨어져나왔다. 딱 그만큼 편안해졌다. 그래도 좋은 소식이긴 했다. 나는 혼자서 제대로 숨을 쉴 수 있었다. 입을 열자 말도 나왔다.

"말을 할 수 있어." 내가 말했다.

이것이 반격의 시작이었다. 일라이자에게는 희망의 시작이었다. 나는 살아 있었고, 숨을 쉴 수 있었으며, 시간이 지나면 나머지 기능도 돌아올 터였다. (혹시 하는 생각은 하지 않기로 했다. 그런 생각은 완전히 버리려 했다. 혹시라는 건 없을 것이었다. 긍정만이 있었다.)

———

일라이자는 외상 병동에 나만 남겨두지 않으려 했다. 다른 사람들은 지역 호텔에서 며칠 묵은 뒤, 이번 사건 때문에 끊겼던 일상으로 복귀했다. 내 아들 자파가 런던에서 왔고, 이틀 뒤에는 사민도 왔다. 그들도 호텔에 방을 잡았다. 하지만 일라이자는 나와 함께 머물렀다. 쉽지는 않았다. 사람들은 일라이자에게 병원이 험한 동네에 있다고 말해주었다. 생활용품을 사러 월그린까지 두 블록쯤 걸어가는 일도 일라이자 혼자서는 안전하지 않았다.

내가 입원해 있던 병실 벽에는 쿠션이 깔린 돌출 공간이 있어서 일라이자가 그곳을 침대로 썼다. 틀림없이 매우 불편했을 테지만, 그때는 일라이자가 슈퍼히어로 모드에 들어간 때였다. 그녀는 슬픔도, 두려움도, 피로도, 스트레스도 보이지 않았다. 그저 사랑과 강인함만 보였다. 내가 가장 약해져 있던 시기에 그녀는 나의―우리의―무너지지 않는 바위가 되었다. 근처에 다가오는 사람은 모두 그녀에게 응답해야 했다―의사들은 자기가 내린 결정에 대해 설명해야 했고, 간호사들은 나를 어떻게 도울지 말해야 했으며, 나를 보러 온 FBI 요원들은 물론 뉴욕과 펜실베이니아에서 온 주경찰관들도 일라이자를 거쳐야 했다.

일라이자는 병원에 뉴욕대학교의 건강보험이 적용되는지 확인하고 싶어했다. 그녀는 예술과학대 부학장에게 연락했다. 부학장은 기꺼이 도움을 주며 학교 보험이 필요한 역할을 해줄 거라고 확인해주었다. 일라이자는 벌써부터 나와 함께 뉴욕으로 돌아갈 계획을 세우기 시작했다. 환자 수송기의 비용은 얼마나 될까? 그것도 보험 처리가 될까?(아니. 그건 지나친 요구였다). 뭐, 그렇다면야. 우리가 비행기를 빌릴 수 있을까? 우연히도 우리는 비행기를 소유한 사람을 몇 명 알고 있었고—문학계 사람들은 아니었다—그들에게 연락할 수 있는 사람도 한두 명 알고 있었다. 그런 사람들 중 친절하게도 우리에게 비행기를 내주겠다고 제안한 사람이 셋 이상이었다. 하지만 알아보니 이 방법은 너무 복잡했다. 비행기는 어디에 있을까? 필요할 때 바로 올 수 있을까? 비행기에 의료장비가 구비되어 있을까? 이동중에 필요한 응급 의약품을 실을 수 있을까? 우리와 함께 이동할 의료 전문가를 태우고, 거기에다 보안 인원까지 태울 수 있을까? 그리고…… 상대방이 아무리 너그러운 사람이라 해도 신세를 지고 싶지 않았다. 우리는 우리 선에서 감당할 수 있는 방법을 선택했다. 육로로 이동하기로 했다. 일라이자는 UMPC해멋에서 소형 구급차를 예약해줄 사람을 찾아냈고, 그 구급차를 타고 우리와 함께 이동할 인력도 구했다. 일라이자는 경찰과 소통하기 시작했다. 곧바로 펜실베이니아주 경찰이 주 경계선까지 우리를 호위하기로 했고, 뉴욕주 경찰은 그곳으로 우리를 마중나와 뉴욕시까지 먼길을 함께하기로 했다. 맨해튼에 도착하면 일라이자와 소통하던 러스크재활병원으로 우리를 데려갈 예정이었다. 러스크재활병원은 뉴욕대학교의 랭곤병원 소속으로, 미국에서 가장 훌륭한 재활병원 중 하나였다. 일라이자는 러스크재활병원에 남는 병실이 있는지, 그곳에서 병실을 내줄 것인지, 우리가 필요로 할 때 병실을 준비해줄 것인지 확인했다.

"우리가 필요로 할 때"란 그때부터 이 주도 더 뒤였다. 하지만 일라이자는 준비에 들어갔다.

———

8월 14일에서 15일로 넘어가는 자정은 내게 언제나 특별한 의미가 있었다. 그 시간은 1947년, 인도가 영국의 통치로부터 독립한 순간이었다. 내 소설『한밤의 아이들』의 반영웅이자 서술자인 살림 시나이가 태어난 순간이기도 했다. 나는 인도 독립기념일을 살림의 생일이라고 부르는 습관이 있었다. 그해의 독립기념일은 개인적으로 더 큰 의미가 있었다.

8월 15일 월요일은 피습 후 셋째 날이었다. 내가 계속 살아갈 것이 분명해진 날. 또는 내게 살아갈 자유가 생긴 날이라고 말할 수도 있을 것이다. 그 순간 나의 가장 큰 관심사는 바로 그 자유였다.

머리가 다시 돌아가기 시작했다. 나는 영상 검사를 두 차례 받았고, 검사 결과 아무 손상이 없었다. 그러므로 내 뇌는 작동하지 않을 이유가 없었다. 이것이 무엇보다도 큰 행운이었을 것이다. 칼날이 그렇게 깊이 관통했는데, 거의 1밀리미터 차이로 나의 정신적 능력을 망가뜨리는 데 실패했다니. 그 말은, 회복하고 나면 계속 나로서 살아갈 수 있다는 뜻이었다.

나는 차츰 강력한 진통제를 끊었고—기적적으로 목숨을 구한 사람은 마약성 진통제에 중독되는 최후를 원치 않게 된다—그 결과 환각이 사라졌다. 아쉬웠다. 알파벳으로 이루어진 나의 궁전과 허공에 떠다니는 황금 글자들을 좋아하게 되었으니까.

"기록해야겠어." 이것이 가장 먼저 떠오른 일관된 생각이었다. 일라이자가 이 생각에 어떻게 반응할지 확신할 수 없었는데, 그녀는 즉각적으로, 그리고 열렬히 찬성했다. 내가 말했다. "이건 내 개인의 일이 아니야. 더 큰 주제에 관한 사건이지."

물론 내가 말한 더 큰 주제는 자유였다. 닳고 닳은 그 단어가 지금 무슨 의미를 띠게 되었는지는 모르겠지만 말이다. 나는 기적에 대해, 그리고 기적을 믿지 않지만 기적적인 일이 일어나는 허구의 세상을 만들며 평생을 보낸 사람의 삶에 난입한 기적적인 것에 대해 생각해보고 싶었다. 기적적인 것은—A와 그의 피해자 역시—주 경계선을 넘었다. 그것은 소설에서 현실로 넘어왔다.

일라이자가 카메라 장비를 배달시켰다. 장비는 뉴욕시에서 출발해 이틀 뒤 도착할 예정이었으므로, 닷새째에는 나의 신체적 상태, 회복, 피습과 내 작품, 내 이념, 세상에 대한 내 생각을 기록할 수 있을 터였다. 일라이자는 높은 성취를 이룬 사진작가이자 영상작가이므로(소설가 겸 시인이기도 하다—때로 나는 일라이자의 재능에 한계가 없을지 모른다고 생각한다), 외부인의 도움은 필요하지 않았다. 그건 우리가 함께할 작업이었다. 죽음에 대한 반항이자 삶과 사랑에 대한 기념이 될 것이었다. 좀더 산문 투로 말하자면 피해를 정면으로 들여다보는 작업이 될 터였다.

카메라가 도착하기 전부터 우리는 일라이자의 휴대폰으로 대화를 녹음하기 시작했다.

오늘은 기분이 어때, 자기야. 오늘은 좀 어때, 여보. 우리의 인생이 영원히 바뀐 네번째 날이야.

그야…… 좋은 점도 있고 나쁜 점도 있지. 어쨌든 난 사랑하는 사람들에게 둘러싸여 있어. 그중에서도 가장 중요한 건 당신이고. 그러니까 해낼 수 있어.

우린 이번 일을 이겨낼 거야. 우리한테는 전해야 할 이야기가 더 있어. 그건 가장 위대한 이야기, 사랑의 이야기야.

맞아.

오늘도 좋은 날이네. 우리가 함께하는 또다른 하루.

당신 덕분이야. 당신이 모든 일을 다 하고 있어.

가장 큰 일은 당신이 했는걸. 죽지 않았잖아.

내 가엾은 랄프로렌 정장.

한 벌 더 사자. 랄프로렌 매장으로 곧장 걸어들어가서 이 사람한테 정장 한 벌 주세요, 라고 말할 거야.

그냥 한 벌 줄지도 모르겠는데.

손은 좀 어때, 여보.

무거워. 팔에 손 하나가 더 매달려 있는 것 같아.

사랑해. 우린 이겨낼 수 있어.

나도 사랑해.

———

나는 자유에 대해 이야기할 상태가 아니었다. 자유라는 단어는 지뢰밭이 되어버렸다. 보수주의자들이 이 단어에 대한 소유권을 주장하기 시작한 이래로(자유의 탑이니, 자유의 튀김이니*) 자유주의자들과 진보주의자들은 자유로부터 물러나 사람들이 더이상 반박할 수 없는 새로운 규범, 즉 사회적 선善에 대한 새로운 정의를 지향하기 시작했다. 취약하다고 여겨지는 집단에 속한 사람들의 권리와 정서를 보호하는 것이 노벨문학상 수상자인 엘리아스 카네티가 "해방된 혀"라고 말한 표현의 자유에 앞서게 되었다. 이런 움직임으로 그들은 수

---

* 자유의 탑(Freedom Tower)은 9·11테러로 무너진 세계무역센터 쌍둥이빌딩을 대체하기 위해 지은 원월드트레이드센터의 별칭이다. '자유의 튀김(freedom fries)'이란 2003년 프랑스가 이라크전쟁에 반대하자 미국의 일부 레스토랑에서 이에 항의하기 위해 '프렌치프라이(french fries)' 대신 붙인 이름이다.

정헌법 제1조의 원칙에서 멀어졌고, 우파가 헌법의 그 취약한 한 조각을 취할 수 있게 되었다. 이제 수정헌법 제1조는 보수주의자들이 거짓말하고, 남용하고, 폄하할 수 있는 가치가 되었다. 말하자면 편협함을 위한 자유가 된 것이다. 우파에게도 새로운 사회적 의제가 있었다. 예전의 것과 매우 비슷하게 들리는 그 의제는 파렴치한 언론과 대자본, 이에 동조하는 정치인들과 부패한 판사들이 떠받치는 권위주의였다. 이 모든 것이 과했다. 옳고 그름에 대한 새로운 생각으로 만들어진 복잡성과 이로부터 자유라는 이념—토머스 페인의 이념이자 계몽주의의 이념, 존 스튜어트 밀의 이념—을 지키고자 하는 나의 열망을 제대로 표현하는 것은 내 능력을 벗어나는 일이었다. 내 목소리는 약하고 희미했다. 내 몸은 쇼크 상태였다. 나는 기적에 대해 간신히 말할 수 있을 뿐이었다.

일라이자가 사람들의 말을 전해주었다. "더 위대한 어떤 힘이 당신을 지켜주었다."

그 말을 어떻게 받아들여야 했을까? 나는 평생 무신론자였으며 무신론자의 아들이자 두 무신론자의 아버지다. 그중 한 명은 자신의 무신론에 대해 별말을 하지 않았고(자파), 다른 한 명은 그 점에 관해 극도로 시끄러웠다(밀런). 이제 와서 갑자기 하늘에서 보호의 손길이 내려와 불신자의 목숨을 지켜주었다고 믿으라니? 다음은 뭘까? 기적이 진짜라면 나머지는 뭘까? 죽음 이후의 삶은? 천국과 지옥은? 구원은? 천벌은? 과했다.

하지만 지난 반세기 동안 과학과 이성을 믿고 신과 여신에게 시간을 내주지 않았던 나는 과학 법칙이 뒤집혀 사람들이 텔레파시 능력을 가지고, 밤이면 잔인한 짐승으로 변신하고, 900미터 상공의 비행기에서 추락해 살아남은 뒤 몸에 뿔이 자라나는 이야기가 담긴 책들을 써왔다. 어떤 남자가 평범한 사람들의 두 배 속도로 나이드는 이야기, 또 어떤 남자가 지표면에서 딱 1센티미터 위에 떠다니는 이야기, 그리고 한 여자가 247세까지 사는 이야기가 담긴 책들을 말이다.

오십 년 동안 나는 뭘 해온 걸까?

내가 말하고 싶은 건 예술이란 눈을 뜬 채로 꾸는 꿈이라는 것이다. 상상력이 꿈과 현실의 틈새를 가로지르는 다리가 되어 비현실적인 렌즈를 통해 현실을 봄으로써 새로운 방식으로 현실을 이해하게 만드는 것이다. 나는 기적을 믿지 않았다. 하지만, 그렇다, 나의 책들은 기적을 믿었다. 휘트먼의 유명한 문장을 활용하자면, 나는 나 자신과 모순되는가? 그렇다면 좋다. 나는 나 자신과 모순된다. 나는 기적을 믿지 않지만 내 생존은 기적적이다. 뭐, 그렇다면 그런 거지. 내 책의 현실—아, 꼭 명칭을 붙여야겠다면 마술적 리얼리즘이라고 불러라—은 지금 내가 살고 있는 현실이다. 어쩌면 내 책들이 수십 년 동안 그 다리를 지어왔기에 이제는 기적적인 것이 그 다리를 건널 수 있게 된 건지도 모르겠다. 마술이 리얼리즘이 되었다. 어쩌면 내 책들이 내 목숨을 구한 건지도 모른다.

　내가 듣기에도 의식이 혼탁해서 하는 말 같았다. 나는 정신을 다잡으려고 애썼다.

　"뭔가 기록하자." 내가 말했다.

———

　오 일째 되던 날, 불운한 A가 셔터퀴 카운티 구치소에서 〈뉴욕 포스트〉의 스티븐 바고, 벤 케슬런과 인터뷰하는 실수를 저지르는 놀라운 일이 일어났다. 그는 살인미수와 가중폭행으로 기소되었고 무죄를 주장했다(수많은 군중이 목격한 범죄에 대해 무죄를 주장한다고? 그러라지, 그 방법이 통할지는 잘 모르겠지만. 나는 이렇게 생각했다). 귀가 크고 어울리지 않는 턱수염을 기른 신문 속 사진—사실 그건 지역 보안관 사무실에서 〈뉴욕 포스트〉에 제공한 구치소 입소 사진이었다—에서 그는 터무니없게도, 거의 사랑스러울 만큼 어려 보였다. 그의 침착한 태도를 통해 아무것도 모르는 젊은이의 어리석음을 상상할 수 있었다. 난 내가 올바른 일을 했다는 걸 알아, 다른 말을 하는 사람들한테는 관심 없어, 라고 그의 표정은 말하고 있었다.

　기사에서 그는 내가 '겨울 언제쯤' 셔터퀴에서 열리는 행사에 참석할 거라고 밝힌 트윗을 보고 그곳에 가야겠다는 '영감'을 받았다고 했다. 나는 생각했다. 고맙네, 이것으로 범죄의 계획성이 입증되겠어. 그는 이런 말도 했다. "그자가 살아났다는 이야기를 듣고 놀랐습니다." 나는 생각했다. 이번에도 고맙네, 이것으로 살해의 고의성이 입증되니까. 이것을 빼면 A가 한 말에서 흥미로운 내용은 딱히 없었다. 그는 아야톨라 호메이니를 '존경'했다. 나에 대해서는 "그 사람이 마음에 들지 않습니다. 그다지 선량한 사람이라는 생각이 들지 않아요. 그자가 마음에 들지 않습니다. 별로 마음에 들지 않아요"였다. 그는 내 작품을 '두 쪽' 이상 읽어본 적이 없었지만 유튜브에서 내가 강의하는 영상을 보았고, 내가 '부정직'하다고 결론내렸다. "저는 그런 식으로 부정직한 사람들을 싫어합니다." 그가 다소 불분명하게 말했다. 어떤 식으로 부정직하다는 거지? A는 자세히 설명하지 않았다.

"나는 그 사람이 부정직했기 때문에 그 사람을 살해하고 싶었다"라는 말은 범죄소설에 쓰기에 설득력이 떨어지는 동기다. 그가 한 말을 읽고 나서 내가 받은 가장 강렬한 인상은 나를 죽이겠다는 그의 결심에 동기가 충분하지 않다는 것이었다. 겨우 동영상 몇 개를 보고 냉혹한 살인—격정에 의한 범죄가 아니라, 오래전부터 계획해 꼼꼼히 수행하는 살인—을 저지르는 등장인물에 대한 이야기를 쓴다면, 출판사에서 그런 등장인물은 설득력이 떨어진다고 말할 것이다. 거의 살해당할 뻔한 사람이 거의 살인을 저지를 뻔한 사람에게 "그보다는 나은 이유를 생각했어야지"라고 꾸짖는 것은—어쨌든 그는 나를 죽이려고 시도했으니, 자신의 이유가 충분하다고 생각한 게 분명했다—이상하지만, 바로 그것이 내가 하고 싶은 일이었다.

나는 그를 만나고 싶었다. 그와 한방에 앉아서 "얘기해봐"라고 말하고 싶었다. 그가 나의 (하나 남은) 눈을 들여다보며 진실을 말하게 하고 싶었다.

그러나 일라이자는 이 계획에 강력히 반대했다. "절대 안 돼." 일라이자가 내게 말했다. 어쨌든 내 건강 상태를 생각하면 그런 일이 빠른 시일 안에 일어날 수 있다고 장담할 수도 없었다. A가 거절할 수도 있다. 아마 A의 변호사들도 그러지 말라고 조언할 것이다. 하지만 처음에 나는 시도해볼 작정이었다. 그러다가 그 젊은이의 지능이 그리 높아 보이지 않는다고—"로켓 과학을 할 만한 수준은 아닌 것 같다"고 일라이자에게 말했던 것 같다—아니면 최소한 그의 자기표현 능력에는 어떤 세련됨이 결여되어 있다고 생각했다. 그가 삶을 성찰하며 살아온 사람은 아닐 거라는 것이 나의 박한 추정이었다. 내가 그에게 소크라테스가 남긴 "성찰 없는 삶은 살아갈 가치가 없다"는 유명한 말을 전한다 한들 흥미로운 반응이 나오지는 않을 것 같았다. 그가 내뱉는 뻔한 말을 들을 필요는 없겠다고 판단했다. 내가 직접 그를 만들어내는 것이 나을 터였다.

그 시점에 나는 이 책을 써야겠다는 결정을 아직 내리지 못하고 있었다. 우리는 나—우리—에게 일어나는 일을 영상과 녹음, 사진으로 기록하고 있었지만, 그것이 우리 자신과 어쩌면 가족들을 위한 일기 같은 사적인 기록물이 되어야 하는지, 아니면 그 기록이 좀더 공적인 삶을 살 수 있을지조차 생각해보지 않았다. 다큐멘터리 영화를 만들겠다는 우리의 결정, 그리고 이 책을 쓰겠다는 나의 결정은 거의 동시에 이루어졌다. 그때 나는 생각했다. '이 이야기의 주요 등장인물은 셋이야. 일라이자와 나, 그리고 A.' 그런 다음 나 자신을 그의 머릿속으로 들여보내 그곳에서 발견한 것들을 묘사하는 것이 더 흥미로울 거라고 판단했다. 흑백 죄수복을 입은 그와 만나 그의 이데올로그*들이 늘어놓는 흑백논리에 따른 목적과 수단에 관한 개소리를 듣는 것보다 말이다. 그러니 A에게도 A의 장이 주어질 것이다. 그에게도 그의 차례가 있을 것이다.

———

나는 전혀 괜찮지 않았다. 나는 망가졌다. 하지만 회복하는

---

* 사회적·정치적 이데올로기의 주창자, 이론적 지도자.

중이었다.

간은 굉장한 장기다. 재생성된다. 내 간이 재생성되어 제대로 작동하기 시작했다. 그리하여 나는 누렇게 변하지 않을 수 있었다.

내 소장도 기능하고 있는 것처럼 보였으니 의사들이 일을 잘한 셈이었다. 병원 사람들은 환자들의 장이 운동한다는 말을 들을 때 가장 행복해한다. 환자의 장이 움직이지 않으면 정말 싫어하고, 설사를 일으키는 약을 준다. 애원하는 목소리로 그들에게 제발 그만해달라고, 장이 곧 움직일 거라고, 정말 그럴 거라고 약속했는데 마침내 장이 정말로 움직이면 모두가 환호한다.

내 오른쪽 폐 아래에 알 수 없는 이유로 체액이 고이고 있었다. 그 체액을 빼내야 했다. 나는 병실에서 아래층의 수술실로 옮겨졌다. 옆으로 돌아눕자 국소마취제가 발라졌다. 그런 다음에는 바늘이 등장했고 체액 추출이 시작되었다.

"걱정하지 마세요. 체액 뽑는 데는 제가 챔피언입니다." 의사가 내게 말했다. 아, 챔피언전이 있는지는 몰랐는데요? 나는 이렇게 생각했다(실제로 그렇게 말하지는 않았다). 체액 추출 월드 시리즈인가요? 아니면 체액 추출 슈퍼볼? 하프타임 공연은 누가 하나요? 머디 워터스? 아쿠아?* 닥쳐, 살만. 금방 끝날 거야. 내가 생각했던 것보다 시간이 오래 걸렸고 체액 양도 엄청나게 많았다. 900cc가 넘었다! 챔피언이 트로피를 들어올렸다. 분홍기가 도는 선명한 빨간색 물질이 가득찬 비닐봉지였다. "이렇게 색이 화려할 줄은 몰랐네요." 내가 말했다. 그 체액이 무엇인지는 몰라도 피가 섞여 있으리라곤 생각지 못했기 때문이다. 하지만 당연히 피가 섞여 있었다.

———

내가 병실을 비운 동안 일라이자는 혼자 카메라를 켜고 감정을 표출했다. 그녀가 내게 보이지 않으려던 감정들이었다. 슬픔, 두려움, 당혹감, 자신의 삶이라고 생각했던 것으로부터 떨어져나온 기분, 무엇보다도 "셔터쿼에 와서 폭력을 선택한" 남자에 대한 분노. "그자는 폭력을 선택했습니다." 하지만 일라이자는 이렇게 덧붙였다. "난 괜찮아요. 괜찮아질 거예요. 살만이 죽지 않았으니까. 내 남편은 살았어요."

그로부터 한참이 지나서야 일라이자는 자신의 독백과 폭언을 보게 해주었다. 그걸 본 나는 일라이자의 고통의 증거에 압도당했다. 그녀가 고통을 숨기고 미소 지으며 사랑으로 나를 돌보기 위해 쏟은 어마어마한 노력을 더욱 깊이 이해하게 되었다. 일라이자도 회복해야 했다. 일라이자도 나만큼이나 심

＊ '머디 워터스'는 진흙탕, '아쿠아'는 물이라는 뜻으로 둘 다 가수 이름이다.

하게 상처 입었다.

———

내 혀에도 깊이 베인 상처가 생겼다. 혀 왼쪽이었다. 원형극
장에서 넘어지면서 실수로 혀를 깨문 것이 틀림없었다. 꿰매
야 했다. 일라이자는 내가 입을 벌리고 있는 동안 의사가 바늘
로 내 혀를 꿰매는 모습을 지켜보는 것이 두번째로 지켜보기
힘든 일이었다고 말했다. 실밥은 알아서 녹아 이 주가 되기 전
에 사라질 거라고 했다. 그때까지 나는 무른 음식을 먹어야 했
다. 수프, 감자 퓌레, 그 외에는 별다른 것이 없었다. 나는 최
소한 치아는 멀쩡해 보인다는 생각으로 나 자신을 위로했다.
처음 맞았을 때 틀림없이 이가 빠질 거라 생각했는데 빠지지
않았다.

예측된 일정에 따라 혀가 점차 아물었고, 실밥도 떨어져나
갔다.

———

일라이자가 보아야 했던 최악의 광경은 내 눈이었다. 한 시
간마다 간호사가 와서 식염수로 눈을 축여줘야 했다. 눈이 너
무 심하게 튀어나와 눈꺼풀이 덮이지 않았고, 그래서 눈에 습
기가 자연스럽게 공급되지 못했기 때문이다. 울어야 할 일은

아주 많았지만 눈물이 없었다.

붕대를 제거하고 보니 눈은 끔찍했다. 의사들이 시력이 조금이라도 남아 있는지 검사했다. 나는 다치지 않은 오른손으로 왼쪽 눈을 가려보라는 지시를 들었다. 그런 다음, 의사들이 내 오른쪽 눈에 빛을 비췄다. 한번은 내가 크게 흥분하며 오른쪽 눈의 시야 가장자리에 빛이 보인다고 말했다. 의사들도 흥분했다. 하지만 그건 거짓된 희망이었다. 내가 왼쪽 눈을 제대로 가리지 못한 것뿐이었다. 손의 가장자리에서 빛을 볼 수 있었던 건 왼쪽 눈이었다.

눈을 잃었다. 나는 그 사실을 받아들이려 애썼다. 시신경이 손상되었고, 그걸로 끝이었다. 그는, A는 나를 죽이지 못했으나 내 눈을 가져갔다. 이 글을 쓰는 지금 이 순간에도 나는 여전히 그 상실을 받아들이지 못하고 있다. 눈을 잃는다는 건 신체적으로 힘든 일이다—시야의 4분의 1을 아예 보지 못한다는 건 그 자체로 감당하기 어려운 일이다. 두 눈을 통해 인식되는 원근법이 사라지는 것도 마찬가지로 힘들다. 물을 따르려 하면 유리잔을 빗맞히기 십상이다. 하지만 감정적인 면이 더 힘들었다. 남은 평생을 이렇게 살아가야 한다고 받아들이는 것은…… 절망적이었다. 하지만 『한밤의 아이들』에서 살림 시나이의 부모가 어린 그에게 반복적으로 말했듯이(내 부모도 내게 같은 말을 했다) "고칠 수 없는 것은 견뎌야만 한다.”

　의사들이 내 눈에 관한 단기 계획을 말해주는 날이 찾아왔
다. 부기가 가라앉기 전까지는 먼 미래에 관한 최종 결정을 내
릴 수 없다고 했다. 부기가 가라앉고 있기는 했지만 갈 길이
멀었다. 하지만 며칠 뒤면 눈꺼풀을 끌어내려 눈을 덮을 수 있
을지도 몰랐다. 그게 가능해지면, 어려움을 완화하고 눈을 더
잘 보호할 방법이 있었다. 그들은 눈꺼풀을 내려 꿰매버리는
방법을 제안했다. 그러고 나면 눈물관이 다시 작동하기 시작
할 테니, 한 시간에 한 번씩 식염수로 눈에 습기를 공급할 필
요가 없다. 더이상 눈을 다치지도 않을 것이다(어떻게 더 다
칠 수 있는지 궁금하긴 했지만, 이번에도 참고 질문하지는 않
았다).

　“정말 고통스러울 것 같은데요.” 내가 말했다.

　“강력한 국소마취제를 사용할 겁니다.” 그들이 나를 안심시
켰다.

　“그래요.” 내가 말했다. “제가 고통을 견디는 걸 정말 못해
서요.”

　시술은 이틀 뒤에 이루어졌다. 바늘이 다가오는 걸 보고 내
가 겁에 질려 말했다. “마취제는요?” 바늘 안에 들어 있다고
했다. 그후에 이어진 일에 관해 내가 할 수 있는 말은, 그 일이
정말 벌어졌다는 것도 믿기 힘들지만, 마취주사가 그렇게 아

프지 않았다면 시술이 얼마나 고통스러울지는 상상할 엄두조차 내지 못했으리라는 것이다. 일라이자도 병실에 있었으므로, 내가 고통에 겨워 시끄럽게 내지르는 소리를 들었다. 내 몸이 뻣뻣하게 굳는 것도 보았다. 점잖은 독자여, 그대들에게 조언하겠다. 눈꺼풀을 꿰매는 일을 피할 수만 있다면…… 피해라. 정말, 정말로 아프다.

의료계 친구들이 하는 말로 시술은 '성공적'이었다. 나라면 고르지 않을 단어였다. 내가 경험한 것 중 견딜 수 없는 고통에 가장 가까운 고통이었다. 그렇다, 칼에 맞는 것도 포함해서 말이다. 피습 당시에는 너무 큰 충격에 빠져서 고통을 고통으로 경험하지 않았다. 앞서 언급했듯 목격자들은 내가 "울부짖었"다고 했지만 말이다. 그 '성공적'인 시술 후 나는 밥 딜런의 〈러브 마이너스 제로/노 리밋〉의 가사를 떠올렸다. 6월, 내 생일날 밤에 사르데냐에서 친구 스티브가 불러준 노래였다. "……실패만한 성공은 없지/실패는 결코 성공이 아니지만."

실밥을 잘라내기까지 칠 주가 걸릴 터였다.

———

칠 일째 되던 날 오전 열한시에 일라이자의 노트북컴퓨터가 내 앞에 놓였다. 친구들과 동지들이 뉴욕공공도서관 계단에 모여 연대를 선언하는 모습을 지켜보도록 해준 것이다. 정확히 일주일 전에 나는 셔터퀴 원형극장 바닥에 누워 죽음에 대해 생각하며 죽지 않으려 애쓰고 있었다. 그리고 지금 그곳 5번가에는 수백 명의 사람들이 모여 '살만과 함께' 있었다. 내 친구, 훌륭한 소설가 콜럼 매캔이 나에 대해 "내가 살만이다"라고 말하고 있었다. 2015년 1월 7일 〈샤를리 에브도〉의 만화가들이 살해된 뒤 나를 포함한 많은 사람들이 "내가 샤를리다"라고 말한 것과 똑같았다. 슬로건이 된다는 건 얼마나 감동적이고도 이상한 일인지.

예전에 내가 회장을 맡았던 작가 협회인 PEN아메리카의 CEO 수잔 노셀이 열정적인 개회사를 했다. "예비 살인자가 살만 루슈디의 목에 칼을 꽂아넣었을 때 꿰뚫은 건 유명 작가 살만이 아니었습니다. 그는 시간을 베었고, 우리 모두에게 과거의 끔찍함이 현재에도 유령처럼 존재하고 있다는 충격을 줬습니다. 그는 경계선 너머로 침투했으며, 복수심에 찬 정부가 평화로운 은신처 안으로 긴 팔을 뻗치도록 했습니다. 그는 우리의 침착함을 관통했고, 우리로 하여금 셔터퀴의 그 순간에 느꼈던 온전한 공포를 생각하며 뜬눈으로 밤을 지새우게 했습니다. 그는 우리의 평안을 박살내고, 우리의 자유가 얼마나 취약한지 생각하도록 강요했습니다." 이 발언과 그후로 이어진 모든 발언에 나는 눈물을 흘릴 뻔했지만, 한편으로 이런 생각도 들었다. 그놈에게 그렇게 큰 힘을 부여하지 말아요, 수잔. 우린 그렇게 쉽게 박살나지 않습니다. 그놈이 파멸의 천사라도 되는 것처럼 굴지 말아요. 그놈은 그냥 운이 좋았던 멍청한 광대일 뿐이에요.

사랑하는 친구들을 포함해 열두 명 넘는 사람들이 발언했다. 키란 데사이, 폴 오스터, A. M. 홈스, 프란체스코 클레멘테. 나는 감정에 압도되었다. 말하기가 어려웠다. 나중에 일라이자가 카메라를 켜고 내게 그 경험에 대해 물었다.

여보, 아름다운 여름날 모두가 당신을 위해 뉴욕에 모인 모습을 보니 어땠어?

내 목소리는 약했고 호흡도 고르지 않았다. 나는 뚝뚝 끊기는 문장으로 말했다.

나는…… 고마웠고…… 감동했어…… 내 인생이…… 사람들에게…… 그렇게…… 그렇게 큰 의미가 있다는 걸…… 알아서. 그리고…… 내 작품이…… 낭독되는 걸 들어서…… 행복했어.

도서관 행사 이후로 곳곳에서 나를 지지하는 모임이 열린 것 같았다. 그래 보였다. 잉글랜드와 캐나다, 유럽 전역에서 말이다. 나는 다시 한번 사랑은 현실적인 힘, 치유의 힘이라고 생각했다. 내게 다가온 모든 사랑―가족과 친구들의 사랑뿐 아니라 낯선 사람들의 사랑도―덕분에 회복할 수 있었다고 나는 믿어 의심치 않는다.

처음에는…… 예전에는…… 파트와가 내려진 후에…… 심지어 문학계에서도 엄청난 적대감이 일었어…… 어쩌면 지금은…… 사람들이 나를…… 조금은 좋아하는지도 모르겠다는…… 느낌이 들어. 내가 하려고 했던 일은…… 좋은 작품을 쓰고…… 옳은 일을 하는 것뿐이었어. 내가 한 일은 그게 전부야……

그날 늦게, 나는 일라이자에게도 얼마나 큰 고마움을 느끼는지 말해야만 했다. "당신은 정말이지 지독히도 무리하고 있어."

일라이자는 자기에게 고마워할 필요는 없다고 말했다.

"하지만 깊은 감사를 느끼는걸…… 당신한테…… 내가 그렇게 느낀다는 걸 알았으면 해."

일라이자는 화제를 바꿔 내가 벨러폰테의 재즈 음악을 흥얼거리는 걸 들었다며 그에 대해 물었다.

"〈잭애스 송〉이야." 내가 말했다. "이젠 확실히 말할게／ 내 당나귀를 거기 묶어두지 마."

일라이자는 내게 그 노래를 불러달라고 했다. 나는 상황이 아주 좋을 때도 노래를 못하지만, 뚝뚝 끊기는 작은 목소리로 그녀를 위해 노래했다. "사람들은 이제 내 당나귀가 미쳤다고 말하지/ 내 당나귀를 거기 묶어두지 마/ 녀석은 건초 더미 높은 곳에 있으니/ 내 당나귀를 거기 묶어두지 마!"

당신에게 실없는 소리를 하고 나면 나는 행복해진다고 말했다.

——

도서관 계단에서 열린 행사는 내게 큰 힘이 되었다. 그 어떤 약보다 나았다. 나는 일라이자에게 우리 삶을 되찾을 방법에 대해 이야기했다.

삶을 되찾아야 해. 내가 말했다. 죽음과 비슷한 상황에서 그저 회복만 할 수는 없어. 삶을 되찾아야 해.

——

그 시기에 분노를 느낀 적이 있는지 떠올려보려 한다. 나는 해멋의 중증 외상 병동에 십팔 일간 머물렀다—내가 살면서 경험한 가장 긴 십팔 일이었다. 내가 다시 그 병실에 있다고 생각하면 나약함, 결연함, 탈진, 우울, 놀라움, 아픔, 혼미함, 그리고 일라이자, 자파, 사민과 함께 있었기에 느낄 수 있었던 사랑하며 사랑받는 기분을 떠올릴 수 있다. 분노는 기억나지 않는다. 분노가 사치로 느껴지던 것이 생각난다. 분노는 쓸모없었고, 내게는 주의를 기울여야 할 더 중요한 문제들이 있었다. 나는 나를 이런 처지로 밀어넣은 남자나 살인적인 이데올로기로 그에게 그런 행동을 하도록 만든 남자들에 대해 별로 생각하지 않았다. 생존에 대해서만 생각했다. 내가 말하는 생존이란 그저 살아 있는 것만이 아니라 내 삶을, 지난 이십 년간 너무도 조심스럽게 쌓아온 자유로운 삶을 되찾는 것이었다.

모든 걸 고려해볼 때 너덜너덜해진 나의 몸은 꽤 잘해내고 있었다. 그 시기에 나는 인간 신체의 놀라운 자기치유 능력에 대해 많이 배웠다. 인간이라는 동물은 손해를 끼치는 행동(그리고 몇몇 고귀한 행동)을 할 수 있지만, 존재 자체가 위협받을 때는 강력한 본능이 박차고 들어와 주도권을 잡는다. 셔터 퀴에서 피를 흘리며 쓰러져 있을 때 내 귓가에 속삭인 것이 바로 그 생존 본능이었다. 살아. 살아. 그 목소리는 병상에 누워 있는 내게도 계속 속삭였다.

나머지는—나의 옛 삶을 되찾는 것—기다려야만 한다는 것을 알았다. 그건 기나긴 여정이 될 테고, 그 길을 갈 수 있으려면 먼저 걷는 법을 배워야 했다.

침대 옆에 안락의자가 하나 있었다. 첫 단계는 그 의자에 앉을 수 있다고 느끼는 것이었다. 처음에는 다리를 움직이는 일에도, 허리를 세우는 일에도, 자리에 앉는 일에도 도움이 필요했다. 하지만 허리를 좀더 세워 앉는 건 좋은 일이었고, 몸을 그 의자 쪽으로 옮기는 일은 매일 조금씩 더 쉬워졌다. 매일 나는 혼자서 이런저런 것들을 조금씩 더 할 수 있게 되었다. 화장실까지 가서 착한 환자답게 장을 비우고 간호사의 도움 없이 내 몸을 씻을 수 있었던 날—그날은 마치 해방된 것 같았다. 나는 누군가가 닦아주고 씻겨주고 아기처럼 돌봐주어야 하는 사람이 될까봐 겁에 질려 있었다. 아주 조금이지만, 내가 곧 다시 한번 어른이 될지 모른다는 생각을 하기 시작했다.

욕실에는 거울이 없었다. 그때까지도 나는 내 얼굴을 보지 못했다.

약 열흘 후, 나는 병실에서 걸어나갔다! 곁에는 간호사가 있었고, 처음 병실을 나간 그날에는 보행 보조기—영국 사람들이 짐머 프레임이라고 부르는 물건이었다—에 의지하고 있었지만, 그 호텔 같은 병원 복도까지 절반쯤 갔다가 돌아오는 데 성공했다. 보안요원들과 병원 직원들이 응원하는 뜻으로 엄지를 들어 보였다. 그후로 나는 매일 조금씩 더 잘 걷게 되었다.

일상적인 간단한 일 몇 가지를 직접 할 수 있게 되었다는 사실이 내 기분을 엄청나게 고양시켰다. 나는 한 손만으로 칫솔을 쥐고 그 위에 치약을 짜는 방법을 배워야 했다. 우려되는 의료적 문제가 아직 남아 있었다. 내 몸에는 다양한 부위에서 새어 나오는 체액을 담기 위한 작은 주머니들이 주렁주렁 달려 있었다. 게다가 얼굴에 난 상처 중 하나가 침이 입으로 흘러나오는 통로를 망가뜨려 뺨에서 침이 스며나왔다. 젊은 의사가 이 부위를 치료하러 왔다. 그는 흡수력이 있는 천 조각을 내 얼굴 안쪽에 밀어넣은 뒤 이틀에 한 번씩 상처 부위를 세게 눌러 침에 젖은 천을 빼냈다. 스며나오는 침은 천천히 말랐다. 이 시술은 극도로 불편했고, 나는 그 의사를 닥터 페인*이라고 부르기 시작했다. 하지만 이 방법은 효과가 있었고, 해멋을 떠날 때쯤에는 더이상 얼굴에서 침이 뚝뚝 떨어지지 않았다.

왼손은 여전히 부목 안에 꼼짝 못하도록 고정되어 있었다. 물리치료를 시작하기에는 너무 일렀다. 먼저 힘줄이 회복되어야 했다. 불구가 된 손은 멀어버린 오른쪽 눈과 함께 나의 새로운 현실을 보여주는, 가장 외면할 수 없는 증거였다. "그래도 오른손잡이라서 다행이에요"라는 말로 나를 위로하려는 사람들도 있었지만 사실 그런 선의는 위로가 되지 않았다. 나는 내 곁에 있는 일라이자와 자파, 사민에게서 주로 위안을 얻었다.

파트와가 내려진 당시 자파는 아홉 살이었다. 녀석은 아버

---

* '고통의 의사'라는 뜻.

지의 머리 위로 위협이 맴도는 가운데 어린 시절을 보내야 했다. 그러다가 상황이 좀 나아지려는 것처럼 보였을 때, 자파의 사랑하는 어머니 클라리사는 오 년이 넘는 휴지기가 끝난 후 맹렬하고 공격적인 유방암이 재발해 세상을 떠났다. 그때 자파는 열아홉 살이었다. 그때로부터 이십 년도 더 지난 지금, 과거가 다시 돌아와 어린 시절의 시련을 품위 있고 침착하게 견뎌낸 그애를 괴롭히고, 런던에서부터 아버지가 살기 위해 분투하는 먼 곳의 병상까지 오게 하다니, 그야말로 너무도 나쁜 일이었다. 어느 모로 보나 테러범의 공격으로 일상이 망가진 건 나뿐만이 아니었다. 자파도 피해자였다.

———

내가 봄베이에서 태어난 지 일 년 하고도 이 주가 지나서부터, 그리고 사민이 봄베이에서 태어난 날 이래로 나와 그녀는 가장 가까운 동지였다. 어린 시절에 나는 사민과 가장 친하게 지냈다. 사민은 사람들이 내게 못되게 군다고 생각하면 나를 위해 싸웠고, 나는 사민이 부모님과 문제가 있을 때 사민을 빼내주었다. 하루는 초인종이 울렸다. 아마 우리가 각각 여덟 살, 아홉 살이던 때였을 것이다. 문 앞에는 누군가의 성난 부모가 서 있었다. 그는 우리 아버지에게 언성을 높였다. "당신 딸이 방금 내 아들을 때렸어!" 그러자 아버지가 웃기 시작했다. "쉿." 아버지가 대답했다. "그렇게 크게 말하지 마시죠."

우리는 평생 친하게 지냈다. 그런데 지금은 이렇게 되고 말았다. 나는 사민에게 내가 그녀를 얼마나 사랑하는지, 그녀가 와준 것이 내게 얼마나 큰 의미인지—얼마나 큰 도움이 되는지—거듭 말했다. 며칠 뒤 사민이 이런 말을 했다. "혼란스럽네. 오빠가 내게 이렇게 친절했던 적이 없는데." 이것이 우리의 방식이었다. 놀리고, 농담하고, 서로를 흉내내기. 감상적으로 선언하지 않아도 우리 사이에 사랑이 존재한다는 걸 알기 때문이었다. 그런데 이제 내가 눈물이 고일 정도로 감상적으로 변했다. 사민이 헷갈릴 만했다. 그건 우리의 성격에서 완전히 벗어나는 일이었으니까.

"난 언제나 너에게 친절해." 내가 항의했다.

"아닌데." 사민이 즐거워하며 말했다. "이런 식으로는 아니야."

사민이 해멋에 도착하기 전, 일라이자가 자기 아이폰으로 꼼지락거리는 내 발가락을 찍어 사민에게 보내주었다. 내 뇌가 제 기능을 하고 있다고 안심시키기 위해서였다. 사민은 해멋에 도착한 뒤, 어렸을 때 엄마가 지쳐서 오후에 침대에 누우면 우리가 엄마에게 해주던 일을 내게 해주기 시작했다. 내 발을 주물러 나를 진정시켜주었다(수다쟁이 발가락들을 마사지하기도 했다). "다바오." 내가 사민에게 우르두어로 말했다. 어머니가 예전에 우리에게 하던 명령을 따라 한 것이다. "눌러."
평생 이어져온 우리의 친근함은 일주일 동안 기쁨을, 기쁨이
아니더라도 최소한 기뻤던 추억을 가져다주었다. 그러다 팔
일째 되던 날 사민은 런던으로 돌아갔다. 그녀는 출국 날짜를
더 뒤로 잡지 않은 자신에게 화를 내며 떠나기 힘들어했다. 구
일째 되던 날에는 자파도 돌아갔다. 그후로는 일라이자와 나
만 있었다. 병원에서 지내야 할 날이 아직 구 일이나 더 남아
있었다.

———

　내 소식을 들었을 때 밀런은 최대한 빨리 내 침대 곁으로 와
야겠다는 생각뿐이었다. 하지만 대서양이 그의 앞을 가로막고
있었다. 밀런은 스물다섯 살에 비행에 대한 극심한 두려움에
사로잡혀 거의 육 년간 비행기를 타지 못했다. 8월 12일, 밀런
은 고통스럽게도 하루종일 딜레마에 빠져 있었다. 고백하건
대, 나는 밀런이 느끼는 두려움의 근원을 완전히 이해하지는
못한다. 어린 시절에는 밀런이 두려움 없이 어디로든 날아다
녔기 때문이다. 뉴욕에 있는 내게 오기도 했고, 나와 함께 인
도나 키프로스, 로마로 떠나기도 했다. 밀런과 함께 보내는 시
간은 언제나 내게 최우선순위에 있었고, 그애에게 비행공포증
이 생기기 전까지 우리는 번갈아가며 런던과 미국을 오갔다.

하지만 어느 순간 밀런에게 난데없이 비행공포증이 생겨났고, 그후로 한동안 내가 밀런을 만나러 갔다. 그런데 피습 사건이 밀런에게 곤란한 질문을 던진 것이다. 당장 날아가야지!―아니, 그렇게는 못해―억지로라도 해야지―아니, 공항까지 갈 수는 있지만 비행기를 타지는 못할 거야.

밀런의 어머니 엘리자베스―버클리 부인 엘리자베스 웨스트는 현재 작곡가 마이클 버클리와 행복한 결혼생활을 하고 있으며, 나의 좋은 친구다―가 구원의 손길을 내밀었다. 엘리자베스는 대서양을 가로지르는 여객선 중 하나인 퀸메리2호의 대서양 횡단권을 구해주었다. 그 배는 사우샘프턴에서 출발해 칠 일의 여정을 거쳐 8월 말에 뉴욕에 도착할 예정이었다. 엘리자베스가 그토록 빠르고 너그럽게 움직여준 것은 행운이었다. 그녀는 (일라이자가 이리로 날아가는 전세기 값을 냈을 때 그랬듯이) 삶에는 계산하지 않고 그냥 내질러야 하는 순간들이 있다는 걸 알고 있었다. 엘리자베스가 밀런에게 선실을 잡아주고 이십사 시간 뒤, 표가 매진되었다.

나는 병실 침대에서 거의 움직이지도 못하는 상태로 밀런의 항해에 대해 들었다. 나의 첫 반응은 부러움이었다. 나는 피습을 당하기 한참 전에 메릴 스트리프의 영화 〈렛 뎀 올 토크〉를 보았는데, 영화의 내용 대부분이 바로 그 배 위에서 벌어진다. 영화는 특별할 게 없었지만 배가 멋있다고 생각했던 것이 기억났다.

나는 출항하기 전에 밀런에게 말했다. "나도 그 배에 타고 싶구나. 내가 나으면 같이 탈 수 있을지도 모르겠어."

"네, 아빠." 밀런이 말했다. "아빠는 나을 거고, 우린 함께 이 배를 탈 거예요."

더 행복한 미래에 대해 꿈꾸는 건 기분좋은 일이었다.

———

십오 일째가 되었을 때, 나는 도움을 받지 않고 복도 병원을 이리저리 걸어다녔다. 목소리도, 몸도 많이 회복했다. 하루하루 지나는 동안 의사 군단은 내 몸의 다양한 부위를 살펴보며 만족감을, 심지어 놀라움을 표했다. 의사들의 대장, 그러니까 믿기지 않을 정도로 재미있는 이름을 가진 제임스 비어드*라는 외과의사가 내게 재활센터에 갈 때가 머지않았다고 했다. 맨해튼에 있는 러스크재활병원의 좋은 사람들이 나를 맞이할 준비가 되었다고 말했다. 소형 구급차가 준비되었다. "이틀만 더 있으면 됩니다." 나는 그렇게 들었다.

꿰맨 눈은 그럭저럭 잘해내고 있었다. 왼손은 여전히 부목 안에서 움직이지 못했지만, 러스크에서 부목을 제거하고 물리

---

* 영화 '007 시리즈'의 제임스 본드를 연상시키는 이름이다.

치료를 시작할 거라고 들었다. 몸에 부착되었던 작은 주머니들도 떼냈다. 더는 그 주머니로 새어들어가는 것이 없었기 때문이다. 내 폐 아래에 더이상 체액이 고이지 않길 바랐다. 찔리고 베인 상처는 전부 아문 것처럼 보였다. 닥터 페인조차 내 얼굴에서 더이상 침을 짜낼 필요가 없었다. 눈 의사, 손 의사, 자상 의사, 창상 의사, 간 의사, 혀 의사—모두가 퇴장하기 시작했다.

"이제 봉합기를 빼도 될 것 같은데요." 십칠 일째 되던 날 봉합기 의사가 말했다. "모든 부분이 꽤 잘 치료된 것 같습니다."

내가 물었다. "봉합기를 빼면 면도해도 됩니까?" 목과 얼굴 상처 주변에 턱수염이 십칠 일째 자라고 있었다. 가렵고 불편했다.

"한동안은 안 됩니다." 봉합기 의사가 대답했다. "보름 정도는 시간을 두세요."

절단기가 찰칵찰칵 움직였고, 금속 봉합기가 떨어져나왔다. 어떤 부분을 자를 때는 아프지 않았고, 어떤 부분을 자를 때는 따가웠지만 모든 것이 좋게 느껴졌다. 최소한 인공적으로 붙여놓지 않아도 되었으니까.

의사 한 명이 내게 '이리 최고의 쇼콜라티에 장인'이 만들었다는 초콜릿을 선물로 주었다. 또다른 의사는 일라이자와 내게 핫도그를 갖다주었는데, 그 동네 최고의 핫도그라고 했다.

간호사들이 내가 쓸 안대를 열심히 찾아 여러 개 가져왔다. 안대가 편하지는 않았지만, 그들의 배려는 친절했다. 모두가 행복했다. 간호사 한 명이 일라이자에게 말했다. "여기서 걸어 나간 사람이 거의 없어요." 그 의미는 대부분의 사람이 사체 낭에 담겨서 나간다는 뜻이었다.

십팔 일째 되던 날, 나는 이곳에 도착한 이후 처음으로 병원 가운이 아닌 옷을 입었다⋯⋯ 티셔츠와 운동복 바지와 운동화. 나는 휠체어를 타고 병원을 지나 숨겨진 적재 구역으로 이동할 예정이었다. 거기라면 언론의 관심을 피할 수 있을 거라는 기대에서였다. 내가 뉴욕시로 이송된다는 걸 알리고 싶지 않았다. 우리는 언론을 통제한 속에서, 염탐하는 눈도 귀도 없는 곳에서 조용히 회복하고 싶었다.

떠날 시간이었다.

4. 재활

늦은 오후, 햇빛 속에 빛나는 뉴욕시. 너그럽기도 하고 비열하기도 한 졸리레드* 거리들. 공기 중에는 너무도 많은 재능이 떠돌고, 발밑에는 쥐가 우글거리는 곳. 여름 반바지를 입고 성큼성큼 걸어다니는 사람들, 꽃을 두른 젊은 여자들로 환하게 빛나는 공원, 녹슬어가는 금속 다리, 높은 첨탑, 표면이 엉망인 도로가 있는 곳. 모든 것을 단번에 끝내려는 특유의 분위기와 끝없는 풍요, 과잉 상태, 공사장과 음악이 도처에 있는 뉴욕을 다시 보는 것은 정말 기쁜 일이었다. 나의 집. 소형 구급차가 맨해튼을 가로지르는 동안, 내가 있어야 할 곳으로 돌아

---

* jolies-laides. '아름답고도 추한'이라는 뜻의 프랑스어.

온 기분이었다. 나는 십구 일 전 이 바쁜 성역을 떠나 어떤 역설에 갇혔다. 평화롭고 온화하다는 착각을 불러일으키는 먼 곳에서 거의 살해될 뻔한 뒤, 또다른 먼 곳의 험한 동네에서 목숨을 구했다. 해멋에서 보낸 모든 순간에 나는 의사들의 기술과 간호사들의 친절함에도 불구하고 물에서 끌어올려진 물고기가 된 기분이었다. 예전부터 나는 대도시의 남자였다—봄베이, 런던, 뉴욕. 도시의 이야기가 곧 나의 이야기였으며, 뉴욕은 내가 언제나 헤엄치기 좋아하던 콘크리트와 강철의 이야기 바다였다.

러스크에 도착했을 때는 어쩐지 으스스했다. 다들 내가 사람들의 눈에 띌까 불안해하며 보안상의 이유로 내가 도시에 와 있다는 사실을 언론에 알리지 않고 익명으로 이동하는 편을 선호했다. 그래서 일라이자는 스카프로 내 얼굴을 가렸고, 내가 누운 들것은 소형 구급차에서 나와 이송용 들것 위에 놓였으며, 나는 바퀴 달린 들것에 실린 채 익명으로 미지의 공간을 지났다. 죽은 것 같은 기분이 조금 들었다. 얼굴에 스카프를 두른 채 엘리베이터를 타고 병실로 올라가는 동안 나는 그런 생각을 하지 않으려고 애썼다. 이윽고 스카프가 벗겨졌다. 처음 들어간 병실에는 일라이자가 잠을 잘 공간이 전혀 없었다. 일라이자가 병실에서 잘 수 있게 해달라고 러스크에 미리 요청했는데도 말이다. 우리는 기다렸다가 두번째 병실로 이동해야 했다.

　나는 도시에, 17번가와 세컨드 애비뉴가 만나는 지점에 돌아와 있었지만 정말로 돌아온 기분은 들지 않았다. 아무에게도 내가 돌아왔다는 사실을 알릴 수 없었기 때문이다. 황홀한 기분은 증발했다. 못난 과거로, 사랑하는 모든 사람과 격리된 채 영국의 '공개되지 않은 장소'에서 무장 경찰과 함께 '숨어' 지내던 그 시절로 다시 한번 끌려간 기분이었다. 이 병실 밖에도 무장 경찰이 있었다. 하지만 일라이자가 병실 안에 있었고, 밀런도 오는 중이었다. 퀸메리2호가 전날 뉴욕에 도착했다. 일라이자의 여동생 멀리사가 배에서 내리는 밀런을 마중나갔다. 우리는 밀런을 위해 어퍼이스트사이드에 에어비앤비를 잡아주었다. 우리집은 안전을 보장할 수 없었다. 일라이자가 보안 업체 ADT에 보안 서비스 등급을 심각한 수준으로 높여달라고 요청했다—카메라니 비상 버튼이니 하는 것들을 설치해달라고 말이다. 나는 밀런이 그곳에 머물지 않는 편이 좋겠다고 생각했다. 일단 그 골목에는 파파라치들이 들끓기 시작했다. 멀리사가 밀런을 임대한 아파트까지 태워다주었고 밀런은 그곳에 짐을 풀었다. 그러고 나서 다음날 내가 재활병원에 도착하자 나를 만나러 왔다. 밀런이 병실에 들어오기 전 일라이자가 작은 면회객 대기실에서 그를 만나 나의 상처와 피로 등등 그가 알아야 할 것들을 말해주었다.

감격스러운 재회였다. 나는 에너지가 별로 없었지만 밀런을 보자 몹시 기뻤다. 나중에 밀런은 혼자서 바다를 가로질러오는 기나긴 여정 동안 내게 일어난 일에 대한 슬픔과 두려움을 대부분 다스렸기에, 러스크의 병실에 도착했을 때쯤에는 나를 보고 내가 '여전히 아빠답게' 수다를 떨며 농담하는 것을 보며 그저 기뻐할 수 있었다고 말했다. 밀런이 최악의 상황을 보지 못한 것이 기쁘다. 비록 그애가 붕대를 감은 눈과 부목을 댄 손, 흉터가 생긴 가슴을 보고 괴로워했지만 말이다. 내가 흉터 때문에 상체가 지하철 노선도처럼 보인다고 말했는데도(어쩌면 그랬기 때문에) 밀런은 그 흉터를 보고 싶어했다. 밀런이 이곳에 와서, 그애가 말한 대로 내가 일어나서 걸어다니는 걸 보여줄 수 있어서 어마어마한 격려가 되었다.

낙관적인 생각이 온몸에 흘러넘쳤다. 이런 낙관성은 나의 큰 약점이자 큰 강점이기도 했다(각자의 의견에 따라 혹은 내 기분에 따라 달라졌다). 볼테르의 『캉디드』(이 책의 전체 제목은 『캉디드, 혹은 낙관주의』다)에서 세상의 끔찍함을 마주한 주인공의 긍정적인 성격은 어리석음에 가깝다(이것이 가능한 세계 중 최선의 세계라면, 평행우주들은 정말이지 지옥 같을 것이 틀림없다). 소설 『키호테 _Quichotte_』에서 나는 제목에도 등장하는 주인공 키호테를 캉디드류의 낙관주의자로 만들어 내 성품을 스스로 풍자했다. 그런데 지금, 심각한 부상을 입어 병상 신세를 지고 있으면서도 나는 최악은 지나갔다고, 밀런의 방문은 모퉁이를 하나 돌았다는 징조이며 곧 행복한 나날이 찾아올 거라고 믿었다.

벨이 울리며 면회 시간 종료를 알렸고, 밀런은 밤을 보내러 떠났다. 얼마 지나지 않아 내 방광이 낙관하기에는 아직 이르다고 알려주었다.

이 이야기를 우아하게 전할 방법은 없다. 나는 소변을 보는데 문제를 겪었다. 요의를 느껴 침대 옆의 소변기로 손을 뻗으면 무언가 막힌 듯 소변이 나오지 않았다. 상당히 불편한 것을 제외하면 별다른 일은 일어나지 않았다. 의료진은 방광이 얼마나 차 있는지 알게 해주는 기계를 가져왔다. 내 방광은 위험할 정도로 가득차 있다고 했다. 그후에 이어진 일은 설명할 수 없을 정도로 끔찍하다.

나의 첫 카테터 시술.

친애하는 독자여, 생식기에 카테터를 삽입해본 적이 없다면 그 기록을 깨지 않도록 최선의 최선을 다하라. 나는 그 고약한 치욕을 당하지 않고 일흔다섯번째 생일을 넘겼지만 결국 그 순간을 맞게 되었다. 시술중에 내 입에서 나온 소리가 그때껏 한 번도 들어본 적 없는 소리였다고만 말해두겠다. 내 성기가 자비를 애걸하는 소리였다.

이 문제에 대해 지나치게 오래 떠들 생각은 없다. 소변 문제는 지속되었다. 소변을 보고자 하는 욕구, 소변 보는 것이 거의 불가능하다는 사실, 시도하고 실패할 때의 불편함, 차오르는 방광. 나는 담당 간호사가 측정기를 가지고 주기적으로 찾아오는 걸 두려워하게 되었다. 두려워할 이유가 충분했다.

러스크에서 나는 두번째 카테터 시술을 경험했다.

그리고 세번째도.

그때에야 의사 중 한 명, 그러니까 닥터 지니어스*가 내게 정기적으로 투여되는 알약과 주사제 혼합물 중 방광에 문제를 일으키는 성분이 있을지도 모른다고 생각하기 시작했다. 심지어 그는 의심 가는 약물을 지적하기도 했다―나는 그 약이 이블로마이신**이라고 생각했다. 의료진은 더이상 그 약을 주지 않았고, 몇 시간 후에 변화가 일어났다. 내 안의 댐에 수문이 열린 것 같았다. 거의 불가능하게 느껴지던 일이 갑자기 다시 수월해졌다.

환자가 약 때문에 자신이 아팠다는 걸 알게 되면 좌절감이 끓어오를 수 있다. 나는 감정을 통제하려 애썼지만 부분적으로는 실패했다. 간호사들은 이해심을 보였다. 방광 담당 간호사가 계속해서 내 상태를 확인했고, 방광측정기에서 보내는

---

* '천재 의사'라는 뜻.
** '사악하다'는 뜻의 '이블(evil)'에 유명한 항생제 '마이신'을 합성한 단어.

신호는 괜찮아졌다. 모두가 안심했다. 이블로마이신을 처방한 것에 대해 사과하는 사람은 아무도 없었다.

(약물로 인해 발생하는 의학적 질환을 의원성 질환이라고 한다. 그다지 훌륭하지 않은 일을 지칭하는 훌륭한 용어다. 나는 이 단어를 마틴 에이미스의 아내 이사벨 폰세카에게서 배웠다. 물론, 그 단어를 발견한 사람은 마틴이다.)

하지만 문제가 완전히 해결된 것은 아니었다. 약물로 인해 발생한 문제가 이차적 문제를 일으켰다. 바로 심각한 요도 감염이었다. 최소 이 주 동안 항생제 치료를 받아야 했다.

———

밀런이 칼을 이용한 피습에 대해 조사해 왔다. "아빠." 밀런이 내 침대 옆에 앉으며 말했다. "칼에 딱 한 번 찔리고도 죽는 경우가 엄청나게 많대요. 그런데 아빠는 열다섯 번쯤 찔리고도 살았어요."

내가 고개를 끄덕이며 말했다. "알겠지만, 이제 내가 가장 강한 동질감을 느끼는 가상의 인물은 울버린이야." 슈퍼히어로다운 '치유 능력'을 가진 엑스맨 말이다.

그 말이 웃음을 끌어냈다. "네, 그런데 아빠는 발톱이 없잖아요."

밀런이 온 덕분에 일라이자가 시간을 좀 낼 수 있게 되었다.

그녀는 이리에 도착한 이후로 거의 내 곁을 떠난 적이 없지만, 이제는 조금이나마 쉴 수 있었다―그녀와 밀런이 번갈아가며 내 곁을 지켰다. 러스크에서의 하루는 번갈아가며 이루어지는 물리치료와 작업치료, 그리고 그 사이사이에 진행되는 의사와 간호사들의 검사로 꽉 차 있었다. 오후 네시쯤에야 하루 일정이 모두 끝났다. 밀런이 오후 교대시간에 나를 보러 왔고, 일라이자가 더 뒤에 도착했다.

우리는 일라이자에게 제공된 '침대'가 너무 작고 엉성하며 불편해서 쓸 수 없다는 판단을 내렸다. 내가 말했다. "당신이 저기서 자는 건 미친 일이야. 택시 한 번만 타면 집에 가서 당신 침대에서 잘 수 있는데."

그러나 일라이자는 집에 가는 것을 걱정했다. "파파라치는 어쩌고?" 그녀가 말했다.

"파파라치는 엿이나 먹으라고 해." 내가 말했다. "밤엔 가서 푹 자."

———

그후로 나는 밤에 혼자 지냈다. 나는 다른 사람의 도움 없이 빠져나가려고 하면 비명을 질러대는, 알람 스위치가 장착된 침대에 갇혔다. 그건 자유가 아니었다. 내 세상이 비명을 지르는 침대 크기만큼 줄어들었다. 병원 침대는 사실 잠을 자기 위한 곳이 아니다. 의료진이 언제든 드나들며 활력징후를 확인하고 피를 뽑고 약을 먹이고 기분이 어떠냐고 물어보는 동안 환자를 제자리에 잡아두기 위한 것이다. 병실 앞에 앉아 있는 경찰관들이 왜 새벽 세시야말로 서로에게 음란한 농담을 던지며 시끌벅적하게 웃기 가장 좋은 시간이라고 생각하는지 도저히 알 수 없었다. 피를 뽑기에 가장 좋은 시간이 새벽 네시인 것도 납득되지 않았다. 눈 담당 간호사가 왜 새벽 다섯시에 들어와 머리 위의 밝은 조명을 켜고 내 붕대를 갈아주어야 했는지도 역시 설명해주지 않았다. 다섯시 삼십분쯤 병원은 완전히 깨어 있었다. 병원의 하루가 시작되었고, 나는 잠에 대해 잊어버릴 수 있었다.

위의 문단에서 쉽게 알 수 있겠지만, 나는 조바심에 약간 미쳐가기 시작했다. 창밖, 내 발밑으로 일곱 층 떨어진 곳에서는 도시의 음악이 들려왔다. 구급차, 소방차, 경찰차의 사이렌, 창문을 내리고 하늘까지 들리도록 힙합 음악을 울려대는 SUV, 술에 취해 흥청거리며 웃고 거리를 헤집으면서 각자의 집으로 돌아가는 사람들. 이런 익숙한 소리는 즐거웠지만, 나의 우울한 처지를 부각시키기도 했다. 나는 도시에 있었지만 아직 완전히 도시의 일부가 되지 못했다. 칼이 나를 세상에서 끊어내고 잔혹하게 잘라서 비명을 지르는 이 침대 안에 처박아버렸다.

그처럼 공허하고 잠 못 이루는 밤에, 나는 관념으로서의 칼에 대해 많이 생각했다. 칼로 웨딩케이크를 처음 자르는 것은 두 사람이 하나가 되는 의식의 일부다. 부엌칼은 요리라는 창조적 행위의 필수적인 요소다. 스위스아미나이프는 맥주병의 뚜껑을 따는 등 사소하지만 꼭 필요한 여러 가지 일을 하도록 도와준다. '오컴의 면도날'*은 개념적인 칼, 이론의 칼, 복잡한 설명보다는 가장 단순한 설명을 우선하도록 일깨움으로써 수많은 헛소리를 베어내주는 칼이다. 즉, 칼은 도구이며 우리가 사용하는 대로 의미를 가진다. 도덕적으로 중립적이다. 칼은 오용할 때 비도덕적인 것이 된다.

워워, 나는 나 자신을 타일렀다. 껄끄러운 침묵이 흘렀다. 이건 "총이 사람을 죽이는 게 아니라, 사람이 사람을 죽이는 것이다"라는 말과 같은 뜻이 아닐까? 내가 익숙한 함정에 빠지려는 걸까?

아니다. 총에는 단 하나의 용도, 한 가지 목적밖에 없다. 글록으로 케이크를 자르거나, AR-15로 요리를 하거나, 제임스 본드가 가장 좋아하는 발터PPK로 맥주병을 딸 수는 없다. 총이 세상에 존재하는 유일한 이유는 폭력이다. 총의 유일한 목

---

* 14세기 영국의 논리학자 오컴의 이름에서 따온 것으로, 흔히 경제성의 원리, 검약의 원리, 또는 단순성의 원리라고도 한다. 어떤 현상을 설명할 때 불필요한 가정을 할 필요가 없으며 가장 간단한 쪽이 건전한 논증이라는 원리다.

적은 피해를 주는 것, 심지어 동물의 목숨이든, 인간의 목숨이든 목숨을 빼앗는 것이다. 칼은 총과 다르다.

언어도 칼이었다. 언어는 세상을 베어 세상의 의미를, 그 내적 작동 방식과 비밀과 진실을 드러낼 수 있었다. 언어는 하나의 현실에서 다른 현실로 베어들어갈 수 있었다. 언어는 헛소리를 지적하고 사람들의 눈을 뜨게 하고 아름다움을 만들어낼 수 있었다. 언어가 나의 칼이었다. 만일 내가 원치 않는 칼싸움에 예기치 않게 휘말린다면, 내가 맞서 싸우는 데 사용하는 칼은 언어일 것이다. 언어는 내 세상을 다시 만들고 되찾는 데 사용하는 도구다. 세상에 대한 나의 그림이 다시 한번 벽에 걸릴 수 있도록 액자를 다시 짜고, 내게 일어난 일을 책임지고 내 것으로 소유하게 해주는 도구다.

이건 그냥 내가 나 자신에게 하는 위로의 거짓말이 아닐까? 무의미한 과장은 아닐까? 내가 맞서 싸우고 싶긴 한 걸까? 나는 거의 평생을 싸워왔고, 어쩌면 우주가 내게 더이상은 싸울 필요가 없다고, 그냥 멈춰도 된다고 말하는 것처럼 느껴지는 순간들이―그 억압적인 침대에서 지내는 동안에는 자주―가끔 있었다. 상대를 아버지라고 부르며 패배를 인정할 수도 있었다. 어쩌면 그것이 칼의 메시지였는지도 모르겠다. 『승리 도시』가 2월에 출간될 예정이었다. 나의 스물한번째 책이었다. 나는 그 책이 자랑스러웠다. 그 책이 좋은 평가를 받기를 기대했다. 그 책이 출간되는 순간은 여느 때처럼 그만두기에 좋은 순간일지도 몰랐다. 『승리 도시』는 내가 하게 될 최고의 마지막 한마디일 터였다. 어쩌면 이제는 필립 로스의 길을 따라 문학에서 벗어나 "투쟁은 끝이다"라고 적힌 포스트잇을 컴퓨터에 붙여놓을 때가 온 것인지도 몰랐다. 가능한 세계 중 최고의 세계인 이 세상에서, 우리는 우리의 정원을 가꿔야 하는 것이다.* 그렇다고 내가 정원 가꾸기에 대해 뭔가 알거나 배우고 싶은 건 아니었다.

가족을 제외한 첫 손님은 나의 에이전트이자 친구인 앤드루 와일리였다. 앤드루는 고집스러워 보이지만 감정이 풍부한 남자로, 나와 포옹하며 눈물을 흘릴 뻔했다. 앤드루는 의리 있고 마음이 따뜻하며 매우 지적이고 재미있는 사람으로, 출판업계에서 불리는 '자칼'이라는 별명과는 사뭇 다르다(앤드루는 이 별명을 좋아하는 것 같다. 이 별명 때문에 위험한 인물처럼 보이니까). 그는 앞으로 나아갈 최선의 방법을 명확히 알았다.

"다시 글을 쓸 수 있을지 모르겠어." 내가 말했다.

"일 년 동안은 아무것도 할 생각 하지 마." 그가 말했다. "낫는 거만 생각해."

"좋은 충고네." 내가 대답했다.

---

* Il faut cultiver notre jardin. 볼테르의 『캉디드』에 반복적으로 나오는 문장.

"하지만 결국은, 당연하게도 이번 일에 대해 쓰게 될 거야."

"글쎄." 내가 말했다. "뭘 하고 싶은지 잘 모르겠어."

"자네는 이 일에 대해 쓰게 될 거야." 그가 말했다.

———

러스크의 내 병실에 딸린 욕실에는 거울이 있었다. 거기서 몇 주 만에 처음으로 내 얼굴을 볼 수 있었다. 나는 화장실로 안내해준 간호사에게 혼자서도 괜찮다고 말하고 문을 닫은 뒤 거울을 마주보았다. 그날 아침 이른 시각에 새로운 봉합기 의사, 그러니까 뉴욕의 봉합기 의학박사께서 이리 의사의 자리를 대신하며 목 왼쪽, 턱수염이 자라서 감춰진 자리에 봉합기 몇 개가 남아 있었으나 자신이 그걸 빼냈다고 말해주었다. 그래서 내가 거울에서 본 얼굴에는 얼굴을 이어붙이는 금속 조각이 없는 상태였다. 상처는 전부 아물었다.

한 남자가 거울 속 자신의 모습을 보고 자신을 알아보았다는 확신을 느끼지 못한다. 넌 누구야, 그가 거울 속 형상에게 묻는다. 내가 아는 사람이긴 한 거야? 네가 언젠가는 나로 돌아올까? 아니면 내가 저 얼굴에, 절반쯤은 낯선 산발의 외눈박이 얼굴에 처박힌 걸까? "난 너를 꿰뚫어보고 있어." 비틀스는 노래했다. "넌 어디로 간 거니?" 화장실의 남자가 거울 속 남자에게 말한다. 넌 내 미래의 유령일까? 거울 속 남자의 입술은 움직이지 않는다. 넌 나를 대신하도록 누군가 데려온 존재일까? 화장실 남자가 거울 속 남자에게 묻는다. 다들 내가 이번 역할에 잘못 캐스팅되었다고 생각하는구나? 그래서 다른 사람을 찾은 거야. 죽은 사람을 되살려서, 그 사람에게 내가 나올 장면들을 준 거야. 나는 버려질 테고, 네가 나를 대신하겠지. 그럼 난 어떻게 되는 걸까? 어디로 가는 거지? 나의 이야기의 줄거리는? 그건 어떻게 해결되는 거야?

거울 속 남자의 입술은 움직이지 않는다. 그의 이마 맨 위를 가로지르는 상처가 있다. 입 왼쪽 귀퉁이에도 베인 상처가 있다. 그는 심하게, 엉망진창으로 면도하지 않은 상태다. 오른쪽 눈꺼풀은 꿰매어 덮여 있다. 그의 장은 성공적으로 움직인다. 그는 자기 몸을 성공적으로 씻고 닦는다. 그의 한쪽 눈이 슬퍼 보인다. 얼굴은 충격을 받은 것처럼 보인다. 그는 자기 배역을 잘해내고 있다.

화장실의 남자가 거울 표면으로 손을 뻗는다. 다치지 않은 오른손이다. 거울의 표면은 진한 액체처럼 부드럽게 느껴진다. 그의 손이 거울을 통과한다. 나머지 몸도 마찬가지로 끌려 들어간다. 이제 그는 거울 너머의 남자이고, 거울은 그의 등뒤에 캄캄하게 남아 있다. 그는 자신의 배역을 연기해야 하는 낯선 사람이다.

거울 속 세상에서는 다른 세상, 화장실 세상이 보이지 않는다. 거울이라는 직사각형은 어둡다. 영화가 시작되기 전의 스크린 같다. 이윽고 영화가 시작된다. 그는 어린 시절에 살던 봄베이의 집에 있다. 일곱 살쯤이다. 침대에 누워 큰 소리로 책을 읽고 있다. 여동생들은 완전히 몰입했다. 책은 『피터 팬』이다. 그는 이 장면을 안다. 그의 아버지가 롤라이플렉스 카메라로 찍은 사진 속 장면이다. 사민과 그는 둘 다 이 사진을 확대해 집의 벽에 붙여놓았다. 그 장면은 진실을 가리는 어린 시절의 목가적 풍경이다.

장면이 바뀐다. 책이 덮인다. 더 늦은 밤이다. 그들은 부모가 밤에 내는 소리, 닫힌 문에 가로막힌 소리에 귀기울인다. 아버지의 고함. 어머니의 눈물.

장면이 다시 바뀐다. 그는 더이상 어린애가 아니다. 청소년이다. 시간은 낮이고, 아버지가 어머니를 학대하고 있다. 그는 자신이 할 수 있을 거라고 한 번도 생각하지 못했던 일을 한다. 아버지에게 다가가 얼굴을 세게 후려친다. 그러고는 즉시 세상에, 이젠 아버지가 나를 때릴 거야, 라고 생각한다. 아버지는 키가 크지는 않았지만 힘이 무척 셌다. 세상에, 아버지가 내 턱을 부러뜨릴 거야. 하지만 아버지는 그를 건드리지 않고 떠난다. 수치심을 느꼈기 때문일까?

이제 그는 서른네 살이자 성공적인 책을 낸 작가다. 아버지는 이 책 때문에 어머니에게 이혼하자며 위협하고 있다. 책에 묘사된 모습이 아버지를 불쾌하게 했다. 책 속 아버지에게는 음주 문제가 있었다. 당신이 부추긴 거야. 아버지가 어머니를 비난한다. 그게 아니라면 어떻게 저놈이 감히 이런 책을 쓰겠어? 어떻게 이런 걸 다 알겠어? 그는 아버지에게 말하고 싶다. 아이들은 닫힌 문 너머에서 나는 소리를 들을 수 있어요. 그는 아버지에게 말하고 싶다. 내가 정말 아버지를 쓰고 싶었다면, 다른 내용도 빼놓지 않고 전부 집어넣었을 거예요.

아버지는 가족의 집을 떠나 생의 마지막 주까지 돌아오지 않는다. 거울은 다시 어두워진다.

———

신체의 재활도 있지만 정신과 마음의 재활도 있다. 내게는 가족의 집을 떠나 런던으로 간 시점이 처음으로 거울을 가로질러 다른 현실의 나를 발견하고 다시 만들고—재활하고—세상에서 새로운 배역을 연기하게 된 때다. 호메이니의 파트와 이후로 나는 이 일을 다시 해야 했다. 런던을 떠나 뉴욕으로 갔을 때가 세번째였다. 지금 여기, 러스크가 네번째다.

"거기 괜찮으세요?" 밖에서 간호사가 궁금해한다.

"네. 그냥 시간이 좀 필요해서요."

"서두르실 것 없어요. 다 끝나면 비상용 줄을 당기세요."

━

첫번째 재활.

『선과 모터사이클 관리술』에서 피어시그는 진취성이란 영
혼이 좋은 곳으로 갈 때 필요한 것이며, 영혼은 품성과 접촉함
으로써 진취성을 얻는다고 말한다.

　내가 '진취성'이라는 단어를 좋아하는 이유는…… 사람
이 자신의 품성과 연결될 때 일어나는 일이기 때문이다. 이
럴 때 그는 진취성으로 가득찬다……

　진취성으로 가득찬 사람은 가만히 앉아 안달하며 시간을
허비하지 않는다. 그는 의식의 흐름 최전선에서, 앞길에 무
엇이 있는지 지켜보다가 그것이 다가오면 맞이한다.

부모님의 집을 떠나 런던에서 살게 된 후 한참 동안 나는 내
의식의 흐름 최전선에 있지 않았다. 직업이 있었지만 내가 원
하던 일은 아니었다. 글을 쓰려고 노력했지만 읽을 만한 것은
전혀 쓰지 못했다. 소설을 출간한 후에도 그중 많은 부분이 곧
잘못된 것으로 느껴졌다. 소설의 문장 대부분에서 나의 목소
리는 들을 수 없었고, 정말 내가 듣고자 하는 목소리가 무엇인
지, 혹은 누구의 것인지 확신하지 못했다. 그 시절에 나는 욕

실 거울에 대고 내가 누구인지 자주 물었고, 거울은 답을 주지 않았다. 책 속에 들어가는 길을 처음으로 찾아낸 다음에야 『한밤의 아이들』―이 책에서 나는 인도뿐 아니라 나 자신을 되찾으려 노력했다, 이 책의 배경인 봄베이는 대부분 바다였던 땅에 지어진 도시다―에서 '품성과 연결'을 이루었고, 그 후에는 자아에 대한 인식이 이루어졌으며 진취성의 통이 채워졌다. 나는 모터사이클을 수리하고 싶지는 않았지만 문학을 통해 나 자신을 수리하는 법을 배웠다.

―

두번째 재활.

파트와 이후, 경찰의 보호를 받는 십 년간의 준_準지하 생활을 하고 난 뒤 나는 다시 나 자신을 잃을 지경이었고, 한동안 허우적거렸다. 위험은 현실이었고, 여기저기에 퍼진 나에 대한 적대감은 그보다 더 심각했다. 나는 피습 이후 내게 물밀듯이 찾아온 좋은 느낌에 위로를 받았을 뿐 아니라 놀라기도 했다. 파트와 이후에도 이렇게 응원을 받았지만, 상처받을 만큼 신랄한 비판도 많았다. 서구에서는 이렇게 말하는 사람들이 많았다―앞서 말했던 휴 트레버로퍼, 리처드 리틀존, 지미 카터, 저메인 그리어만이 아니다. 자기가 자초한 일이야. 루슈디가 '자기 사람들'과 말썽을 일으켰는데, 이제는 우리가 루슈디를 그 곤경에서 꺼내줘야 해. 루슈디는 대처를 비판했는데, 이제는 대처 정부가 루슈디의 목숨을 구하기 위해 돈을 내고 있고 루슈디는 그걸 문제삼지 않아. 정말 루슈디를 죽이려는 사람이 있는 거야, 아니면 그냥 루슈디가 관심받고 싶어하는 거야? 루슈디는 잘 지내는 것 같은데 우린 왜 루슈디를 보호하겠다고 이 많은 돈을 들이는 거지? 어쨌든 우린 루슈디를 정말 좋아하는 것도 아니잖아, 루슈디가 정말 좋은 사람은 아니니까.

(기록해두자면, 내가 아는 한 파트와 이후 몇 년 동안 나를 죽이려는 암살 계획이 최소 여섯 건 있었다. 이 계획들은 영국 정보기관의 전문성으로 저지되었다.)

더욱 상처가 되었던 건 내가 글에서 다루었던 사람들의 거부였다. 나는 사랑으로 그 글을 썼다고 생각했다. 이란의 공격은 그럭저럭 받아들일 수 있었다. 이란은 잔인한 체제 아래 있었고, 나를 죽이려 한다는 것 말고는 이란 정부와 나 사이에 아무 관련이 없었다. 인도와 파키스탄, 그리고 영국 내 남아시아 공동체의 적대감이 훨씬 더 견디기 힘들었다. 이 상처는 오늘날까지도 치유되지 않고 남아 있다. 그들의 거부를 받아들여야 하지만, 힘든 일이다. 그 시절에 나는 또다른 하향식 나선에 접어들었고, 어느 정도 시간이 흐른 뒤에야 자신감을 찾고 맞서 싸울 언어를 찾아 언론의 자유를 변호하기 시작했다. 그건 내 작품을 변호하는 것보다 훨씬 규모가 큰 일로, 내 인생의 중요한 부분이 되었다. 나에 대한 적대감이 지속된다면, 그러라지. 나는 문학과 상상력에 둥지를 틀었고, 최선을 다했다.

안전에 관해서는, 여러 해가 지나면서 깨달았다. 누군가가 내게 "이젠 다 괜찮습니다. 당신은 안전해요"라고 말해주는 날은 영영 오지 않으리라는 걸. 이십사 시간 이어지는 경찰의 보호라는 안전망에서 나오기로 결정하고, 다시 평범한 삶을 살겠다고 결정할 수 있는 사람은 나뿐이었다.

나는 그 결정을 내렸다. 2000년에 뉴욕으로 이사한 것은 그 결정의 필수적인 부분이다. 미국에는 내가 보안부대의 손아귀에 있어야 한다고 고집을 부리는 권위적인 정부가 없었다. 나는 스스로 선택할 수 있었다. 하지만 내 인생에서 두번째로 대륙을 건너간 이 이민에는 나름의 문제가 있었다.

———

세번째 재활.

자유로운 삶을 다시 구축하기 위해—재활을 통해 최고도 보안의 세계에서 빠져나와 예의바른 사회에 다시 소개되기 위해—나는 내 존재 자체가 다른 사람들에게 불러일으킬 수 있는 두려움을 극복해야 했다. 앤드루 와일리는 내가 미국으로 이주한 것을 기념해, 그와 그의 아내 카미와 함께 지내자며 롱아일랜드주 워터밀에 있는 그들의 집으로 나를 초대했다. 어느 날 밤 그들 부부가 나를 데리고 이스트햄프턴의 근사한 레스토랑 닉앤드토니에 저녁을 먹으러 갔다. 나는 한 번도 가본 적 없는 곳이었다. 우리가 자리를 잡고 얼마 지나지 않아 화가 에릭 피슬이 근처를 지나가다가 잠시 들러 앤드루에게 인사했다. 그러더니 내 쪽을 손짓하며 물었다. "우리 모두 겁을 먹고 레스토랑에서 나가야 하는 것 아닌가요?" 나는 침착함을 잃지 않으려고 애썼다. "뭐, 저는 그냥 저녁을 먹는 중이라서요. 그쪽은 원하는 대로 하시죠."

이 짧은 만남에서 나는 교훈을 얻었다. 내가 다른 사람들의 눈에 걸어다니는 폭탄처럼 보이지 않으려면 자주, 그리고 공개적으로 두려울 게 하나도 없는 듯 행동해야 한다는 것을 말이다. 내가 두려워하지 않는다는 걸 광고하는 것만이 내가 모습을 드러내도 다른 사람들이 두려워하지 않도록 점차 설득할 수 있는 유일한 방법이었다. 쉽지는 않았다. 〈뉴욕 포스트〉는 나에 대한 기사를 1면에 실었고, 안쪽에는 내가 뉴욕에서 살해당할지 모른다는 만화를 실었다. 런던에 사는 미국인 친구한 명이 내게 편지를 보내, 내가 즉시 보안 인력을 고용하지 않으면 '우리 모두가 두려워하는' 일이 곧 일어날 거라고 말했다. 당시 밀런은 네 살이 좀 못 되었고, 밀런의 엄마인 엘리자베스는 밀런이 나와 함께 지내도록 아이를 보내기를 주저했다. 나 역시 두려워할 게 전혀 없다고 확신할 방법이 없었다.

내게는 본능만이 있었고, 그 본능은 이렇게 말했다. 살아. 살아.

그래서 나는 살았다. 나는 일부러 사진이 찍혀 내 존재가 언론에 보도될 만한, 눈에 띄는 외출을 하기 시작했다. 이 방법이 통했다. 사람들은 내가 근처에 존재하며 내 인생을 살아간다는 사실, 그리고 내 존재가 누구에게도 문제를 일으키지 않는다는 사실에 익숙해졌다. 나는 자유로운 인간처럼 지냄으로써 자유를 쟁취했다. 그렇게 받아들여졌다.

본능만으로 움직인 건 아니었다. 나는 와일리 에이전시의 사무실에서 뉴욕시 경찰관들과 만났고, 그들은 뉴욕 지역에 위협은 없다고 나를 안심시켰다. "실은 〈뉴욕 포스트〉가 도움이 됐습니다." 한 경찰관이 말했다. "그런 식의 공개적인 노출에도 아무런 문제가 일어나지 않았다는 건 유용한 정보였습니다. 기사가 난 뒤에도 아무 일이 없었고요. 저희가 감시중인 모든 채널에서 아무런 관심도 보이지 않았습니다." 마음이 놓이는 말이었다.

나의 재입장 전략에는 예상치 못했던 불운한 부작용이 있었다. 아마 내가 십 년 동안 거의 모습을 드러내지 않다가 갑자기 다시 나타난 것이 언론에 충격적이었기 때문이겠지만, 그리고 타블로이드 언론에—사실 타블로이드 언론만은 아니었다—내가 한 말이나 행동을 전부 부정적으로 묘사하는 것이 관행으로 자리잡았기 때문이겠지만, 하룻밤 사이에 내게는 천박하고 경솔하며 진지하지 않은, 유명인들을 쫓아다니는 '파티광'이라는 낙인이 찍혀버렸다. 나로 사는 것이 어떨지 이해하려는 시도는 거의, 전혀 없었고, 마침내 내가 보안이라는 누에고치에서 빠져나올 수 있겠다는 사실을 반기는 사람도 없었다. '파티광'이라는 수사는 절망적일 만큼 오래갔다. 8월 12일 사건 이후, 나의 가장 친한 친구 중 한 명도 이런 수사에 굴복해 TV 인터뷰에서 이제는 내가 칵테일파티에 갈 수 없으니 드디어 글쓰기에 집중할 수 있을 거라고 말했다. 그런 식이었다. 내가 항의하자 그는 농담을 하려던 것이었다고 말했다. 그리고 본인의 표현을 빌리자면, 그 농담이 "제대로 착륙하지 못했다"고 인정했다.

———

의문이 떠오른다(피습 이후 이 질문을 몇 번이나 던졌다). 나 자신을 위해 그처럼 새롭고 태평한 삶을 구축한 게 잘못이었을까? 좀더 신중하고, 덜 개방적으로 행동하고, 어둠 속에 도사린 위험을 더 의식했어야 하는 건 아니었을까? 스스로 바보의 천국을 만들어놓고 이십 년이 지난 뒤에야 내가 얼마나 대단한 멍청이였는지 알게 된 걸까? 말하자면, 내가 자처해서 칼이 닿는 범위 안으로 들어간 걸까?

달리 말하면—수많은 사람이 줄곧 말했듯이—그게 내 잘

못이었을까?

매우 진실하게 말하자면, 신체적으로 취약하고 기분이 가라앉은 상태로 이리의 외상 병동에서 보낸 처음 며칠 동안은 스스로에게 이런 질문을 던졌다. 하지만 몸도 마음도 점점 강해지면서 나는 이런 분석을 강력하게 쳐냈다. 과거의 삶을 후회하는 것이야말로 진짜 바보짓이라고 나 자신을 타일렀다. 후회하는 사람은 나중에 후회할 삶이 빚어낸 존재니까. 이 원칙에 예외도 있겠지만, 자신의 인생을 후회해야 마땅한 사람들—도널드 트럼프, 보리스 존슨, 아돌프 아이히만, 하비 와인스타인—은 거의 후회하지 않는다. 그건 그렇고, 일반적 원칙이야 어떻든 내가 처한 상황에서는 이 원칙이 통했다. 나는 뉴욕에서 거의 이십삼 년간 완전하고 풍요로운 삶을 누렸다. 그사이에 실수가 있긴 했다. 많이 있었다. 더 잘할 수 있었던 일도 있고, 그런 것들은 후회한다. 하지만 전반적인 삶에 대해서는? 나는 그렇게 산 것이 기쁘다. 나는 최대한 잘 살려고 노력해왔다.

———

외상후스트레스장애PTSD는 다양한 방식으로 발현한다. 트라우마를 일으키는 사건이 머릿속에 끝없이 반복되고, 갑작스러운 공황 발작이나 우울증 같은 증상이 있다. 내게는 이런 증상이 없었다. 나는—이 글을 쓰는 지금도 일주일에 몇 번씩—과거에나 지금이나 악몽을 꾼다.

해멋의 병실에서 깨어 있으면 옆 사람들의 신음과 비명소리가 들렸다. 내가 밤마다 벌이는 공연 소리는 듣지 못했다. 하지만 매일 밤 악몽이 찾아왔고, 나는 침대에 누운 채 발버둥치며 소리지르고 울었다. 침대 양쪽에 난간이 달려 있었기 망정이지, 그렇지 않았다면 분명히 바닥으로 떨어졌을 것이다. 내가 내는 소리에 잠에서 깬 일라이자가 다가와 손을 잡고 나를 조용히 깨워 다 괜찮다고 말해주곤 했다.

하지만 괜찮지 않았다. 깨어 있는 시간에 나는 침착하게, 차분하게, 낙관적으로, 강한 의지를 보이며 지내려고 노력했다. 하지만 잠이 들면 모든 방어기제가 무너지고 밤의 공포가 찾아왔다. 깨어 있는 나의 자아, 애써 품위를 지키던 나의 자아는 어떤 의미에서 거짓이었다. 내 꿈에 나오는 거친 밤의 언어가 진실이었다. '밤의 언어'는 조이스가 사용한 용어지만, 잠든 정신의 구조를 글로 옮겨 적으려 한 조이스의 엄청난 노력을 담은 『피네간의 경야』에 쓰인 언어를 여기서 재생산할 생각은 없다. 내 꿈은 더 간단한 설명으로도 충분하다.

꿈에서 피습이 되풀이된 건 아니었다. 하지만 꿈은 폭력적이었다. 꿈속에서 '나'는 창이나 칼로 무장한 적에게 쫓기거나 공격당했다. 내가 집을 떠나 셔터퀴로 가기 직전에 꾼 꿈에 나온

적과 비슷했다. 때로는 결투장에서, 때로는 케이지에서, 때로는 탁 트인 시골이나 도시의 거리에서 꿈은 펼쳐졌다. 어쨌든 언제나 쫓기고 도망쳤으며, 자주 발을 헛디뎌 바닥에서 좌우로 굴러 적이 아래로 내리꽂는 무기를 피하려 애썼다. 그럴 때 나는 침대에서도 발버둥을 쳤다.

모든 꿈에서 내가 주인공이었던 건 아니다. 꿈에서 『리어왕』의 콘월 공작이 글로스터 백작의 눈을 뽑는 장면을 보기도 했다. 정확히 말하면 폴 스코필드가 왕, 다이애나 리그가 코딜리어, 존 로리와 토니 처치가 각각 비극적인 글로스터와 악랄한 콘월로 출연하고 피터 브룩이 제작한 왕립셰익스피어극단의 유명한 연극 〈리어왕〉을 보러 견학차 스트랫퍼드어폰에이번에 갔던 열다섯 살 소년에 대한 예순 살의 기억을 꿈으로 꾸었다. "그대의 이 눈에 내 발을 얹으리." "나를 좀 도와주시오! 아 잔인하여라! 아 신들이여!" "나오라, 고약한 젤리여! 이제 그대의 광휘 어디에 있는가?" 어린 나의 자아는 그 장면에 경악했고, 그 장면을 결코 잊지 못했다. 나는 글로스터가 겪은 불행이 내게 찾아오리라고는 꿈에도 생각지 못했다. 하지만 이제는 그런 꿈을 꾸었다.

제리코가 그린 위대한 그림 〈메두사호의 뗏목〉이 실현된 것처럼 보이는 이상한 꿈도 있었다. 다만 뗏목에 탄 사람들은 전부 초현실주의자들—막스 에른스트, 르네 마그리트, 살바도르 달리, 루이스 부뉴엘, 심지어 리어노라 캐링턴까지 있었다—이었고, 그들 모두가 무자비하게 싸우며 서로의 눈을 파내려 했다.

나는 흰 도자기 같은 얼굴을 가진 사람들 무리에 갇히는 꿈을 꾸었다.

승객들이 "우린 모두 죽을 거야"라고 비명을 지르는 가운데 억지로 착륙하려는 비행기에 타고 있는 꿈을 꾸었다.

포위당한 성곽도시에서 내가 기병대 선두에 서서 도시를 구하기 위해 달려가는 꿈을 꾸었다. 하지만 꿈속에서 나는 진격 시점이 이미 늦어서 도시가 약탈당하고 불태워지는 걸 막을 수 있는 시간에 도착하지 못하리라는 걸 알았다.

나는 인간의 목숨이 너무도 값싸서 오래된 화폐—안나, 파이스, 실링, 파딩*—로 길거리 시장에서 사고팔리는 꿈을 꾸었다.

나는 사랑하는 봄베이—뭄바이가 아니라—로 돌아가 비행기에서 내려 무릎을 꿇고 아스팔트 활주로에 입맞추는 꿈을 꾸었다. 하지만 고개를 들어보니 군중이 내게 "다파 호"라고 소리지르고 있었다. 꺼지라고.

---

* '안나'는 인도, 파키스탄, 미얀마의 옛 화폐 단위이며 '파이스'는 인도의 옛 청동화, '실링'은 영국의 은화, '파딩'은 4분의 1페니에 해당하는 영국의 옛 화폐 단위다.

나는 일상적 살인에 대한 꿈을 꾸었다. 내가 살인자였다. 살인이 기쁘게 느껴졌다. 눈을 뜨니 머릿속에 조니 캐시의 〈폴섬 프리즌 블루스〉가 맴돌았다. 난 리노에서 사람을 쐈어, 그냥 그가 죽는 걸 보려고.

———

나는 육 주가 될 때까지 왼손으로 일을 하거나 어떤 식으로든 왼손을 써서는 안 되었다. 내 왼손은 새장 안에 갇힌 새처럼 부목 안에 갇혀 있었다. 한편 친절하면서도 사무적이고, 내 손녀와 이름이 같은 작업치료사 로즈는 한 손으로 샤워하는 방법과 한손잡이 세상에서 잠깐이나마 살아가는 법을 배우도록 도와주었다. 외눈박이의 세상이기도 했다. 오른쪽에서 무언가가, 혹은 누군가가 다가오는 것을 볼 수 없으면 고개를 자주 돌려 그 방향을 살피는 법을 스스로 터득해야 한다. 그런 상황에 우울해지지 않도록 노력도 해야 하고 말이다. 뇌가 잃어버린 시각을 보완하기 위해 제대로 조율했으리라 믿고 유리잔에 물을 따르는 솜씨도 키워야 한다.

호흡도 정기적으로 시험해야 한다―들숨 그리고 날숨. 이 두 가지 호흡의 강도를 시험하는 기계가 있다. 침대에서 나와 (그전에 알람을 끄고) 걸을 수 있을까? 병실 문까지 걸어가서 밖으로 나갈 수 있을까? 병동 한 층을 한 바퀴 돌고 돌아올 수 있을까? 물리치료실까지 걸어갈 수 있을까? 거기서는 어딘가 화려해 보이는 물리치료사 파예가 얼굴에 미소를 띠고 로즈에 게서 나를 인계받는다. 연습용 자전거를 탈 수 있어? 이제 좀 더 빨리 탈 수 있어? 저항을 높여도 계속 탈 수 있어? 십 분? 이십 분? 한쪽 발뒤꿈치를 다른 쪽 발가락 앞에 두며 걸어서 물리치료실을 가로지를 수 있어? 뒤로 걸을 수 있어? 옆으로 는? 계단 올라가는 건? 내려가는 건? 파예가 만들어놓은 작은 미로를 헤치고 나갈 수 있어? 어지러워? 괜찮아? 파예가 물리 치료실 여기저기에, 낮은 곳, 높은 곳, 눈높이에 맞게 놓아둔 물건들이 보여? 너를 세상에 놓아줘도 안전한지 판단하는 시 험을 통과할 수 있어?─아, 아직 힘이 좀 부족하시군요. 그래 요, 별로 안정적이지 않아요.─자, 보이시죠? 훨씬 잘해내고 계세요.─좋네요. 이제 전부 다시 해보세요.

정말 의지가 강하시네요. 로즈와 파예 둘 다 내게 말했다. 좋은 일이에요. 도움이 될 겁니다.

하루에 네 시간씩 로즈와 파예를 만나는 건 내게도 좋은 작 용을 했다. 나는 점점 강해졌고, 일상의 새로운 문제들을 점차 더 잘 다룰 수 있게 되었다. 배뇨를 방해하는 약물을 끊자마자 나는 낙관주의가 솟구치는 것을 느꼈다. 곧 기능이 정상적으 로 돌아올지도 몰랐다. 게다가 『승리 도시』 가제본이 나왔다. 책 출간의 전체 과정에서 내가 가장 좋아하는 것이 바로 이 순간, 인쇄된 책을 처음으로 손에 쥐고 그 현실성을, 그 생명을 느끼는 순간이다. 내게 일어난 사건 때문에 『승리 도시』의 주인공 시인 팜파 캄파나가 제국보다 오래 지속되는 언어의 힘을 기리며 "언어만이 승자다"라는 결론을 내린 마지막 페이지가 이미 널리 인용되고 있었다. 일라이자가 카메라에 담을 수 있도록 그 페이지를 읽어달라고 했다. 읽는데 목이 메어왔다. 나는 애써 눈물을 참아야 했다.

나는 책을 쓴 작가였다. 아니면 곧 다시 그렇게 될 터였다.

———

일라이자가 카메라를 보며 『악마의 시』에 관해 이야기해달라고 했다.

그 책을 쓰기 시작했을 때, 하면 안 되는 일이라는 생각은 한 번도 하지 않았어. 나는 전하고 싶은 이야기가 있었고, 그 이야기를 어떻게 전할지 생각했을 뿐이야. 그게 다였어.

(때때로 나는 다른 시대에 속한 느낌이다. 어린아이였던 나는 1950년대에 우리집 정원에서 부모님과 부모님의 친구들이 자기 의견을 검열하거나 희석해야 한다는 어떤 압박감도 느끼지 않은 채, 현대 정치에서 신의 존재에 이르기까지 태양 아래

의 모든 일에 관해 이야기하며 웃고 농담했던 것을 기억한다. 내가 가장 좋아하는 삼촌인 하미드 버트의 아파트에 갔던 일도 기억난다. 삼촌은 때로 영화 시나리오를 썼고, 무용수이자 배우였던 숙모 우즈라는 가끔 그 영화에 출연했다. 나는 두 사람이 예술영화업계 사람들과 함께 카드놀이를 하면서 모든 것이자 아무것도 아닌 것들에 대해 더욱 터무니없는 언어로 이야기하고 내 부모님의 친구들보다도 왁자지껄하게 웃는 모습을 보았다. 이런 환경에서 나는 표현의 자유에 관한 첫번째 교훈, 즉 표현의 자유란 당연하게 받아들여야 하는 것임을 배웠다. 자기가 하는 말의 여파를 두려워한다면 자유롭지 않은 것이다. 『악마의 시』를 쓸 때 나는 두려워해야 한다는 생각을 한번도 하지 않았다.)

사실, 한동안 나는 이 책이 한 권이 아니라 세 권이 될지도 모르겠다고 생각했어. 한 권은 바닷속으로 걸어들어간 마을에 관해, 다음 권은 한 종교의 탄생에 관해, 그다음 권은 현대 런던에 사는 남아시아계 이민자들에 관해 더 길게 쓸 생각이었지. 그런 다음에 오스트레일리아에서 열리는 문학 페스티벌에 가려고 비행기를 탔던 것 같아. 그때 그 모든 이야기가 전부 가브리엘 대천사의 삶에서 가져온 에피소드고, 한 권짜리 책으로 내야 한다는 걸 깨달았지. 주인공의 이름은 지브릴 파리슈타로 해야 했어. 지브릴은 가브리엘, 파리슈타는 천사라는 뜻이야. 그게 다였어. 난 그 누구도 불쾌하게 하거나 모욕할 생각이 없었어. 그냥 소설을 쓰려는 거였지.

솔직히, 『악마의 시』에 관해 다시는 이야기할 일이 없으면 좋겠다. 중상모략을 당한, 내 가여운 책. 언젠가는 그 책과 중상모략을 당한 그 책의 작가 둘 다 다시 자유로워질 날이 올지도 모르겠다.

나는 새로운 책에 대해 생각하는 것이 훨씬 더 행복했다. 나의 친애하는 친구 마틴 에이미스는 "책을 출간하면, 그 책을 내고도 무사히 빠져나가거나 빠져나가지 못하거나 둘 중 하나다"라고 말하곤 했다.

이번에는 책을 내고도 무사히 빠져나가기를 기대했다.

———

내가 알려지지 않은 수단을 통해 이리에서 맨해튼으로 이송되었으며 지금은 러스크재활병원에 입원해 있다는 확인되지 않은 소문이 돌았다. 내가 도착하고 며칠 동안 병원 바깥의 거리에 기자들이 있었다. 밀런의 세번째 방문 직후, 자동차 한 대가 밀런 옆을 따라 천천히 움직였다. 자동차 안의 남자가 그 애의 이름을 소리쳐 불렀다. "밀런!" 밀런은 계속 걸었고, 자동차는 그와 속도를 맞췄다. 남자가 다시 소리쳤다. "밀런!"
다행히 밀런은 차량의 흐름을 거슬러 오른쪽으로 꺾어야겠다
는 생각을 할 정신이 있었다. 덕분에 자동차는 더이상 그를 따
라오지 못했다. 남자는 다시 나타나지 않았지만 밀런은 걱정
했다. 그래도 침착함을 유지했다. 그는 아빠를 돌보려고 뉴욕
에 와 있었고, 중요한 건 그것뿐이었다.

피습 당일 우리집 앞 거리에는 매우 공격적인 사진기자들이
몰려들었다. 일라이자는 죽어가는 남편을 보기 위해 서둘러
달려가야 한다는 생각에 산란해진 마음으로 차를 타러 가다
붙들리고 밀쳐지고 떠밀렸다. 그 경험 이후로 일라이자는 내
제안처럼 파파라치를 무시할 수 없게 되었다. 일라이자의 입
장에서는 정체 모를 낯선 사람들에게 스토킹당한 것이었다.
그들이 손에 든 것이 카메라뿐이라는 걸 어떻게 확신할 수 있
겠는가?

일라이자는 집에서 잤으나 사진광들이 밤새 그곳에 있는 건
아니었다. 아침 일찍 집을 나서면 파파라치들을 피할 수 있었
지만 그녀에게는 해야 할 일이 있었다. 『약속Promise』이 편집
마지막 단계에 있었다. 우리 삶에 일어난 일을 생각해보면, 그
건 쉬운 일이 아니었다는 말만으로는 부족했다. 하지만 그녀
는 의지가 강한 여자였고 해냈다. 그녀가 자신의 반려견인 나
이든 보더테리어 히어로를 산책시켜야 할 때면, 집 근처에 도

사리고 있는 사진기자들을 볼 수 있었다. 때로 그들은 차 안에 있었고(이제 일라이자는 그들의 자동차를 알아보았다), 그들은 차창을 내리고 기다란 렌즈 주둥이를 그녀에게 겨누기도 했다. 때로는 차에서 내려 사진을 찍기도 했다. 이런 의례적인 침입은 오후에 일라이자가 러스크에 가려고 집을 나설 때도 되풀이되었다. 그 사진들 중 공개된 건 하나도 없었다. 그들이 사진에 담고 싶어한 사람은 일라이자가 아니었다. 그런데도 그들은 몇 주 동안이나 그녀를 괴롭혔다. 세상에는 변호하기 쉽지 않은 언론의 자유도 있다.

———

밀런은 트럼프에 관해 이야기하고 싶어했다. 나는 정말 이야기하기 싫었지만 이렇게 말했다. "트럼프가 재선된다면 이 나라에서 사는 것이 불가능해질지도 모르지."

그러자 밀런의 눈이 반짝였다. "그럼 잉글랜드로 돌아올 수도 있다는 말이에요?" 처음도 아니지만, 나는 밀런이 그걸 얼마나 바라는지 알았다. 피습 이후, 비행에 대한 매우 대단히 현실적인 공포 때문에 더욱 원하게 된 모양이었다.

"글쎄." 내가 대답했다. "브렉시트 이후에는 영국도 꽤나 끔찍해서." 하지만 나는 피습 이전에도 런던에서 더 많은 시간을 보내야겠다는 이야기를 일라이자와 나누었다. 어쨌든 나의 가까운 가족 대부분이 런던에 살았으니 말이다. 하지만 나는 밀런에게 지금은 이 문제를 의논할 때가 아니라고 말했다. 어찌되었든 다시 일어서야 했다. "이 이야기는 잠시 보류해두자."

나는 런던과 뉴욕 사이에서 갈팡질팡하고 있다. 사실 뉴욕에서 사는 게 더 좋다. 하지만 가족과 오랜 친구들 대부분이 영국에 있어 마음이 끌린다. 나는 지금도 밀런의 질문에 확답할 수 없다. 이 이야기는 잠시 보류해두자.

———

하루하루가 늘어나 몇 주가 되면서 나는 점차 회복했다. 하지만 아직 끝나지 않았다. 일단 다른 눈, 남은 한쪽 눈의 문제가 남아 있었다.

조지 오웰의 『1984』에서 사람들이 애정부 지하의 101호실로 끌려가 무시무시한 고문실에 들어서면 '세상 최악의 존재'—사악한 오브라이언의 말에 따르면 사상경찰 요원이다—를 마주한다. 세상 최악의 존재는 개인마다 다르다. 소설의 주인공 윈스턴 스미스에게 세상 최악의 존재는 쥐다.

예전부터 지금까지 내게는 눈이 머는 것이 최악의 상황이다. 『승리 도시』를 읽은 많은 독자들이 여자 주인공의 눈이 머는 장면을 8월 12일 피습 이후에 썼는지 혹은 피습 이후에 고쳐쓴 것인지 궁금해했다. 심지어 어떤 사람들은 둘 다 아니라는 걸 상당히 믿기 어려워했다. 하지만 사실이다. 그 장면을 쓸 때 나는 일평생의 두려움, 즉 '세상 최악의 존재'에 대해 쓴 것이었다. 그런데 이제 내 오른쪽 눈이 사라져버렸고, 왼쪽 눈은 완전한 시력 상실로 이어질 수도 있는 황반변성이라는 망막 질환을 겪고 있었다. 내게 남은 눈은 그것뿐이었다.

내가 몇 년 동안 받아온 치료는 한 달에 한 번꼴로 환자에 직접 약물을 주사하는 형태로 이루어졌다. 러스크에 있는 동안에도 그런 주사를 한 번 맞았다. 퇴원 후에는 평소 치료받던 안과 전문의에게 돌아갈 예정이었다. 그는 내가 약물에 유독 잘 반응하고 있으며 질환이 안정적으로 관리되고 있다고 말했다.

앞으로도 계속 그러기를 바랄 뿐이다. 그러지 않으면 나는 남은 평생을 101호실에 갇혀 지내게 될 것이다.

———

혈압도 걱정거리였다. 나는 혈압이 낮았고, 일어서면 혈압이 더 떨어져 현기증이 나서 다시 앉아야 할 때가 있었다. 나는 활력징후를 확인하러 온 간호사 한 명에게 전에는 혈압 문제가 전혀 없었기에 놀랐다고 말했다. 그러자 간호사는 친절하게 대답했다. "아시다시피 피를 많이 흘리셨으니까요."

의료진이 벨크로로 꽉 조이는 코르셋을 입으라고 했다. 혈압이 갑작스럽게 떨어지는 것을 예방하기 위해서였다. 그게 도움이 되었다. 나는 두 차례 수혈을 받았다. 그것도 도움이 되었다. 혈압을 높이는 약물도 투여받았고, 약이 듣기 시작했다. 수치는 여전히 낮았지만 정상 범위 안에서 낮은 축이었다. 그리 나빠 보이지는 않았다.

———

러스크에서 한 주 한 주가 더디게 흘러가면서 나는 진취성을 조금 잃었다. 작은 것들에 짜증이 나기 시작했다. 가령 도움이 필요해 벨을 누른 뒤 간호사가 나타나기까지 걸리는 시간에 대해 말이다. 화장실에 가야 하는데 침대가 비명을 지를까봐 혼자서 자리를 벗어날 수 없는 경우, 이런 건 진짜 문제가 될 수 있었다(이때쯤 나는 다리 힘이 꽤 강해진 것을 느꼈고 화장실까지 완벽하게 걸어갈 수 있었지만 여전히 침대의 포로였다). 나는 스스로 인내심이 강한 사람이라고 생각했지만 이제는 인내심이 바닥났다. 나는 일라이자에게 말했다. "퇴원 날짜에 대해 이야기해봐야겠어."

우리는 임시 퇴원 날짜를 받았는데—9월 23일 금요일이었다—그날은 내가 러스크에 도착한 지 정확히 삼 주가 되는 날이자, 피습 이후로 정확히 육 주가 되는 날이었다. 하지만 그날이 다가오자 며칠쯤 미루어질 거라는 이야기를 들었다.

대장—그를 닥터 오라고 부르겠다—이 회진을 돌다가 퇴원이 늦어질 거라고 말해주러 나를 찾아왔다. 의료진이 내 상황에 대해 회의를 했는데, 퇴원을 늦춰야 한다는 것이 공통된 의견이었다고 했다. 하지만 나는 처음 이야기했던 날짜로 마음을 굳혔다. 퇴원 연기는 견딜 수 없을 것 같았다. 나는 감정적 폭발을 경험했다. 집에 가야겠다고, 이곳이 내게 해로운 곳이 되어간다고 말했다. 모든 것이 꽤 순조로웠다. 물리치료사 파예는 내가 시험을 통과했기 때문에 퇴원해도 되겠다고 말했다. 작업치료사 로즈도 나의 진전에 만족한다고 밝혔다. 상처는 나은 것처럼 보였다. 혈압도 잘 통제되고 있었다. 나를 내보내줘.

닥터 오가 부드럽게 말했다. "나가신다면 의료적 조언을 무시하는 결정입니다."

"알겠습니다." 나는 목소리에 지나친 감정을 담아 말했다. "받아들이죠."

내 기억이 맞는다면, 이날이 수요일이었다. 목요일에 나는 침대에서 나오다가(침대는 무음 처리가 되어 있었다) 갑자기 극심한 현기증을 느꼈다. 나는 재빨리 다시 앉았다. 의사들이 맞았고 내가 틀렸다. 혈압이 완전히 잡힐 때까지 남아 있어야 했다.

한편 일라이자와 사민은 다른 대화를 나누고 있었다. 그들은 나의 귀가를 걱정했다. 파파라치들이 집을 지켜보고 있다면, 다른 사람들도 지켜보고 있을지 몰랐다. 파파라치들이 기다란 렌즈가 달린 카메라 외에 다른 무엇을 들고 있을지도 몰랐다. 일라이자에게 다른 계획이 있다는 말을 처음으로 내게 전해준 건 사민이었다. 좋은 친구들이 소호에 있는 자기들의 아파트를 내주겠다고 했다. 그들은 로스앤젤레스에 가 있어서 추수감사절까지는 뉴욕에 돌아오지 않을 예정이었고, 기꺼이 도와주고 싶어했다. 아파트 경비원에게 미리 정한 우리의 가명을 알려주고, 우리가 갈 예정이라고 말해둘 터였다. 완전히 은밀한 방법이었고, 그런 만큼 더 훌륭하고 안전하게 세상으로 재입장할 수 있었다. 그러나 사민이 이 말을 해주었을 때 나는 부정적으로 반응했다. 그냥 내 집으로 가고 싶었다. 다른 정거장은 원하지 않았다. 내 침대에서 자고 싶었고, 주변에 내 책들을 두고 싶었다. 하지만 일라이자와 밀런이 소호를 선택하기로 마음을 모은 걸 보고 물러났다. "알았어." 내가 말했다. "그리로 가자."

일라이자는 전문 보안 인력과 회의를 했다. 어느 보안업체가 마음에 드는지 말했고, 우리는 그들과 계약을 맺었다. 저렴하지는 않았지만 적어도 가까운 미래에는 필요한 일 같았다. 보안업체에서는 때가 되면 러스크에서부터 나를 경호해 소호로 데려갈 팀을 보내겠다고 했다. NYPD와도 협력할 예정이었다. 배달이 예정된 소포가 된 듯한 기분이 좀 들었지만 나는 규칙을 받아들였다.

9월 26일 월요일, 나는 러스크의 의료진에게 '이상 없음' 판정을 받았다. 재활은 끝났다. 병원 두 곳에서 육 주 이상을 보낸 뒤, 나는 세상으로 돌아갈 수 있었다.

2부

생명의 천사

5. 집에 돌아오다

계획은 새벽 세시에 최대한 조용히 러스크를 떠나서 지켜보는 눈을 피해 텅 빈 밤의 도시를 가로질러 머서 스트리트까지 가는 것이었다. 나는 한시쯤 짐을 다 싸고 준비를 마쳤다. 일라이자가 한 시간 후에 도착했다. 사기 진작을 위해 우리의 친애하는 친구이자 훌륭한 타블라* 연주자인 수팔라도 함께 왔다. 우리는 행복한 마음으로 서로를 끌어안았다. 일라이자는 극심한 스트레스에 시달리면서도 티를 내지 않고 있었다. 내가 몹시 신난 상태였기 때문이다(그래도 나는 일라이자가 긴장한 것을 알 수 있었다). 우리는 퇴원 서류와 투약 일정, 약

---

* 인도의 타악기. 작은북 한 쌍으로 이루어져 있다.

병 몇 개(필요할 경우에 쓸 진통제와 리피토*, 혈압을 올려주는 무슨 약), 천식 흡입기, 항생제가 들어 있는 안약이 조금 담긴 봉투를 받았다. 나는 걸을 때 현기증을 느끼지 않도록 벨크로 코르셋을 착용했다. 그때 보안팀 한 명이 NYPD 경찰관 한 명과 함께 문 앞에 도착했고 탈출이 시작되었다. 전날에 나는 아래층으로 내려가 우리가 사용할 옆문을 안내받았다. 경로를 익히고 거리까지 몇 계단에 내려갈 수 있는지 확인하기 위해서였다. 들것에 실려 들어와 내 두 발로 걸어나가는구나. 나는 이렇게 생각하며 자축했다. 커다란 검은색 에스컬레이드 SUV가 시동을 켜고 기다리고 있었다. 한쪽 손만 쓸 수 있어서 차에 타기가 쉽지는 않았지만 나는 도움을 받지 않고 해냈다. 일라이자와 수팔라도 차에 올랐고 우리는 출발했다.

이후 맨해튼을 가로질러 차를 달리면서 그때껏 한 번도 느껴본 적 없는 황홀함을 느꼈다. 2016년 6월 29일 미국 시민권을 받은 직후 노란 택시를 타고 달려갈 때 비슷한 기분을 느꼈던 것이 떠올랐다. 그날 오후에는 도시가 갑자기 다르게 느껴졌다. 이제는 이 도시가 내 것이 된 것처럼 혹은 내가 그 도시에 속한 것만 같았다. 강렬한 감정이었다. 이번에 느낀 감정은 그때보다 훨씬 컸고, 뉴욕의 밤거리를 둥실둥실 떠가며 나는

* 콜레스테롤 조절제 상품명.

다짐했다. 이곳에서의 삶을 최대한 많이, 최대한 빨리 되찾겠다.

머서 스트리트의 건물에 들어가자 야간 경비원이 우리를 알아보았다는 티를 전혀 내지 않은 채 환영의 뜻으로 고개를 끄덕였다. 우리는 위로 올라갔다. 친구들의 아름다운 아파트에 들어서면서 나는 자유다, 난 살아 있고 자유야, 하고 생각했다. 새벽 세시 삼십분이었다. 나는 커다랗고, 편안하며, 비명을 지르지 않는 침대로 갔다. 침대에 들어가자 일라이자가 내 옆에 누웠다. 그러고는 그간의 모든 스트레스가 모두 쏟아져나오면서 갑자기 걷잡을 수 없이 흐느꼈다.

"내 남편이 집에 있다니." 그녀는 흐느꼈다. "내 남편이 집에 있어."

———

지금 이 순간처럼 글로 적기 고통스러운 순간들이 있다.

———

우리는 새벽 네시에 피를 뽑거나, 새벽 다섯시에 간호사들이 찾아온다거나, 새벽 여섯시에 의사들이 회진 오는 일 없이 사치스러울 정도로 늦게까지 잘 수 있었다. 병원에서 밤을 보낼 때는 어둠이 간헐적인 자비를 베풀 뿐이었고 침대도 협조적이지 않았으므로, 머서 스트리트의 침대와 커튼 친 방의 어둘이 주는 위안이 색다르게 느껴졌다. 우리는 하루를 시작하고 싶지 않았다. 마침내 자리에서 일어나 커튼을 걷어보니 도시가 선물처럼 우리 앞에 펼쳐져 있었다. 그 건물은 삼면에 창문이 있어서 동쪽으로는 높이 솟은 원월드트레이드센터가 있는 곳까지, 서쪽으로는 그리니치빌리지를 건너 허드슨강까지, 북쪽으로는 블리커 스트리트에 있는 뉴욕대 교수아파트를 지나 저멀리 엠파이어스테이트빌딩까지 시내를 내려다볼 수 있었다. 우리를 초대한 집주인들이 옥상에 훌륭한 하늘 정원을 가꿔두었다. 우리집은 아니었지만 집 다음으로 좋은 곳이었다. 휴가라도 온 것 같았다.

처음 며칠 동안 우리는 온전히 단둘이 지내지 못했다. 일라이자는 나와 관련된 일이 매끄럽게 진행되지 않을 경우에 대비해 훈련받은 지원 인력을 원했고, 야간 간호사와 주간 간호사가 우리와 함께 머물도록 이십사 시간 간병 서비스를 이용했다. 기쁘게도 얼마 지나지 않아 우리는 그런 조치가 필요 없다는 데 동의했다. 병원에서 나온 것 자체로 치료된 것 같았다. 나는 매일 강해졌다.

평화와 고요 그리고 사생활로 돌아왔다는 환상은 이틀간 이어졌다. 그런 뒤에 의료계가 손을 뻗어 나를 잡고, 아직 갈 길이 멀다고 말했다. 더 정확히 말하면, 나의 손 치료사 모니카가 처음으로 방문했다. 그녀는 몸집이 왜소한 중국계 미국인으로, 미소 띤 얼굴에 친절한 애서가이자 다독가였으며, 내 손을 다시 움직이게 하는 일에 관해서는 그야말로 무자비했다.

"아플 거예요."

"아야!"

"이건 더 아플 거예요."

모니카는 일주일에 세 번 올 예정이었다. 처음 방문한 날 그녀가 처음으로 한 일은 부목을 자르는 것이었다. "이건 더이상 필요 없어요." 나중에 밀런이 "아빠 손가락을 전혀 움직이지 못했어요"라고 말하긴 했지만, 왼손이 수갑에서 풀려나온 것처럼 느껴졌다. 모니카는 힘줄이 붙었다고 말했다. 육 주가 지났고, 모니카는 이제 운동을 하며 최대한 손을 많이 사용할 시간이라고 말했다. 그러나 말이 쉽지, 손이 움직이지 않을 때는 정말 쉽지 않았다.

힘줄은 손안의 좁은 길들을 따라 이어진다. 잘렸다가 다시 한 덩어리가 되었으니, 힘줄은 이제 그 좁은 길들을 따라 이리저리 움직이는 방법을 다시 배워야 했다. 천진난만하게도 나는 물리치료를 받으면 몇 달 안에 마법이 일어날 거라고 생각했다. 이제는 그게 그렇게 간단한 일이 아니라는 걸 알게 되었다. 힘줄이 좁은 길들을 따라 매끄럽게 미끄러지며 손을 쥐었다가 펴는 등 평소처럼 다시 작동하는 대신 불쾌한 일이 일어날 가능성도 엄연히 존재했다. 힘줄이 제대로 풀어지지 않고 좁은 길에 달라붙어 한 자세로 굳어지는 경우였다. 그렇게 되면 달라붙은 힘줄을 떼어내기 위해 큰 수술이 필요해질 터였다. 이 말을 들으니 가슴이 철렁했지만, 손 치료에 모든 힘을 쏟아부을 강력한 동기가 샘솟기도 했다. 아프려면 아프라지. 나는 손을 되찾고 싶었다.

모니카의 첫 업무는 내 손바닥을 일그러뜨리고 움직임을 어렵게 만드는 말라붙은 피를 처리하는 것이었다. 그녀는 올 때마다 조금씩 피를 뜯어냈다. 모니카는 방문 치료 때 다양한 도구를 사용했다. 이상한 청록색 반투명한 바다 괴물처럼 생긴 그것들은 고문 도구 같았다. 그녀는 자기가 없을 때 할 운동법을 알려주고, 흉터 조직에 사용하는 윙윙대는 도구도 주었다.

"당신만큼 세게 할 수 없어요." 내가 말했다.

"알아요." 모니카가 대답했다. "자신에게 고통을 가하는 건 힘드니까요."

내 손 이야기는 이후 육 개월 동안 이어진다. 모니카의 치료 외에도, 나는 육 주에 한 번 정도 NYU랭곤의 손 전문의 닥터 Y를 만났다. 처음 만났을 때 그는 내게 용기를 주지 않았다. 담담하게 말했다. "선생님처럼 심각한 상처를 입은 경우, 보통 그리 낙관적인 예후를 기대하지 않습니다."

움직이는 데 문제가 있었고, 그다음에는 감각의 문제가 있었다. 처음에는 거의 움직임이 없었다. 감각의 경우, 엄지와 검지에는 어느 정도 감각이 있었으나 중지와 약지에는 거의 없었고, 새끼손가락에는 약간만 남아 있었다. 흉터와 손목 사이 손바닥에는 감각이 있었다. 흉터 위로는 아무것도 느껴지지 않았다. 닥터 Y는 감각이 돌아오기는 할지, 돌아온다면 얼마나 돌아올지 분명하게 말하지 못했다. 그는 모니카의 치료가 움직임을 어느 정도 복구해주기를 바랐다. "나머지에 대해서는 희망을 가져봐야죠."

나는 그가 틀렸다는 것을 증명하겠다고 결심하며 상담실을 나섰다. "하세요, 모니카." 다음번 치료 때 내가 모니카에게 말했다.

"아플 거예요." 모니카가 대꾸했다.

"아야."

미래로 빨리감기를 해보자. 많은 운동을 거쳐 내 손가락 관절이 다시 구부러지기 시작했다. 당장의 목표는 주먹을 쥐는 것이었고, 첫번째 단계는 손가락 끝을 손바닥에 대는 것이었다. 성공한 날 나는 환호성을 지르고 싶었다. 그런 다음에는 손가락을 천천히 안쪽으로 말아쥘 수 있게 되었다. 확실히 주먹 쥐기에 가까워지고 있었다.

또한 엄지를 손 반대쪽으로 뻗어 새끼손가락 끝을 건드릴 수 있어야 했다(나는 일부러 미국에서 새끼손가락을 일컫을

때 쓰는 '핑키pinkie/pinky'라는 말을 쓰지 않고 있다).* 그 목표
는 성간 우주를 가로지르는 여행처럼 길고도 길게 느껴졌다.
그러나─하!─그런 날은 오지 않았다. 엄지여, 새끼손가락이
여, 제발 만나다오. 둘이 전에도 만난 적 있는 것 같은데.

모니카는 한 달에 한 번씩 진척을 살폈다. 2023년 3월 8일,
칼이 내 손바닥에 들어오고 칠 개월이 조금 못 되었을 때, 징
후가 좋았다. 상처에서 피가 빠져나갔고, 긴 흉터는 부드러워
져 더이상 엄지의 움직임을 방해하지 않았으며, 왼손으로 엄
지를 드는 모습이 오른손과 똑같았다. 주먹도 오른손 주먹과
거의 비슷하게 쥐어졌다. 손가락이 독립적으로 움직일 수 있
었고, 퍼티**를 엄청나게 주물러댄 덕분에 손아귀 힘도 세지기
시작했다. 아직 멀쩡한 건 아니었지만 많이 나아졌다. 감각은
그렇게까지 나아지지 않았다. 엄지와 검지는 괜찮았다. 새끼
손가락 감각도 좋아졌다. 그러나 나머지 두 손가락은 별 진척
이 없었다. 하지만 '보호감'이라는 것이 그 손가락들에까지 돌
아왔다. 나는 열기를 느낄 수 있게 되었기에 화상을 입지 않을
터였고, 날카로움을 느낄 수 있었기에 손을 베지 않을 터였다.

---

* 여기서 작가는 새끼손가락을 'little finger'로 쓰고 있다. '약속할 때 쓰는 손가
락'이라는 의미가 담긴 '핑키'를 의도적으로 쓰지 않음으로써 미래에 대한 낙관
을 보이지 않는다.

** 손의 힘을 기르는 등 재활을 위해 사용하는 실리콘 재질의 도구.

이런 것이 가장 먼저 돌아오는 감각이라고 했다. 나는 인간의 몸이란 얼마나 똑똑한가 하고 감탄했다. 우리가 들어가 살고 있는 이 육신은 얼마나 큰 기적인가. 인간이란 얼마나 대단한 작품인가.

그다음주에 나는 닥터 Y를 만나러 가서 내가 회복한 새로운 기능을 자랑했다. 그는 모든 환자가 듣고 싶어하는 말을 했다. "손 회복이 기적적이네요." 기적적이라니! 그렇다! 정말, 그랬다! "감각이 돌아오기까지 앞으로 육 개월 정도 더 걸릴 수 있습니다. 그냥 기다리셔야 해요. 신경은……" 신경은 느리니까! 신경의 회복이 느리다는 건 나도 알았다! 그건 괜찮았다! "사실 감각이 얼마나 돌아올지 알려면 일 년까지도 걸릴 수 있습니다. 타자는 칠 수 있으신가요?" 그렇다, 칠 수 있었다. 나는 신발끈을 묶고, 와인 병의 코르크 마개를 따고, 문고리를 돌리고, 물이 가득 담긴 유리잔을 들 수 있었다. 나는 거의 인간이었다.

"더는 저를 보러 오지 않으셔도 됩니다." 닥터 Y가 말했다. "모니카도 더 만나실 필요가 없고요."

나는 조금 슬펐다. 나는 모니카와 매우 잘 지냈다. 게다가 그녀는 내 모든 책을 출간된 순서대로 읽겠다는 뜻을 밝히기도 했다. 그녀는 『그리머스 *Grimus*』를 다 읽었고, 『한밤의 아이들』도 거의 다 읽은 참이었다. "갈 길이 머네요." 내가 모니카에게 말했다.

"해낼 거예요." 모니카가 대답했다. "선생님이 글을 아주 잘 쓰신다는 걸 이제 막 알게 되었거든요." 그렇게 모니카는 포옹을 남기고 떠났다. 내게는 다시 움직이는 손이 생겼다.

———

되감기.

내가 2022년 9월 말에 병원을 나섰을지 몰라도, 병원은 나를 떠나지 않았다. 모니카에게 손 치료를 받기 시작하고 일주일 뒤부터는 내 몸의 해부학적 구조를 다루는 다양한 분야의 전문의들에게 외래 진료를 석 달간 받았다. 그들은 종종 내 몸의 은밀한 내부까지 꼼꼼히 진찰했다. 그런 만남이 오래도록 이어지다가 끝날 때쯤, 나는 NYU 랭곤병원의 관계망을 예상했던 것보다 훨씬 더 잘 알게 되었다. 랭곤병원도 나와 나의 내부에 관한 거의 모든 것을 알게 되었다.

(우리는 보안을 우려했고, 외래 진료 때마다 나는 우리가 고용한 팀원들과 동행했다. 소호의 고층 아파트에 익명으로 살 수 있었던 게 큰 도움이 되었다. 덕분에 대중의 눈을 피해 출입할 수 있었다.)

첫번째 진료는 비뇨기과였다. 닥터 U는 내가 러스크에서 겪은 소변 문제가 사라졌는지 확인해야 했다. 나는 그 문제가 사라졌다고 확인해주었다. 그는 혈액 샘플과 소변 샘플을 원했고, 나는 고분고분하게 둘 다 내놓았다. 그런 뒤, 그는 마지막으로 전립선 검사를 받은 게 언제냐고 물었다. 나는 꽤 되었다고 대답했다. "한번 보죠." 그가 말했다.

아, 음, 그러세요. 뭐, 안 될 거 없죠. 칼 공격 때문에 여기에 오긴 했지만 전립선도 확인해보죠, 뭐. 허리를 숙이고 다리를 벌리세요. 윤활제, 고무장갑, 아아악. 불편하네요. 이건 더 불편하고요. 아니, 서두르지 마세요, 천천히 하세요. 그리고…… 다 끝났습니다.

진료 후에 고약한 깜짝 발표가 이어졌다. "뭔가 만져졌습니다." 닥터 U가 말했다. "작아요. 전립선에 작은 혹이 있습니다. 확인해봐야 합니다. 바로 MRI 검사를 할 수 있도록 지시해두겠습니다." 나는 말을 잃었다. 진심인가? 암살 시도에서 가까스로 살아났는데, 이제는 암이라는 미래를 마주해야 한다고? 받아들일 수 없었다. 불공평했다.

"아마 아무것도 아닐 겁니다." 닥터 U가 말했다.

다시 빨리감기. 닥터 U에게 진료를 받고 일주일 뒤에 나는 MRI 검사를 받았다. 왼쪽보다 약간 굵어 보이는 오른다리에 대한 초음파 검사도 받았다. 초음파 검사는 안에 혈전이 있는지 확인하려는 것이었다. 집으로 돌아오는 길에 나는 랭곤의 마이차트 앱을 보았다. 결과가 빠르게 등록되어 있었다. 좋은 소식과 나쁜 소식이 있었다. 좋은 소식은 혈전이 없다는 것이었다. 다리는 멀쩡했다. 나쁜 소식은 대체로 이해할 수 없는 의료용어로 표현되어 있었지만, 네온사인으로 표시한 것처럼 선명하고 평범한 영어 문구, 암으로 추정됨이라는 말이 포함되어 있었다. 병원에서 사용하는 가능성 척도에서 나는 5점 만점에 빌어먹을 4점을 받았다.

암으로 추정됨.

닥터 U와의 통화. 그는 결과지를 보았지만 헷갈리는 점이 있다고 했다. 전립선암을 검사하는 일반적인 방법은 PSA, 다시 말해 혈중 전립선특이항원 농도를 측정하는 혈액 검사다. PSA 수치가 높으면 위험하고, 낮으면 안심할 수 있다고 여겨진다. 내 혈액 검사의 PSA 수치는 2.1로 낮았다. 보통은 '전립선 문제 없음'이라고 판독할 결과였다. 하지만 MRI 결과는 암으로 추정됨이었다. 결과가 모순되었다. 닥터 U는 비뇨기과 과장에게서 2차 소견을 받아볼 예정이었고, 그가 내게 연락할 것이라고 했다. 영상통화를 하면서 보니 비뇨기과 과장이라는 그 신사—닥터 U2라고 하겠다—는 인도계 미국인이었으며 약간은 나의 팬이기도 했다. 매우 똑똑한 사람이기도 했다. 그가 말했다. "러스크에 계실 때 요도 감염을 포함한 비뇨기적 문제가 있으셨죠." 나는 그렇다고, 꽤 심각한 요도 감염이 있었으며 이제야 항생제를 끊었다고 말했다.

그는 요도 감염이 전립선 혹의 원인인 것 같다고 말했다. "요도 감염으로 염증이 일어날 수 있거든요." 그가 말했다. "MRI를 너무 일찍 찍은 것 같습니다. 몇 주 기다렸다가 한번 더 찍어야겠어요." 그럼 아마도 암이 아닐 거라는 건가요? 암으로 추정하지 않는 건가요? 그는 의견을 밝히지 않았다. 결과를 기다려야 한다고만 말했다. 나중에 나는 물리치료사와 이야기해보았다. 그 사람이 내게 안도감을 더해주었다. "PSA 수치가 그렇게 낮다면 아마 비뇨기과 과장 말이 맞을 거예요. 요도 감염 때문에 생긴 염증일 겁니다." 아무튼 그는 설령 암이라 할지라도 전립선암은 치료가 가능하며, 두번째 MRI를 찍기까지 시간이 늦어지는 것에 대해서는 걱정할 필요가 없다고 나를 더욱 안심시켜주었다. "전립선암은 아주 천천히 퍼지거든요." 나는 그 말에 매달려 지냈다.

상황은 빙하기처럼 느리게 진행되었다. 삼주 뒤, 나는 닥터 U2에게 대면 진료를 받았다. 또 시작이구나, 싶었다. 허리를 숙이고, 다리를 벌리고, 윤활제, 고무장갑, 아아악. 두 번 아아악. 더 많이 아아악. 그리고…… 끝났다.

"아무것도 만져지지 않네요." 닥터 U2가 말했다.

"정말요? 혹이 없습니까? 아무것도 없어요?"

"아무것도 없습니다."

"좋은 소식 맞죠? 혹이 없으면 암도 없는 거죠?"

"좋은 소식입니다."

"그러니까 요도 감염 때문에 생긴 염증이라는 거네요?"

"그런 것 같습니다."

"이젠 잊어버리면 되는 거고요?"

"그게," 닥터 U2는 그렇게 말해 내 기분을 꺾이게 했다. "몇 주 더 지나서 MRI를 한번 더 찍어야 합니다. 그때도 깨끗하면 바늘 생검은 할 필요가 없을 거예요."

바늘 생검을 받으려면 두 다리를 넓게 벌리고 등자형 의자에 앉아야 한다. 바늘이 회음부를 뚫고 들어간다. 시간은 십 분쯤 걸린다. 아주 불쾌할 것이다.

"그럴 일이 없으면 좋겠네요." 내가 조그맣게 말했다.

나는 전립선암의 공포에 대해 거의 아무에게도 말하지 않았다. 아직 확인된 것도 아니고 암의 ㅇ자만 꺼내도 가족들이 공황에 빠질 거라고 생각했기 때문이다. 문제가 생기기 전까지는 쓸데없이 가족들을 공황에 빠뜨릴 필요가 없었다. 일라이자에게는 말했다. 하지만 그 외에는 혼자만의 이야기로 간직했다.

두번째 MRI는 12월, 닥터 U2에게 검사를 받고 오 주가 지난 뒤이자 암으로 추정됨이라는 메시지를 받고 두 달이 지난 뒤에 찍었다. 이번에는 MRI가 깨끗했다. 이제는 5점 중에 자랑스러운 1점이었다. 덩어리가 없었다. 나는 전립선암이 아니었다. 그 사실이 밝혀지기까지 두 달이라는 긴 시간을 기다리기는 했지만, 우주가 그렇게까지 잔인하지는 않았다. 그제야 나는 사민에게 말했다. 사민은 왜 진작 말하지 않았느냐며 화를 냈다.

———

다시 10월로 돌아가자. 우리가 소호로 이동하고 일주일 뒤 밀런과 일라이자가 코로나 양성 판정을 받았다. 나는 계속 음성이었지만, 둘 다 내 곁에 있으면 안 되었다. 나는 일주일 동안 친구들에게 의지해 음식과 생활용품을 전달받았다. 좋은 소식과 나쁜 소식의 순환이 이어졌다. 밀런과 일라이자가 양성 판정을 받은 다음날 아침, 나는 이비인후과 진료를 받고 목 주변에 난 깊은 상처의 차도를 확인했다(나는 그를 『반지의 제왕』에 나오는 아주 오래된 나무 생명체처럼 생각해 닥터 ENT*라고 여겼다). "좋은 소식입니다." 닥터 ENT가 말했다. "모든 게 좋아 보입니다. 다 잘 나았어요." 그날 나는 칠 주 반 만에 처음으로 (조심스럽게) 면도를 했다. 기분이 끝내줬다. 정말로 긍정적인 단계로 느껴졌다. 같은 날 오후에는 심장 전문의를 만났다. 닥터 하트는 내 오른쪽 폐 아랫부분의 정밀 검사를 한번 더 하고 싶어했다. 이리에서 체액을 추출했던 자리에 다

---

* 『반지의 제왕』에서 숲을 지키는 고목 형태의 거인족 이름은 '엔트'로, 이비인후과의 약자인 ENT와 발음이 유사하다.

시 체액이 고였음이 검사에서 밝혀졌다. 다음날 아침 여덟시, 나는 그 체액을 다시 추출하기 위한 수술 절차를 거쳤다. 이번에는 처음보다 더 많은 양이 추출되었다. 1000cc가 넘었다. 심각한 출혈 때문에 단백질 수치가 매우 낮았다. 그게 체액이 고이는 이유일 가능성이 크다고 했다. 나는 고단백 식단을 처방받았고, 두 달 뒤 병원에 와서 한번 더 촬영을 해야 한다고 들었다. 닥터 하트가 말했다. "체액이 또 고이면 다시 생각해봐야 할 수도 있습니다." 위협적으로 들렸다.

닷새 뒤 일라이자가 음성 판정을 받았다. 그녀가 머서 스트리트로 돌아오자 나는 엄청난 안도감을 느꼈다. 밀런은 그후로 닷새가 더 지나서야 음성 판정을 받았다. 밀런이 돌아오기 전에 나는 아주 좋은 소식을 들었다.

———

내가 가장 두려워하던 진료는 안과 진료였다. 날짜는 10월 10일, 첫 MRI 촬영을 한 날과 같은 날이었다. 전립선에 암이 생겼을지도 모른다는 결과가 나온 촬영 말이다. 그래서 나는 건강 상태가 그리 좋다는 느낌이 들지 않았다. 저명한 안과 전문의 닥터 이리나 벨린스키가 러스크로 나를 만나러 왔는데, 눈꺼풀을 꿰맸는데도 당시에는 내 오른쪽 눈이 부어 있었다 (내가 그녀의 실명을 밝히는 이유는 이 문제, 내 최악의 상처

190

를 처리하는 데 그녀가 감정적으로 내게 너무도 중요했기 때문이다. 그녀에게는 눈 의사라는 호칭을 쓰지 않을 것이다). "부기가 가라앉을 때까지 기다려야 합니다." 그녀는 이렇게 말했다. "그런 다음에야 어떻게 진행할지 선택할 수 있어요." 나는 그 선택이 무엇일지 진심으로 두려웠다. 일라이자에게 진료를 받을 때 함께 가달라고 부탁했다. 손을 잡아줄 누군가가 필요했다.

닥터 벨린스키가 눈을 검사했다. "부기가 가라앉았네요." 그녀가 말했다. "이젠 스스로 눈을 감을 수 있겠어요. 그러니 원하신다면 바로 실밥을 끊어드리겠습니다."

"아플까요?" 나는 아기처럼 물었다. "나중에 다시 꿰매는 일은 없으면 좋겠는데요. 정말이지 너무 아팠거든요."

"더는 꿰맬 필요가 없어요." 그녀가 대답했다. "걱정하지 마세요."

실밥을 자르는 데는 오랜 시간이 걸리지 않았다. 즉시 눈이 나아지는 기분, 좀더 자연스럽게 자리잡는 기분이 들었다.

"이젠 세 가지 안이 있습니다." 닥터 벨린스키가 말했다. "앞으로 나아갈 방법이 세 가지 있는 겁니다."

"첫번째 방법은 아무것도 하지 않는 거예요. 눈이 편안하다면, 자극도 없고 불편한 곳도 없다면 그대로 놔두는 거죠.

두번째는, 선생님께 도자기 눈을 만들어드리는 겁니다. 선생님의 반대쪽 눈 색깔과 정확히 똑같이. 아주 수준 높은 기술로 눈을 만든 다음 손상된 눈 위에 씌우는 거예요. 진짜 같습니다. 이 방법을 매우 좋아하는 분들도 있고, 불편해하는 분들도 있죠.

세번째 방법은 안구를 적출하는 거예요. 그러고 나면 눈구멍이 아물기까지 약 육 주가 걸릴 겁니다. 그런 다음 보형물, 그러니까 의안을 끼울 수 있어요. 당연하지만 이것이 가장 근본적인 방법입니다."

나는 그녀의 명확한 설명이 고마웠고, 내 마음에 드는 방향을 즉시 알 수 있었다. "저는 콘택트렌즈도 못 껴봤습니다." 내가 그녀에게 말했다. "내 눈에 뭔가를 씌웠다가 떼어낸다고 생각하면, 그걸 매일 한다고 생각하면 구역질이 나요. 그러니 도자기 눈은 저한테 맞는 방법이 아닐 것 같네요. 그리고 세번째 방법은…… 솔직히 말해서, 그렇게 많은 수술을 받고 나니 또 수술을 받는다는 게 별로 내키지 않네요. 수술하지 않는 방법이 있다면 그걸 고르겠습니다. 첫번째 방법으로 가죠. 아무것도 하지 않는 겁니다."

"눈이 편안하신지만 확인하고 싶네요." 닥터 벨린스키가 말했다. "눈에 매일 에리트로마이신 연고를 바르셔야 합니다."

"편안합니다." 내가 대답했다. "그리고, 네, 연고 사용도 괜찮아요."

"좋습니다." 그녀가 말했다. "이게 최종 결정이 아니라는 것만 기억해두세요. 일 년이나 이 년, 오 년이 지나서 눈에 자극이 느껴지기 시작하면 다시 찾아오세요. 그때는, 그런 때가 온다면 말이지만, 다른 선택을 할 수 있습니다."

엄청난 안도감이 휩쓸려오는 느낌이었다. 나는 머리통에서 눈알을 뽑아내는 악몽을, 루이스 부뉴엘과 살바도르 달리의 초현실주의 영화 〈안달루시아의 개〉가 떠오르는 꿈을 꾸었었다. 그 영화에서는 보름달을 가르고 지나가는 구름이 눈을 베는 면도칼이 된다. 아무것도 하지 않는다는 방법이 훌륭하게 느껴졌다. 일라이자는 내 이마에서 긴장감이 빠져나가는 걸 보고 내 손을 꽉 잡았다. "좋아, 자기야." 일라이자가 말했다. "그렇게 하자."

이틀 뒤에는 황반변성 치료를 위해 왼쪽 눈에 주사를 맞아야 했다. "이 눈을 잘 돌봐주세요, 선생님." 내가 말했다. "제게는 이 눈밖에 없습니다."

지금으로서는 이것이 내 (두) 눈에 대한 이야기다.

———

우리의 세상이 조금은 덜 고립된 것처럼 느껴지기 시작했다. 밀런이 코로나 감옥에서 탈출했고, 우리는 다시 어울렸다. 일라이자는 우리 부자가 바즈 루어만의 〈엘비스〉를 보게 놔두고, 친구의 생일 파티에 가도 되겠다고 느꼈다. 뉴욕주 주지사인 캐시 호컬이 전화를 걸어 공감과 연대를 표했다. 친절한 일이었다. 나의 가장 오래되고 가까운 친구 몇 명이 우리를 만나러 왔다. 그중에는 저멀리 런던에서 온 사람들도 있었다. 그들 모두가 내 건강이 좋아진 것을 보고 놀라워했다. 나는 그중 누구에게도 여기까지 오는 길에 맞닥뜨린 장애물(또는 내 전립선의 혹)에 대해 말하지 않았다.

우리는 런던의 영국도서관에서 나를 지지하는 의미로 열린 행사의 생중계를 지켜보았다. 뉴욕공공도서관에서 열린 첫번째 행사 이후 토론토와 덴마크에서도 비슷한 행사가 열린 뒤였다. 나는 밀런에게 이 모든 행사에 추모식 같은 느낌이 있다고 농담을 했다. "내가 정말로 죽으면 아무 일도 일어나지 않을 거야. 이미 추모식을 다 했으니까." 밀런은 그것이 재미있는 농담이라고 생각하지 않았으므로, 나는 버트런드 러셀의 자서전에 나오는 일화도 조금 생각난다는 이야기는 하지 않았다. 러셀은 중국을 방문하던 중 입원했는데, 그 소식이 잉글랜드에 전해질 무렵에는 좀 과장되어 러셀이 죽었다는 보도가 나왔다. 그 바람에 모든 신문이 그의 부고를 냈고, 중국의 병상에 누워 있던 러셀에게 부고가 전달되어 그 내용을 읽을 수 있었다.

물론 나는 그 모든 사랑과 지지에 감동했고 행복해졌다. 몇 몇 의학적 검사를 통과한 것도 기뻤다. 일반외과에서는 가슴과 복부의 모든 자상이 치료되었다고 했다. 듣기 좋은 말이었다. 하지만 앞으로의 길에는 더 많은 장애물이 있었다.

이제 나의 입 이야기를 할 차례다.

———

목에 난 상처 중 하나가 신경을 끊는 바람에 아랫입술의 오른쪽이 부분적으로 마비되었다. 그런 손상은 돌이킬 수 없다고 들었다. 그 결과, 말할 때 입이 왼쪽으로 미끄러지는 것처럼 보였으며, 음식을 먹을 때마다 입술을 씹는 실질적인 문제도 일어났다. 다른 문제들도 있었다. 입이 제대로 벌어지지 않았다. 피습 전과 비교하면 절반 정도만 벌어졌다. 그 말은 먹기가 더 힘들어졌다는 뜻이다. 다행히도 삼키는 데는 문제가 없었지만 음식을 작은 조각으로 잘라야만 했다. 입에 샌드위치 한 조각도 한번에 넣을 수 없었다. 입 가장자리가 꽉 조이는 듯했고, 이상한 부작용도 몇 가지 있었다. 차가운 것이 닿으면 입의 왼쪽 구석에서부터 아래턱으로 차가운 느낌이 선을 따라 이동하는 듯한 느낌이 들었다. 꼭 무언가가 새는 것 같았다. 하지만 새는 건 없었다. 그건 그냥 내가 함께 살아가는 방법을 배워야 할 새 입이었다. 치료법은 없었다.

나는 암환자들과 일하지만 입 운동에 대해서도 잘 알고 있다고 이름난 여성을 찾아갔다. 다양한 운동이 있었다. 나는 그 운동을 하는 법을 배웠다. 지금도 그 운동을 한다. 하지만 딱히 도움이 되지는 않는다. 그 여성은 내게 아랫입술을 바깥쪽으로 조금 밀어낼 무언가를 만들어 입속에 넣어줄 저명한 치과의사를 찾아가라고 추천했다. 그렇게 하면 입술을 깨물지 않을 거라고 말이다. 10월 말, 나는 그 저명한 치과의사를 만나러 갔다. 그는 오른쪽 치아 위에 끼워 실제로 아랫입술을 밖으로 밀어내주는 보형물 같은 장치를 만들어주었다. 그걸 끼우면 입이 좀더 정상으로 보였고 먹기도 더 수월했다.

이 모든 일에 여러 주가 걸렸다. 보형물을 장착한─11월 말이었다─후 어느 정도 시간이 흐른 뒤에야 익숙해질 수 있었다. 그러자 보형물이 자연스럽게 느껴지기 시작했고, 보형물을 끼고 있다는 것조차 의식하지 않게 되었다. 다 좋았다. 청구서가 불쾌한 선물처럼 날아왔다. 알고 보니 저명한 그 치과의사의 진료도, 장치도 보험이 적용되지 않았다. 아무도 그 이야기를 해주지 않았다. 나중에야 치과의사의 조수가 실수였음을 인정했다. 그 이야기를 미리 들었다면 아마 나는 보형물 없이 지내기로 했을 것이다.

청구서는 저명한 치과의사의 진료비를 제외하고 1만 8천 달러였다.

———

　뉴욕에 도착하고 팔 주가 지난 10월 25일, 밀런은 집으로 돌아가는 배에 올랐다. 나는 그렇게 오랫동안 밀런과 함께 지낼 수 있어 무척 좋았다. 그의 사랑 덕분에 평정심을 되찾을 수 있었다. 밀런이 떠나고 나니 우리의 아름다운 임시 거주지가 불편하게 느껴지기 시작했다. 내 침실, 내게 익숙한 환경이 그리웠다. 내 주변에서 타오르던 언론사의 광기는 잦아들었다. 파파라치들도 지루함을 느끼기 시작해 우리집이 있는 골목에 자주 나타나지 않았다. 돌아갈 시간이었다.

　밀런은 11월 1일에 사우샘프턴 해안에 이르러 기차를 타고 런던으로 돌아갔다. 사흘이 지나자 내가 여행할 차례였다. 여행하는 거리는 훨씬 더 짧았지만, 감정적으로 깊은 의미가 있는 여행이었다. 집으로 가는 길이었다.

　케네스 그레이엄의 고전적인 어린이책 『버드나무에 부는 바람』을 보면, 두더지굴을 떠나온 두더지가 친구인 물쥐와 함께 강 위에서 "보트를 타고 말썽을 부리다가" 토드 홀의 장난스럽고 무책임한 토드 씨에 대해 걱정하면서 어느 날 밤 물쥐와 함께 터덜터덜 걸어간다. 그는 자기가 걸어가는 곳이 '낯선 시골'이라고 생각하는데, 갑자기 어떤 향기에 사로잡힌다.

어둠 속에서 두더지에게 다다른 것은 허공에서 들려오는 신비로운 요정의 부름이었어요. 그 향기가 두더지의 온몸을 얼얼하게 했지요……

집이다! 향기의 의미는 바로 그것이었어요. 어루만지는 신호, 하늘을 가르며 풍겨오는 부드러운 손길, 마음을 모아 그를 이끌고 당기는 보이지 않는 작은 손짓!

그렇게 두더지는 향기를 따라가 옛집을 찾고 기분좋게 저녁식사를 한 다음 자기 침대에 누워 그날 밤을 보낼 준비를 하며 이렇게 생각한다.

그는 이 모든 것이…… 얼마나 소박하고 단순한지 분명히 알았어요. 하지만 그 모든 것이 그에게 얼마나 큰 의미가 있는지도 알았지요. 누군가의 존재에 그런 중심이 어떤 특별한 가치를 지니는지도요. ……온전히 그의 것인 이곳, 그를 다시 보아서 너무나 반가워하는 이 존재들, 언제나 똑같은, 소박한 환영인사를 해줄 거라고 믿고 기댈 수 있는 것들.

집. 케네스 그레이엄은 그것을 둘체 도뭄Dulce Domum, 즉 스위트 홈이라고 부른다. 집으로 돌아갈 수 없게 만든 피습 이후로 십이 주가 지났다. 뒤에서 우리집 현관문이 닫히는 순간, 나는 바로 그 겸손한 두더지였다. 나는 이곳의 냄새를 알았다. 난로 위에 걸린 『피터 팬』을 읽는 나와 여동생들의 사진을 보니 가슴이 두근거렸다. 나는 내 책장이 반가이 맞아주는 것을, 내 작업 공간의 익숙함을, 그리고 마침내 양팔로 감싸며 깊고도 걱정 없는 잠결로 나를 끌어안는 내 침대의 엄마 같은 다정함을 느꼈다. 바로 두 배 더 나아지고 건강해진 기분이 들었다. 마침내 집에 왔다.

———

우리는 평범한 삶으로 돌아가는 아주 작은 단계들을 밟기 시작했다. 친구들의 집에서 저녁을 몇 번 보냈다. 그런 모임의 초창기에, 알바와 프란체스코 클레멘테의 집에 갔을 때 벌어진 일이다. 변죽 따위는 울리지 않는 프랜 리보위츠가 내게 물었다. "오른손잡이 맞죠? 그런데 왜 몸을 지키려고 왼손을 든 거예요?"

"모르겠어요, 프랜." 내가 대답했다. "딱히 생각하고 한 행동은 아니라서." 그런 다음 나는 생각해보았다. "아마 복싱 때문에 그런 것 같아요." 내가 말했다. "오른손잡이 복서는 왼손으로 몸을 지키고 오른손으로 펀치를 날리잖아요?"

프랜은 별로 납득하지 못했다. "살만, 거기엔 두 가지 문제가 있어요." 그녀가 말했다. "첫째, 당신은 복서가 아니에요. 둘째, 당신은 그 사람에게 펀치를 날리지 않았어요."

그건 사실이네요, 프랜. 나는 인정했다. 첫째도, 둘째도 사실이었다. 나는 펀치를 날리는 사람이 아니었다. 펀치를 맞는 사람이었다.

나중에 프란체스코가 피습 이후 프랜이 매우 걱정했다고 말해주었다. "매일 살만 생각을 해요." 이렇게 말했다고 한다. 이말에 내 얼굴에 미소가 떠올랐다. 내가 말했다. "그 말을 티셔츠에 적어놓고 싶네요. '프랜 리보위츠가 매일 내 생각을 한다.'"

친구들 집에 가는 것처럼 '평범한' 일을 하는 건 신났다. 하지만 매우 감정적인 일이 될 수도 있었다. 우리는 그로브애틀랜틱출판사의 대표 모건 엔트레킨과 그의 아내인 사진작가 레이철 콥이 사는 브루클린의 집을 방문했다. 그날 저녁은 잊을수 없다. 식탁에 마틴 에이미스와 그의 아내 이사벨 폰세카가 앉아 있었기 때문이다. 마틴은 지난 이 년간 식도암과 싸워왔다―그의 가장 친한 친구인 크리스토퍼 히친스의 목숨을 앗아간 바로 그 암이었다. 마틴은 항암 치료를 받았고, 치료에 효과가 있어 회복기에 있었다. 그러다가 암이 재발해 항암 치료를 더 받았는데, 이번에는 치료 효과가 없어서 수술을 받았고, 수술이 성공적이었다는 말을 들었다. 모건과 레이철의 집에서 만났을 때 그는 극도로 깡마르고 목소리에 힘이 없었지만 지성은 흐려지지 않았다. 그는 따뜻했으며 내게도 사랑을 보였다. 우리 둘 다 거의 죽을 뻔했으니, 팔짱을 끼고 죽음에 맞서는 형제들이라고 했다.

얼마 지나지 않아 우리는 브루클린 타워 꼭대기에 있는 마틴과 이사벨의 집에 초대받았다. 제임스 펜턴*과 대릴 핑크니**도 와 있었다. 그때가 내가 마틴을 마지막으로 본 순간이었다. 그후로 암이 강력한 손길로 마틴을 붙들고 놓아주지 않았고, 우리 모두는 그를 잃었다.

그날, 두번째 날 저녁에 마틴은 더욱 약해 보였다. 심지어 더 말라 보이기도 했다. 목소리도 더더욱 쇠약했다. 아직 암이 재발하지 않았을 때인데도. 어쨌든 우리가 듣기로는 그랬다. 그러나 몇 주 뒤에 암이 재발했고, 이사벨이 내게 말했다. "회복할 가망이 없어요." 그녀는 마틴이 최후를 맞이할 때도 "난 아주 좋은 인생을 살았어"라고 말하며 침착한 태도를 보였다고 했다. 이사벨은 충격으로 무너진 목소리였다. 그들은 삼십 년을 함께 보냈다.

피습 이후로 나는 죽음이 엉뚱한 사람들의 머리 위를 맴돈다고 생각한 적이 몇 번 있었다. 죽음의 신이 생명을 거둬가도록 표시되어 있던 사람, 살아남지 못할 확률이 대단히 높다고

---

* 캐나다의 역사학자.
** 미국의 소설가.

모두가 입을 모았던 사람은 내가 아니던가? 그런데도 나는 여기에 똑바로 서 있었다. 회복 쪽에 단단히 자리잡고 삶을 향해 돌아서 있었다. 그러는 동안 내 주위에서는 가장 친한 친구들이 쓰러져갔다. 빌 뷰퍼드―잡지 〈그란타〉의 전 편집자이자 〈뉴요커〉 픽션 부문 전 편집자 겸 축구 훌리건에 관한 책 한 권(『덩치들 사이에서*Among the Thugs*』)과 각각 이탈리아 요리와 프랑스의 요리를 다룬 책 두 권(『열기*Heat*』, 『흙*Dirt*』)을 쓴, 살면서 기름진 음식을 너무 많이 먹었고 자기 심장과 오랫동안 다퉈온 남자―는 도시의 보행자 도로에서 정신을 잃고 실제로 잠시 죽었다. 뷰퍼드가 쓰러지는 걸 본 남자가 건물 안으로 달려들어가 제세동기를 가지고 나와 그를 구해주었다. 그럴 확률은 얼마나 될까? 크리스마스 다음날에는 나의 문학적 동생인 하니프 쿠레이시가 로마에서 기절했는데, 의식을 되찾고 보니 팔다리를 움직일 수가 없었다고 했다. 그는 서브스택*에 자신의 고통에 관해 아름다울 정도로 용감하고 정직하며 웃긴 블로그 글을 작성해왔고―아니, 사람을 시켜 받아적게 했다고 말하는 편이 정확할 것이다―운동 능력이 좀 나아지긴 했지만, 글을 쓰는 오른손을 언제 되찾을 수 있을지 (혹은 되찾을 수 있기는 한 건지) 알 수 없는 상태다. 하니프

---

* 뉴스레터 게시·구독·수익화를 위한 인프라를 제공하는 온라인 플랫폼.

의 소식을 듣고 나흘이 지났을 때, 나는 폴 오스터가 폐암에 걸렸다는 소식을 들었다. 폴과 그의 아내 시리 허스트베트는 둘 다 도서관 계단에서 열린 나를 지지하는 행사에 참여했지만, 지금은 자신들의 위기를 마주하고 있었다. 폴에게는 암과 싸워 이길 확률이 있었다. 그가 전화로 그렇게 말했다. 종양이 딱 하나, 한쪽 폐에만 있고 변이도 일어나지 않아 림프절이나 몸의 다른 부위에는 종양이 없다고. 그는 항암 치료와 면역 치료를 통해 종양의 크기를 많이 줄이고, 그런 다음 암이 전이된 부분을 수술로 제거할 수 있기를 바랐다. 그러니까, 행운을 빌어야 했다.

설상가상으로 마틴이 죽어가고 있었다. 이사벨은 그가 친구들을 만나고 싶어하지 않는다고 말했다. 제임스 펜턴을 한 번 만났지만 그게 다였다. 마틴은 따뜻한 정원에 앉아 책을 읽을 수 있도록 이사벨과 함께 팜비치에 있는 집으로 내려갔다. 그는 이야기를 쓰고 있다고 말했었다. 지금쯤 다 썼을지도, 아닐지도 몰랐다. 자식들이 그를 만나러 갔고, 그는 거의 아무것도 먹지 못했다. 천사가 매우 가까운 곳에 와 있었다.

이사벨은 마틴이 종양 때문에 통화하기 어렵지만 이메일 받는 것은 좋아한다고 말했다. 나는 그에게 이메일을 썼다. "당신이 있는 쪽으로 친근한 손인사를 보냅니다." 평소 마틴은 이메일을 잘 썼던 사람이 아니었으므로 나는 그의 기나긴 답장에 놀랐다. 찬사가 너무 심해 여기에 다 옮길 수는 없지만, 그가 다음과 같은 말을 한 것만은 확실하다.

최근에, 그 포악한 행위 이후 처음으로 우리가 만났을 때 나는 당신이 달라져 있을 거라고, 어떤 식으로든 쇠퇴했을 거라고 예상했습니다. 하지만 전혀 아니더군요. 당신은 예전이나 지금이나 온전하고 총체적입니다. 나는 놀라서 생각했지요. 살만에게는 그것과 **동등한** 힘이 있구나.

사실이 아닐지 몰라도 다정한 말이었다. 나는 더 긴 답장을 보냈다. 그 내용을 여기에 전부 싣는다. 당시에도, 지금도 이것이 마치 작별인사처럼 느껴진다.

사랑하는 마틴
기나긴 이메일에 뛰어든 당신에게 응답하고자 나 역시 트위터 허용 글자 수를 넘겨보겠습니다.
첫째, 당신의 너그럽고 친절한 말에 내가 얼마나 감동했는지 말해야겠습니다. 어떤 작가도 당신보다 언어로서 더 잘 포옹할 수는 없을 겁니다.
둘째, 당신의 글이 기발함과 대담함을 특징으로 한다는 이야기를 하고 싶습니다. 여기서 기발함이란 언어적 기발함만

뜻하는 것이 아닙니다. 당신이 언제나 언어적 기발함을 발휘해온 건 확실하지만 말이지요. 내가 말하는 기발함에는 참신함과 희극적 화려함, 그리고 명석함도 포함됩니다. '대담함'이라는 말에는 당신 시대의 중심 소재, 그러니까 정치적, 도덕적, 성적인 모든 주제를 쓰겠다는 의지(아니, 필요)가 포함되고요.

당신의 작품은 영문학을 변화시키고 영문학에 활기를 주었으며, 우리 이후에 올 사람들에게 영감을 주었고 앞으로도 영감을 줄 것입니다. 당신은 벨로, 나보코프, 그리고 당신 아버지가 건네준 배턴을 이어받았고…… 누구에게 건네줄지는 모르겠군요. ……그 배턴을 쥐고 달릴 재능과 지혜를 가진 사람에게 건네주겠지요.

그러니까 브라보, 브라보, 사랑하는 친구여.

당신이 만든 것은 오랫동안 견딜 것입니다.

경탄과 사랑을 담아,

살만

그 슬픈 마지막 나날에 나는 어느새 지금으로부터 삼십 년도 더 된 옛 시절을, 마틴이 주도해 포커를 치던 밤을 떠올리곤 했다. 그런 밤에는 같이 포커 치는 사람의 인생에 대해 아무것도 알 수 없다는 특징이 있다. 대화가 개인적이거나 정치적인 방향으로 흘러가면 누군가가 즉시 "포커나 쳐!"라고 외쳤고, 우리는 의무적으로 중요한 일에서 관심을 돌렸다.

내가 뉴욕으로 이사하기 전, 이언 매큐언과 그의 아내 애널리나 매커피가 코츠월드 지방에 저택을 구입했다는 것도 생각났다. 마틴과 이사벨이 브루클린에 나타나기 전, 우리 셋ー마틴과 이언, 나ー은 꽤 자주 모여 식사를 했다. 보통은 런던 샬럿 스트리트에 있는 레스토랑 엘리나스 레투알에서 만났다. 세상을 바로잡기 위해서였다. 일요 신문이 '대부들' 비슷한 제목으로 우리 셋의 몽타주를 실었다. 우리는 런던의 문단을 구성하는 범죄 가문의 수장들로서 정기적으로 만나 모든 것을 제대로 정돈하고 불필요한 총격전이 벌어지지 않도록 해야 한다는 데 합의했다.

친구에게 작별인사를 할 때는 과거의 이런 사소한 것들이 (문학적 재능 같은) 중요한 문제만큼이나 애도의 대상이 된다.

———

앨프리드 히치콕의 영화 〈사이코〉가 그토록 무시무시한 것은 엉뚱한 사람이 죽기 때문이다. 이 영화가 탄생시킨 최고의 스타 재닛 리는 영화가 시작되고 겨우 삼십 분 만에 죽는다. 안정감을 주는 아저씨 같은, 나만 믿으라는 태도의 탐정 마틴 발삼이 나타나지만, 다음 순간에 역시 죽는다. 끔찍하다. 내 기분이 바로 그랬다. 죽음의 신이 엉뚱한 주소에 나타나고 있었다.

우리는 모두 늙어가고 있었다. 이런 일이 앞으로 덜 일어나지는 않겠지? 나는 생각했다. 앤절라 카터, 브루스 채트윈, 레이먼드 카버, 크리스토퍼 히친스 모두가 일찍 떠났다. 이제는 한 세대가 전부 출구로 향하고 있었다.

2023년 5월 19일, 마틴은 잠든 채 평화롭고도 고통 없이 목숨을 거두었다.

———

하지만 루슈디-그리피스의 집에서는 12월 이후로 분위기가 줄곧 상승세였다. TV에서 월드컵이 중계되었고, 나는 거의 모든 경기를 시청했다. 리오넬 메시가 이끄는 아르헨티나 팀이 세계 챔피언이 되었다. 기뻤다. 집과 더 가까운 곳에서도 여러 면에서 괜찮은 뉴스가 들려왔다(진짜 뉴스를 말하는 게 아니다. 진짜 뉴스는 평소처럼 정신 나간 총기 사건과 똑같이 정신 나간 트럼프와 트럼프식 공화주의자들의 소식으로 가득했다). 일라이자의 『약속』이 영국의 좋은 출판사와 연결되었고, 7월 초 미국과 거의 동시에 출간하기로 예정되었다. 나는 매일 더 강해지는 기분이었다. 그러다가 12월 2일과 5일에 마지막 의학적 장애물 두 개를 만났고, 둘 모두를 뛰어넘었다. 폐 엑스레이 사진이 깨끗해졌다. 단백질 위주의 식단이 통한 것이다! 체액이 다시 흘러나오지 않았다! 합격. 그리고 사흘 뒤, 두번째 MRI 촬영을 통해 전립선에도 아무 문제가 없음이 확인되었다! 나는 바늘 생검도, 암도 두려워할 필요가 없었다(어느 쪽이 더 두려운 건지는 확실하지 않았다). 완전히 합격. 해결해야 할 의학적 문제가 더이상 남아 있지 않았다. 나는 외래 진료라는 기나긴 터널에서 빠져나와 일반인으로 돌아왔다.

12월 6일은 일라이자의 생일이었다. 수팔라와 키란 데사이 부부가 와서 우리는 근처 레스토랑에 만찬을 주문했다. 축하할 일이 많았다.

예를 들어, 나는 더이상 비만을 걱정할 필요가 없었다. 러스크의 비명 지르는 침대가 알려주었듯(그 침대는 내 몸무게도 버틸 수 있었다) 나는 25킬로그램이 빠졌다. 처음 몇 달 동안 병원 가운을, 그후에는 트레이닝복 바지와 티셔츠를 입고 지내다가 집에 있던 내 옷을 입어보니 모든 바지가 말 그대로 스르륵 벗겨졌다. 살이 빠져서 기뻤다(이것이 추천할 만한 다이어트 방법은 아니라는 점에서는 나도 다른 모든 사람과 같은 의견이었다). 예기치 못했던 부작용 몇 가지도 기뻤다(천식 증상이 나아졌고, 더이상 코도 골지 않았다. 침대를 같이 쓰는 사람에게는 다행스러운 일이었다). 문제는 개선되었지만 옷과 관련해서는 곤란한 상황이었다. 바지가 벗겨지는 건 웃긴 일이었다. 칼 공격은 우습지 않았지만.

나는 괜찮아졌다고, 우리 문제는 이제 끝났으며 우리의 행복한 미래가 바로 시작될 거라고 선포하며 약간의 황홀감에 시달렸다. 이렇듯 지나친 자신감을 느낀 가장 큰 이유는 책상 앞에 앉았을 때 다시 생기가 흐르는 걸 느낄 수 있었기 때문이다. 석 달 동안 나는 글에 대한 생각을 하지 못했다. 드디어 글 생각을 하게 되었을 때 『승리 도시』 후속작을 위해 써온 메모를 들여다보면서 이상한 기분을 느꼈다. 난 이걸 쓸 수 없어. 혼잣말로 중얼거렸다. 아무리 픽션에 집중하고 싶어도, 거대하고 논픽션에 가까운 무언가가 내 안에서 일어나고 있었기 때문이다. 앤드루 와일리의 말이 맞았다는 걸 깨달았다. 피습 사건을 해결하기 전에는 아무것도 쓸 수 없을 것이었다. 나는 당신이 지금 읽고 있는 이 책을 쓴 뒤에야 다른 무언가로 넘어갈 수 있다는 걸 깨달았다. 글을 쓴다는 것은 일어난 일을 소유하고, 그 사건을 책임지고 내 것으로 만들어 단순한 피해자가 되기를 거부하는 나만의 방법이었다. 나는 폭력에 예술로 답하기로 했다.

글을 심리치료로 생각하고 싶지는 않지만―글은 글이고 심리치료는 심리치료다―내 관점에서 이야기를 전하면 기분이 나아질 것 같았다.

먼저, 남아 있는 건강 문제에 주의를 기울여야 했다. 나는 기력이 떨어진 상태였다. 대개 초저녁이 되면 기진맥진했다. 여전히 현기증이 나는 때도 있었다. 걱정스러운 일이었다. 게다가 혈압 문제도 남아 있었다. 그런데 이상하게도 문제의 방향이 뒤집혔다. 병원에 있을 때는 일어설 때마다 혈압이 낮아지는 저혈압이 문제였다. 그래서 벨크로 코르셋을 착용했다. 하지만 지금은 혈압을 확인할 때마다 경각심이 들 만큼 수치가 높았다. 나는 코르셋을 벗어버렸다. 그래도 혈압은 여전히 높아 위험 수위에 이르렀다. 수축기 수치만 보면 뇌졸중이 올 정도였다.

그러다가 머릿속 전구에 불이 켜졌다. 나와 일라이자 중 누구의 머릿속에 켜진 건지는 기억나지 않지만 일라이자였던 것 같다. 우리는 러스크에서 처방받은 약물 중 하나가 혈압을 올리기 위한 것이었음을 떠올렸다. 퇴원 당시 언제 약을 끊어야 하는지에 관해 전혀 안내를 받지 못했기에 그 약을 계속 먹어왔다. 나는 일차 진료 주치의에게 전화를 걸었다. "바로 끊으세요." 그가 말했다. 나는 약을 끊었다. 일주일도 지나지 않아 수축기와 이완기의 혈압이 모두 정상 범위로 떨어졌다.

이것 역시 의원성 질환의 한 사례다. 이번에도 약이 나를 아프게 했다.

———

일라이자는 컴퓨터 작업을 열심히 해왔다. 우리가 촬영한 모든 동영상을 내려받아 정리하고 대표 클립을 선택하는 작업이었다. 마침내 그녀가 내게 볼 준비가 되었느냐고 물었다.

"응." 내가 대답했다.

일라이자는 거실에 프로젝터와 스크린을 설치한 뒤, 영상을 보고 불쾌해질 수 있다고 경고했다. 자기도 그 모습을 다시 보니 힘들었다고 했다. "특히 눈이랑 목이 그래." 일라이자가 말했다. "꽤 하드코어야."

정말 그랬다. 내가 그렇게 끔찍한 모습이었다는 걸, 내 목소리가 그토록 희미했다는 걸 전혀 몰랐다. 그런 내 꼴을 보는 것이 일라이자와 사민, 자파에게는 틀림없이 끔찍했을 것이다. "너무 잘하고 있어" "어제보다 정말 많이 나아졌어" 등등 낙관적인 거짓말을 매일같이 하는 것도 견디기 힘들 만큼 어려웠을 것이다. 나는 그렇게 잘해내지 못하고 있었다. 매일매일 눈에 띄게 나아지지도 않았다. 나는 죽음의 문턱에서 어찌어찌 살아 있는 사람이었다. 나를 사랑하는 모든 사람은 바로 그 사실—내가 살아 있으며 인공호흡기를 제거한 뒤에도 계속 살 가능성이 있다는 사실—에만 매달려야 했고, 그로 인해 그들은 사랑이 담긴 부정직한 미소를 지을 수 있었다. 내게 거울을 보지 않게 한 일라이자의 결정은 옳았다. 그렇게 끔찍한 모습이라는 걸, 부상이 그토록 심각하다는 걸 알았다면, 아마 계속 나아갈 힘을 끌어내기 힘들었을 것이다.

영상이 이어졌다. 삶은 달걀 같은 눈이 툭 튀어나와 얼굴에 늘어져 있었다. 부풀어오른 흰자위에 눈동자가 불가능한 각도로 가짜처럼 놓여 있었다. 검게 부푼 목에 가로로 길게 난 칼자국과 그 옆의 찔린 상처, 얼굴의 자상이 보였다. 받아들이기 힘들었다. 뇌가 이해하고 싶어하지 않았다. 하지만 그 모든 것이 스크린에서 계속 보여지고 있었다.

어느새 나는 보이는 것에 대해 예상치 못한 반응을 보이고 있었다. 물론 충격적이기도 했지만, 놀랍게도 그 영상을 보며 점점 침착해졌다. 그 영상을 감정 없이 볼 수 있었다. 나는 일라이자에게 말했다. "지금은 저런 모습이 아니라 이런 모습이라서일 거야. 덕분에 꽤 객관적으로 볼 수 있어. 솔직히 말해서, 회복이 더 감동적으로 느껴지는걸. 내 상태가 정말 엉망진창이었고 거지같은 모습이었으니까. 다른 사람 같았네."

그날, 우리는 다큐멘터리 영화를 만들기로 합의했다. 우리가 이미 찍어놓은 것을 보았기에 나는 영화의 수준과 그 영화가 가질 힘에 대해 아무런 의문도 품지 않았다. 처음에 우리는 순진하게도 자료 조사 담당자 한 명과 편집자 한 명의 도움을 받아 직접 영화를 만들 수 있을 거라고 생각했다. 하지만 얼마 지나지 않아 정신을 차렸다. 우리는 이야기와 너무 가까웠다. 우리가 찍은 동영상은 병실에 존재하는 유일한 카메라로 찍은 고유한 자료였고, 그것이 영화를 만들 이유가 될 수 있었다. 하지만 영화에 무엇이 더 필요한지 파악하고 영화의 형태를 잡는 데 자신만의 시각을 더해줄 전문적인 영화 제작자가 필요했다. 그래서 우리는 그런 사람을 찾기로 했다. 일라이자가 찍은 동영상들이 영화의 척추, 아니, 아마도 심장이 될 터였다.

———

일라이자는 집에서도 나를 촬영했다. 최악의 날들과 더딘 회복을 기록한 자신의 작업에 관한 내 반응을 다루었다. "다른 사람 같았네." 나는 일라이자에게 이렇게 말했었다. 그것이 시작이었다.

피습 사건에서 가장 속상한 부분은, 내가 되지 않으려고 무척 노력했던 사람으로 나를 다시 한번 바꿔놓았다는 점이야. 나는 삼십 년 넘게 파트와로 정의되기를 거부하고 내가 쓴 책들의 작가로 보이기를 고집해왔어. 파트와 전에 다섯 권, 그후에 열여섯 권의 책을 써서 간신히 그 일을 해냈지. 마지막 책들이 출간되었을 때에야 사람들이 비로소 『악마의 시』와 그 작가가 받은 공격에 관해 더이상 묻지 않았어. 그런데 이제 와서 다시 거기로, 원하지 않는 주제로 다시 끌려 들어가게 된 거야. 이제는 영영 벗어날 수 없겠지. 그동안 무슨 글을 썼든, 앞으로 무슨 글을 쓰든, 나는 언제나 칼 맞은 남자일 거야. 칼이 나를 정의하게 되었어. 그런 일에 맞서 싸우겠지만, 아마 내가 지겠지.

살아남았다는 점에서 나는 승리했다. 하지만 칼이 내 인생에 의미를 부여했다는 점에서는 패배했다. 내 책『승리 도시』에서 주인공 팜파 캄파나는 산스크리트어로 강력한 이야기 시를 쓴다. 시의 제목은「자야파라자야」, '승리와 패배'라는 뜻이다. 내 인생 이야기의 제목으로도 쓸 수 있는 표현이다.

———

갑자기 2023년 새해가 되었다. 2월이 목전에 다가왔다. 2월에는 의미 있는 일이 많이 예정되어 있었다.『승리 도시』가 전 세계에서 영어로 출간되고, 그후에는 여러 언어로 번역본이 출간될 예정이었다. 나는 책이 출간되는 순간을 즐긴 경험이 거의 없다. 마치 사람들이 손가락질하며 웃을 수 있도록 대중 앞에서 옷을 벗는 것 같다. 이상적인 세계라면 책이 출간되고 나서 몇 주 동안은 가구 뒤에 숨어 있고 싶다. 하지만 현실에서는 그럴 수가 없다. 그리고 아무튼 나는 육 개월 동안 가구 뒤에 숨어 있었다. 올해 2월은 얼굴을 드러낼 때였다.

〈뉴요커〉의 데이비드 렘닉과 긴 인터뷰를 했다. 북 투어는 말할 것도 없이 불가능했기에, 소설 출간과 관련해 내가 한 일은 그게 전부였다. 인터뷰에는 리처드 버브리지가 찍은 사진이 함께 실렸다. 인터뷰와 사진이 공개되자 연옥에서 반년을 보내고 세상으로 돌아온 것처럼 느껴졌다. 2월은 그 모든 의미를 담고 있었다. 2월 14일은 파트와 삼십사 주년이기도 했다. 파트와 주기를 떠올리는 걸 그만두었는데, 다시 시작해야 했다.

하지만 2월 14일은 밸런타인데이이기도 했다. 일라이자와 나는 육 개월 만에 처음으로 레스토랑에 가서 밸런타인데이를 기념하기로 했다. 경호원과 함께였지만 우리는 갔다. 중대한 순간이었다. 안녕, 세상아. 우리는 그렇게 말했다. 우리가 돌아왔다고. 증오와 맞닥뜨린 이후, 사랑의 생존을 기념하고 있다고. 죽음의 천사 다음에 생명의 천사가 찾아왔다.

6. A

노벨문학상을 받고 육 년이 지난 1994년 10월 14일, 여든 두 살의 이집트인 작가 나기브 마푸즈는 매주 만나는 동료 작가 및 사상가들과의 모임에 참석하려고 집을 떠나 카이로에서 그가 가장 좋아하는 카페로 향했다. 걸어가는데 옆에서 자동차 한 대가 천천히 움직이기 시작했다. 나중에 마푸즈는 그 자동차에 탄 사람이 팬일 거라고 생각했다고 말했다. 하지만 아니었다. 차에 타고 있던 남자가 갑자기 뛰어내려 그의 목을 연거푸 몇 번 찔렀다. 마푸즈는 쓰러졌고, 그를 공격한 자는 도망쳤다. 다행히 그 위대한 작가는 공격에서 살아남았지만, 이 사건은 앞서 그가 이집트인 이슬람 근본주의자들의 잘못이라고 비난한 바 있는 '문화 테러'의 사례였다.

그런 공격의 가능성이 여러 해 동안 마푸즈의 머리 위를 맴돌았다. 그의 소설 『게벨라위의 아이들*The Children of Gebelawi*』(『우리 동네 아이들』이라는 제목으로도 출간되었다)은 카이로의 가난한 골목을 배경으로 3대 유일신교인 유대교, 기독교, 이슬람교의 탄생을 묘사하는 알레고리 소설이다. 이 소설은 '이슬람에 대한 모욕'이라는 이유로 금서가 되었다. 한 명 이상의 선동적이고 광신적인 물라*가 마푸즈는 죽어도 싸다고 선포했다. 이후 이슬람교의 살생부가 발견되었는데, 마푸즈가 그 명단의 거의 꼭대기에 올라 있었다. 하지만 그의 딸이 〈뉴욕 타임스〉에 한 말에 따르면, 그는 "경호원을 믿지 않았다." 노벨 문학상을 받은 해인 1988년에 그는 이렇게 말한 것으로 전해진다. "나는 카페로 걸어갈 뿐입니다. 왼쪽도 오른쪽도 보지 않아요. 그들이 나를 죽인들 뭐 어떻습니까? 난 내 인생을 살았고, 내가 하고 싶은 일을 했을 뿐입니다."

그는 살아남았다. 일찍이 거부했던 경호원의 지속적인 보호를 받으며 십이 년을 더 살았다. 하지만 부상이 너무 심해서 하루에 몇 분밖에 글을 쓰지 못했다.

나는 마푸즈가 『악마의 시』에 대한 파트와에 반대해 공격의 방아쇠를 당긴 글을 읽었다. 문제의 글은 백 명의 이슬람교도

---

* 이슬람교 성직자.

작가와 지식인들이 나를 위해 목소리를 낸 『루슈디를 위하여 *For Rushdie*』라는 책에서 마푸즈가 나를 변호하기 위해 쓴 글이었다. "루슈디를 표적으로 삼는, 테러임이 명백한 이런 행위는 정당화할 수 없고 변호할 수도 없다. 이념은 다른 이념으로만 상대할 수 있다. 처벌이 이루어지더라도 책은 물론 이념도 남을 것이다." 그가 이런 말을 했기에 내 목에 칼이 들어오기 한참 전에 또다른 칼이 그의 목에 들어갔을지도 모른다고 생각하면 오늘날까지도 마음이 아프다. 하지만 마푸즈가 옳았다. 그의 이념과 책은 지금도 살아 있다.

내 책도 그러기를 바랄 뿐이다.

———

나는 마푸즈에게 일어난 일을 종종 생각했지만, 똑같은 일이 내게 일어날 수 있다고 진심으로 생각하지는 않았다. 나는 노인의 목에, 수많은 사람에게 사랑받는 작품을 쓴 저명한 노인의 목에 기꺼이 칼날을 박아넣으려는 사람의 정신 상태를 상상해보려 애썼다. 나 자신을 나기브 마푸즈와 같은 수준에 두는 건 아니지만, 나를 기꺼이 살해하려 한 남자의 정신 상태를 생각해볼 의무가 생겼다. 그러므로 이 장에서는 실제로 일어나지 않은, 살면서 겨우 이십칠 초 동안 만나본 한 남자와 나의 대화를 기록하겠다. 사진 속의 그는 흑백의 죄수복을 입고 수갑을 차고 있다. 심각한 표정의 젊은이다. 하긴, 체포 이후에 찍힌 사진에서는 대부분의 사람들이 심각한 표정을 지을 것이다. 사적인 자리에서 그는 함께하기 좋은 사람, 농담을 잘 하는 사람일지도 모른다. 하지만 내 상상 속의 그는 외로운 인물이다. 대체로 혼자 지낸다. 귀가 삐죽 튀어나와 있고, 얼굴은 좁다랗고, 머리카락과 턱수염은 둘 다 바짝 깎았다. 테니스 선수 노바크 조코비치를 살짝 닮았다. 뉴저지에서 어린 시절을 보냈으니 아마 뉴저지 청년 고유의 억양으로 말하겠지만, 여기서 그 언어적 패턴을 재현하는 노력은 하지 않겠다. 상상속 장면에서 나는 셔터쿼 카운티 구치소에 가서 금속제 탁자앞의 금속제 의자에 앉아 있다. 두 가구 모두 바닥에 고정되어있다. 수갑과 족쇄를 찬 그가 앉아 있는 의자도 마찬가지다. 그는 별로 나와 이야기하고 싶어하지 않지만, 지금 작동하는것은 내 상상력이니 그에게는 선택의 여지가 없다. 그는 시무룩하다. 말이 없는 편이다. 성찰하지 않은 그의 삶은 살아갈가치가 있을까? 그에게 물어볼 생각이다.

우리는 교도관들의 감시를 받고 있다. 연방 요원들도 일방거울을 통해 감시하고 있을 것이다. TV 시리즈〈로 앤드 오더〉의 심문 장면처럼 보인다(덧붙이자면, 우리집에 심각한〈로 앤드 오더〉중독증이 퍼져 있어서 나는 미국 법률제도의 기초를잘 알고 있다. 물론 실제의 법률제도는 다른 문제다. 다만 이

상상 속 장소는 그런 토론을 할 공간이 아니다).

그에게, 칼을 휘두른 사람에게 어떤 방법으로 접근해야 할까? 나는 머릿속에서 그의 주위를 맴돈다. 대화를 시작할 여러 방법을 떠올려본다. 승진 기회를 놓쳤다는 이유만으로 오셀로와 데스데모나의 인생은 물론 자신의 인생까지 망쳐버린 이야고 이야기를 해야 할까? A에게 자기 인생을 망친 기분이 어떤지 물어보고 싶은 건 사실이지만, 셰익스피어의 작품으로 이야기를 시작하는 것이 최선은 아닐지도 모른다는 생각이 든다. 한편으로 나는 문학의 좀더 불가사의한 순간들을 떠올린다. 앙드레 지드의 『교황청의 지하실』의 한 장면에서는 라프카디오라는 인물이 방금 만난 남자를 아무 이유 없이 움직이는 기차 밖으로 밀어 죽인다. 프리드리히 뒤렌마트의 소설 『법』의 한 장면도 있다. 여기서는 한 남자가 수많은 목격자들 앞에서 살인을 저지르고도 "나 말고 다른 누군가가 살인자였을 경우 현실이 어떻게 보였을지" 생각해보라며 계속해서 무죄를 주장한다. 내 경우와 어느 정도 관련이 있어 보이긴 하지만, 나는 이런 생각을 꽤 빠르게 포기한다. 우리는 문학적인 대화를 하려는 게 아니다.

지나치게 친근하게 굴고 싶지도 않다. 친근한 기분이 들지 않는다. 하지만 지나치게 불친절하게 굴고 싶지도 않다. 할 수만 있다면 그의 마음을 열고 싶다. 실제로 만남이 일어날 가능성은 없으므로―없어야 할 것이다―나는 그의 머릿속으로 들어갈 방법을 상상해야만 한다. 그를 만들어내려는 노력, 현실화하려는 노력을 해야 한다. 그럴 수 있을지 모르겠다.

나의 일부는 그에게 달려가 목을 세게 후려치고 싶어한다.

그는 어떤 후회도 표현한 적이 없다. 나는 사과를 받으려는 게 아니다. 다만 사태를 다시 생각해볼 시간이 생긴 지금, 그의 기분이 어떨지 궁금하다. 생각이 바뀌었을까? 아니면 자신이 자랑스러울까? 또 그런 짓을 하려 할까? 그는 이란의 한 단체에서 보상금을 제안받았다. 형을 마친 뒤 그리로 가서 상을 받고 싶을까? 그의 SNS를 보면 다양한 이슬람 근본주의자들에 대한 존경심이 드러난다. 그는 자신을 영웅이라고 생각할까, 아니면 해야만 한다고 느낀 일을 실천에 옮긴 뉴저지 출신의 젊은이라고 여길까?

그는 자신이 미국인이라고 생각할까?

나는 목을 가다듬고 시작한다.

———

1회차

'부정직'이라는 단어에서 시작해볼까.

왜?

네가 〈뉴욕 포스트〉 인터뷰에서 나를 그 단어로 표현했으니까. 내가 부정직한 사람이라고 생각했다면서.

그래. 그래서 뭐? 사실이잖아.

〈프린세스 브라이드〉라는 영화 본 적 있어?

아니. 응. 모르겠어. 그게 무슨 상관이지? 영화에 대해서는 왜 물어보는 거야?

그 영화에 비치니라는 인물이 나와. "믿을 수 없어"라는 말을 좋아하는 사람이지. 영화에서 그 말을 몇 번이나 해. 내 생각에는 다섯 번 정도 할 거야. 마침내 다른 등장인물인 이니고 몬토야가 비치니에게 이렇게 말하지. "넌 계속 그 말을 하는데, 네가 생각하는 뜻이 아닌 것 같아." 그래서 묻는 거야. '부정직하다'라는 단어에 대해서 물어봐도 될까?

아하. 날 무시하는군.

그냥 그 단어를 무슨 뜻이라고 생각하는지 묻는 거야.

네가 실제로는 진실을 말하지 않으면서 진실을 말하는 척한 다는 뜻이지.

그래, 그런 뜻 맞아.

그러니까…… 좆까, 잘난 척하지 말고.

두번째 질문이 있어. 네 말이 옳다고 하자. 내가 실제로는 사람들을 속이면서 진실을 말하는 척한다고 해보자고.

실제로 그렇잖아. 모두가 아는 사실이야.

그런데 그게 사람을 죽일 이유라고 생각해? 살면서 네가 보 기에 부정직한 사람을 몇 명이나 만나봤지?

미국에서는 수많은 사람이 정직한 척하지만 가면을 쓰고 거 짓말을 해.

그게 그 사람들을 전부 죽일 이유가 돼?

침묵.

다른 사람을 죽이겠다고 생각해본 적 있어?

아니.

미국의 수많은 사람이 부정직하다고 생각하는데도 그렇다는 말이네. 전에는 사람을 죽여야겠다고 생각한 적이 없는 거확실해?

내가 왜 말해야 하지?

이를테면 네 어머니. 넌 네 어머니가 종교 교육을 제대로 해주지 않았다고 했지. 지금은 너를 호적에서 파버렸고. 네 어머니도 부정직해? 네 어머니도 정직한 척했지만, 실제로는 진실을 감추고 있었던 거야?

침묵.

그래. '부정직'이라는 단어는 그만 놔두고 다른 말을 살펴보

자. '모두'라는 말.

멍청하긴. 그건 일상적인 단어잖아.

그래, 맞아. 네가 나에 대해 불리한 주장을 할 때 사용한 일상적인 단어지. 넌 내가 부정직하고, 그건 "모두가 아는 사실"이라고 했어.

맞아. 모두가 알지.

그 모두가 누군지 말해줄 수 있어?

답을 알면서 물어보는군.

그냥 말해봐.

모두는 착한 사람들 전부야. 악마가 속이러 오면 알아채는 사람들. 옳은 일과 그른 일을 구분할 줄 아는 사람들.

그러니까 너는 내가 부정직할 뿐 아니라 악마이기도 하다는 거네. 그래서 나를 죽이는 게 옳다는 거야?

너는 새끼 악마일 뿐이야. 그러니 자만하지 마. 하긴, 새끼 악마도 악마지.

악마는 파멸시켜야 하고?

그래.

그건 오랫동안 해온 생각인가? 아니면 새롭게 한 생각?

우리집은 잘못 살아왔어. 내 어머니도, 누이들도. 나도 마찬가지고. 난 무지했어. 잠들어 있었지. 하지만 이제 깨어난 거야.

어떻게 해서 깨어났지?

신께서 나를 깨우셨지.

신이 어떻게? 계시를 경험한 거야?

난 예언자가 아니야. 예언자들의 시대는 끝났어. 인간에게 전하는 신의 계시는 완전해. 난 천사를 보지 못했어. 공부했지. 배웠어.

책에서? 아니면 사람들한테서?

이맘 유튜비*에게서.

그게 누군데?

그분의 유튜브 채널에서 볼 수 있어. 그분께는 수많은 얼굴과 목소리가 있지. 하지만 모든 얼굴과 목소리가 진실을 전해.

진실을 말해줘.

진실은, 진실에 적이 많다는 거야. 진실을 아는 사람들은 진실이 소중하다는 것도 알지. 그래서 많은 사람이 진실을 값싸게 만들고 싶어해. 많은 사람이 진실을 소유한 사람들을 박해하고 싶어하지. 그래서 진실을 지켜야 해.

수단을 가리지 않고?

*이슬람 성직자 '이맘'과 '유튜브'를 조합해 만든 단어.

그래. 엘하지 말리크 엘샤바즈의 가르침대로.

맬컴 엑스 말이구나. 너 맬컴 엑스의 추종자야?

난 신의 추종자야.

맬컴이 그 말을 프란츠 파농한테서 가져왔다는 건 알아?

파농인지 뭔지는 몰라.

마르티니크* 출신의 흑인 지식인이야. 나중에는 알제리 사람이 됐고.

그놈은 중요하지 않아.

그런데 말이지, 난 네 신앙의 기원에 대해서도 연구했어. 영국의 한 대학교에서.

---

* 카리브해에 있는 프랑스령 섬.

넌 아무것도 배우지 못했어.

왜 그렇게 말하지?

네 스승들이 신자였나? 율법을 배운 이맘이었냐고.

한 명은 프랑스인 마르크스주의자였고, 또 한 사람은 종교가 없는 영국인이었어.

그렇지? 그들은 너에게 아무것도 가르쳐줄 수 없어. 그러니 너도 아무것도 배우지 못했겠지.

주제를 바꿔도 될까? 네 헬스장 회원권에 대해 이야기해도 되겠어?

정신 상태가 형편없군. 나비처럼 가벼워. 중요한 문제에 집중하지도 못하고. 미국적인 정신이야.

하지만 난 원래 인도 출신인걸. 인도의 세속주의 무슬림 집안 출신이지. 난 인도의 정신을, 그다음에는 영국의 정신을 얻었어. 그리고 지금은, 그래, 어쩌면 미국적인 정신을 가지고 있을지도 몰라.

'세속주의'는 '거짓말쟁이'의 유의어야. 질병이라고.

확실해? 내 어머니 같은 분은 무척 진실하셨거든.

널 아들로 둔 게 수치스럽겠군. 네 이름 살만은 무슬림이라
는 뜻이야. 왜 그 이름을 계속 쓰는 거지? 그것부터가 거짓말
이야. 네 어머니는 널 가진 것이 수치스러웠을 거다. 네 가족
은 너를 핏줄로 인정하는 것이 수치스러웠을 거고.

내 어머니가 파키스탄에서 돌아가셨을 때, 어떤 신문에서는
장례식에 간 사람들이 부끄러워해야 한다고 말했지.

거봐, 내 말 그대로잖아.

헬스장 회원권 이야기로 돌아가도 될까?

왜 그렇게 집착하는 거야?

스테이트오브피트니스복싱클럽, 맞지? 뉴저지주 노스버겐

에 있는. 넌 프리미엄 패키지를 등록하고 복싱 수업을 스물일곱 번 받았어. 이 숫자도 27이네. 스물일곱 번의 수업, 이십칠 초 동안의 공격. 네 나이도 스물일곱 살이면 더 좋을 텐데. 아무튼. 넌 조용한 성격이야. 헬스장의 그 누구에게도 딱히 말을 걸지 않았어. 네 어머니는 네가 조용한 아이였다고 말했지. 하지만 셔터쿼로 가는 버스를 타기 전날 밤, 너는 목소리를 냈어. 헬스장에 이메일을 보내서 회원권을 취소했지.

그래서 뭐.

이걸 물어보고 싶어. 넌 예전의 삶으로 돌아가지 못하리라는 걸 분명히 알고 있었어. 더이상 헬스장에서 복싱 수업을 받을 수 없고, 너희 집 지하실에서 이맘 유튜비를 볼 수도 없을 거라는 걸 말이야. 네 어머니 말에 의하면, 너는 야행성이었다던데. 지하실에 들어가 문을 잠그고 혼자 식사를 만들어 먹었다고. 하지만 헬스장 회원권을 취소했을 때 넌 그런 삶이 끝났다는 걸 알고 있었어. 넌 내 인생뿐 아니라 네 인생도 망칠 작정이었지. 어쩌면 넌 네가 갇히리라는 걸, 하지만 너 혼자 갇히지는 않으리라는 걸 알았을지도 몰라. 너희 집 지하실이 아닌 다른 어딘가에 갇히는 거지.

아, 그러셔.

아니면 탈출해서 도망다닐 생각이었나? 수배 명령이 떨어질 테지만 그 사람들을 전부 속이고 셔터쿼에서 그리 멀지 않은 캐나다 국경을 넘을 수 있을 거라고 생각했어? 넌 가짜 신분증을 가지고 있었고, 신용카드는 없었지만 현금이 꽤 있었잖아. 보트를 타고 이리호를 건널 생각이었으려나? 거기는 국경이 액체로 되어 있으니까? 그냥 호수 한가운데에 상상으로 그어놓은 선이니까? 밴쿠버 같은 곳에서 새 인생을 시작할 생각이었어?

난 무슨 일이 일어날지 몰랐어.

하지만 집으로 돌아가지는 않을 거란 사실은 알고 있었잖아. 모든 것에 작별인사를 한 거잖아. 한때는 대학을 졸업하고 이런저런 일을 할 생각이었겠지. 이제는 그럴 수 없게 됐지만.

아마도.

난 널 이해해보려는 거야. 넌 겨우 스물네 살이었어. 앞날이 창창했다고. 왜 그렇게 기꺼이 인생을 망쳐버린 거야? 네 인생을. 내 인생이 아니라. 네 인생을.

날 이해하려고 하지 마. 넌 날 이해할 능력이 없어.

그래도 노력은 해야지. 우린 이십칠 초 동안 심오하게 가까웠잖아. 넌 죽음 그 자체의 망토를 걸쳤고, 나는 삶이었어. 이건 심오한 결합이야.

나는 신을 섬기기 때문에 그렇게 행동할 수 있었어.

확신하고 있네. 네 신이 그런 일을 원했다고.

이맘 유튜비의 말씀은 매우 분명했어. 신을 반대하는 자들은 살 권리가 없다. 그리고 우리에게는 그자들을 끝장낼 권리가 있다.

하지만 지구에 사는 대부분의 사람들은 네가 믿는 신을 따르지 않아. 그 사람들이 다른 신을 섬기거나 신을 섬기지 않으면 너한테 그 사람들을 끝장낼 권리도 생기는 건가? 이십억 명은 네 신을 따르지만 육십억 명은 그러지 않지. 그 사람들에 대해서는 어떻게 생각하지?

그때그때 달라.

뭐에 따라서?

그 사람들이 하는 행동.

부정직한 행동을 하면 죽어도 싸고.

그렇게 말할 수 있겠지, 맞아.

네 믿음에 대해서 하나 물어보자. 넌 신에게서 온 모든 것이 성스럽다고 생각해? 다른 말로 하면, 신성하다고?

그래. 당연하지. 신의 말씀은 신성하고, 그분의 행위도 마찬가지야.

인간에게 삶을 선물한 건 신의 행위야, 동의해?

그래.

그렇다면 신이 준 걸 인간이 빼앗는 게 어떻게 옳지? 그건 신이 결정해야 하는 것 아닌가?

날 혼란스럽게 만들려 하는군. 다 보여. 넌 악마처럼 속임수를 쓰고 있어. 넌 신을 믿지도 않아. 무신론자는 비천한 자들 중에서도 가장 비천하지. 넌 나한테 말을 걸 자격이 없어. 나와 동등한 존재가 아니야.

난 널 이해하고 싶어. 이게 어려운 점이야. 네가 말한 동기는 젊은 남자가, 전에는 한 번도 폭력적이었던 적이 없고 복싱조차 그렇게 잘하지 못하는 아마추어가…… 자기의 여생을 희생해가며 낯선 사람을 죽이려 할 만큼 강력해 보이지 않아. 살인을 하겠다는―살인자가 되겠다는―결정은 사소한 게 아니지. 넌 진지하고 신중하게 그 일에 헌신했고. 자세한 계획도 세웠어. 전에는 한 번도 그런 적이 없었는데 말이야. 어째서 그렇게 바뀐 거야?

천국을 믿는다면 너도 이해할 거다.

말해봐.

천국을 믿는다면, 너도 이곳, 이 세상에서의 삶이 중요하지 않다는 걸 알게 될 거야. 이 삶은 대기실일 뿐이고, 이곳에서 우리가 할 수 있는 최선의 일은 신을 따르는 것뿐이야. 그러다가 이곳에서의 삶이 끝나면, 우린 영생을 살지. 그러니 내가 이곳의 어디에서 세월을 보내든, 그게 무슨 상관이지? 네가 지옥 불에 탈 때 나는 향기로운 정원에 있을 텐데. 나를 시중 드는 영혼들과 인간도 정령도 건드려본 적 없는 천국의 미녀들을 거느리게 되겠지. 그렇게 적혀 있어. "주님의 축복 중 무엇을 거부하겠는가?"

어디에 적혀 있는데?

책에.

책 얘기야 나도 좋아하지.

이야기할 가치가 있는 책은 그 책 단 한 권뿐이야.*

---

* A가 말하는 '그 책(the Book)'은 이슬람교의 경전을 의미하며, 작가 루슈디는 일반 명사로서 '책(book)'을 이야기한다. 원서에서도 같은 단어를 서로 다른 뜻으로 사용하고 있기에 A가 '그 책'이라고 말하는 부분을 '경전'이라고 표기하지 않았다.

책에 관한 책에 대해 이야기해줄게. 튀르키예 작가 파묵이 쓴『새로운 인생』이라는 책이 있어. 이 책에는 제목이 없는 책이 나오는데, 그 책에 무슨 내용이 적혀 있는지는 전혀 몰라. 하지만 그 책을 펼치는 사람은 누구나 인생이 통째로 변하지. 그 책을 읽으면 전과 다른 사람이 되는 거야. 그런 책을 알아?

당연하지. 그건 신의 말씀을 담은 책이야. 대천사가 예언자에게 준 것 같은 책.

예언자가 그 책을 즉시 받아썼다고?

예언자는 산에서 내려와 그 내용을 암송했고, 근처에 있던 사람이 손에 잡히는 것으로 그 내용을 받아썼지.

그러니까 예언자가 완벽하게 암송을 했다는 거네. 대천사가 한 말을 한마디 한마디 전부 다. 그런 다음 누군가가 또 그걸 완벽하게 받아썼고. 한마디 한마디.

당연하지.

그런데 그 책은 어떻게 됐어?

예언자의 삶이 끝난 후에 그분의 동반자들이 순서대로 정리했어. 그게 바로 그 책이야.

그 사람들도 순서대로 완벽하게 정리했다는 말이네.

참된 신자라면 누구나 아는 이야기야. 신을 믿지 않는 자들만이 그것에 의문을 품지. 그런 자들은 중요하지 않아.

신의 본성에 대해 물어봐도 될까?

신은 모든 것을 포괄하시고 모든 것을 아시지. 그분은 곧 모든 것이야.

너희의 전통에 따르면, 너희의 신과 그 책에 나오는 다른 민족들, 그러니까 유대인이나 기독교인이 믿는 신은 다른 거지? 그 사람들은 그들의 책에 적혀 있는 대로 신이 자신의 형상을 본떠서 사람을 만들었다고 하던데.

그들이 틀렸어.

그 사람들이 맞는다면 신이 인간과 어느 정도 닮아야 하기 때문인가? 그렇다면 신이 인간과 비슷하게 생겼을 수도 있으니까? 신에게도 입과 목소리가 있을 테고, 우리에게 말하기 위해 그걸 사용했을지도 모르니까?

말도 안 돼.

그야 네 전통에서 신이라는 개념은 인간보다 너무도 우월하고 훨씬 더 높아서 인간의 특징을 하나도 공유하지 않기 때문이지.

바로 그거야. 웬일로 이번만은 쓰레기 같은 말을 하지 않는군.

인간의 특징이 뭐라고 생각하지?

우리의 육신이지. 우리의 모습, 우리의 존재.

사랑은 인간의 특징일까? 정의에 대한 욕구는? 자비는? 신에게도 그런 것들이 있나?

난 학자가 아니야. 이맘 유튜비가 학자지. 그분에게는 여러 개의 머리와 여러 개의 목소리가 있어. 난 그분을 따른다. 그분께 모든 걸 배웠고.

학문적인 이유로 너한테 질문을 하는 게 아니야. 네 전통에 따르면 신에게는 인간의 특징이 없다는 것에 동의하지? 이거 하나만 물어보자. 언어는 인간의 특징 아닌가? 그러니 신이 언어로 말을 하려면 신에게는 입과 혀, 성대, 목소리가 있어야겠지. 인간처럼 생겨야 할 거야. 신 자신의 형상을 본뜬 인간처럼. 하지만 넌 신이 그런 존재가 아니라고 했어.

그래서 뭐?

그러니까 신이 언어 이상의 존재라면—인간적인 모든 것을 한참 뛰어넘는 존재인 만큼 언어까지도 훨씬 뛰어넘는 존재라면—어떻게 네 책에 적힌 말이 존재하게 된 걸까?

천사가 신을 이해한 뒤, 신의 메시지를 사도가 이해할 수 있는 방식으로 전한 거야. 사도가 그 메시지를 받았고.

그 메시지가 아랍어로 되어 있었을까?

사도는 아랍어로 메시지를 전달받았고, 사도의 동지들도 아랍어로 메시지를 적었다.

번역에 대해 하나 물어봐도 될까?

이런 짓을 너무 많이 하는군. 한 방향으로 대화를 이어가다 휙 방향을 틀어서 길을 건너고 다른 방향으로 대화를 몰아가는 짓. 넌 가벼운 나비 정도가 아니라 형편없는 운전자군.

난 대천사가 신의 말씀을 이해하고 그 말씀을 사도가 이해할 수 있는 방식으로 전한 것이 바로 번역이라는 말을 하고 싶을 뿐이야. 신은 신의 방식대로 소통했어. 그 방식이 인간의 이해력을 한참 넘어서기에 우리는 그 방식을 이해하려는 시도조차 할 수 없고. 그런데 사도가 이해할 수 있도록 천사가 그 메시지를 신의 언어가 아닌 인간의 언어로 전달한 거고.

그 책은 인간이 만들지 않은, 신의 말씀이다.

하지만 신에게 언어가 없다는 점에는 동의했잖아. 그 경우,

우리가 읽는 건 신에 대한 해석이야. 그러니 다른 해석들도 있지 않을까? 혹시 네 방식, 네 유튜비의 방식이 유일한 방법이 아닐 수도 있지? 올바른 단 하나의 방식은 없는 것 아닐까?

뱀 같은 놈.

네가 어떤 언어로 그 책을 읽었는지 물어봐도 될까? 최초의 언어였어, 아니면 다른 언어?

나는 우리가 지금 쓰는 이 열등한 언어로 그 책을 읽었다.

그것도 번역이네.

나는 이맘 유튜비에게서 오랜 시간에 걸쳐 받은 가르침으로 그 책을 이해했다.

야행성 인생을 살면서 지하실에 문을 잠그고 틀어박혀 노트북을 보면서 말이지. 비디오게임을 하고 넷플릭스를 보는 사이사이에.

당연하지.

그런데 네가 여러 개의 머리가 있는 이맘에게서 받은 가르침도 원본에서 한층 더 나아간 해석이야. 번역에 가까운 활동이라고 할 수 있지.

헛소리. 중요한 것과는 아무 상관도 없어.

난 네 전통에 따르더라도 불명확한 부분이 있다는 얘기를 하려는 거야. 너희의 전통에 속한 초기 철학자들 중에도 이런 생각을 한 사람들이 있어. 유튜브가 나오기 수백 년 전의 유튜버들 말이야. 그 사람들은 모든 것이, 심지어 그 책까지도 해석될 수 있다고 말했지. 해석자가 사는 시대에 따라 해석될 수 있다고 말이야. 다시 말해, 직해주의는 실수라는 얘기야.

그렇지 않아. 말씀은 말씀이지. 그걸 의심하는 건 삶의 의미를 의심하는 거야. 우주의 안정성을.

마지막으로 하나만 물어보고 내일까지 잠시 휴식을 갖자. 예루살렘에 가본 적 있나?

아니.

너도 알겠지만, 예루살렘에는 바위사원이 있어.

하람 알샤리프, 알악사 말이군.

그게 말이지, 나도 예루살렘에는 가본 적이 없어. 하지만 그 모스크의 벽에는 너희 책에 나오는 구절 몇 개가 새겨져 있다고 하더군.

당연히 그렇겠지.

이상하게도, 그 구절 중 몇 개가 지금 네가 가지고 있는 책과 약간 다르다고 하던데.

그럴 리 없어.

내 말이. 안 그래? 그 모스크는 아주 오래됐으니 말이야. 그렇다면 그게 무슨 뜻일까? 벽에 새겨진 오래된 말이 네 책에 적힌 말과 똑같지 않다니?

그건 네가 진실을 말하는 게 아니라는 뜻이다. 넌 거짓말을 하고 있어. 언제나처럼.

반박은 하지 않을게. 나도 직접 본 적은 없으니까.

넌 네가 쓰는 글이 '소설'이라고 말하지. 그건 '거짓말'을 뜻하는 다른 단어야.

'세속주의'라는 말처럼 말이지.

바로 그거야. 넌 거짓말을 해서 먹고사는 셈이지.

이쯤 해두자. 내일은 우리가 더 잘 지낼 수 있을지도 몰라.

———

2회차

오늘 아침에는 해외여행에 대해 이야기해볼까? 해외여행 좋아해? 여행이 생각의 폭을 넓혀준다고 믿나?

멍청한 질문을 또 하는군. 난 관광에 아무 관심이 없어. 세상은 어디나 똑같아. 세상을 있는 그대로 볼 수 있느냐가 중요하지. 그렇게 할 수 있는 사람은 많지 않아.

하지만 2018년에는 너도 미국을 떠나 레바논에 갔잖아.

아버지를 만나러 간 거야. 관광과는 정반대의 행동이지.

당시 베이루트는 2020년 폭발 사고*를 겪기 전이라 매우 아름다웠다던데. 그 모습을 봤다니 운이 좋네. 위대한 문화와 위대한 문명을 가진 자유롭고 개방적인 도시, 동방의 파리라고 하는 도시를 봤다니.

난 베이루트에서 지내지 않았어. 게다가 넌 그곳을 낭만적으로 왜곡하고 있군. 아마 그 지역의 분열에 대해 몰라서 그러는 거겠지. 내전에 대해, 시리아와 이스라엘이 관련된 전쟁에 대해. 그리고 내 아버지는 베이루트에 사시지 않아. 국경 근처의 마을에 사시지.

네 어머니는 처음에 네가 그곳을 마음에 들어하지 않았고

---

* 레바논의 수도 베이루트의 베이루트항에서 일어난 폭발 사고로, 6200명이 넘는 사상자가 발생했다. 레바논 정부에서 압수해 보관하던 질산암모늄으로 인한 사고로 추정되지만 정확한 원인은 밝혀지지 않았다.

곧바로 돌아오고 싶어했다고 하던걸. 그런데 네가 한 달쯤 후에 다른 사람이 되어서 돌아왔다고. 그러니까 여행이 네 생각에 영향을 미친 건 사실인 것 같은데.

어머니는 아무 말이나 마음대로 해.

그리고 네 의붓아버지는 네가 한 일에 무척 놀라더라. 울면서 네가 똑똑했고 마음씨도 아주 착했던데다 누구를 건드릴 사람이 아니라고 말했어. 그러니까 넌 변한 것 같더라고. 거기서 너에게 일어난 어떤 일이 네 인격을 아예 바꿔놓은 거야.

침묵.

뉴저지주 페어뷰의 네 이웃들은 네가 사람 사귀는 걸 즐기지 않고 주로 혼자 지낸다고 했어. 하지만 레바논에서는, 내 추측이지만, 너도 사람을 사귀었겠지. 사람들을 만났을 거야.

그래, 당연하지.

네가 만난 사람들은 어땠지?

강인한 사람들이었다. 힘이 있었지. 그 사람들은 세상을 제대로 이해했어. 있는 그대로 세상을 봤다.

종교적인 사람들인가? 네 어머니나 누이들보다?

남자들이다. 그들은 진정한 남자로서 신앙을 이해했어. 그 누구의 개소리도 듣지 않았지. 신을 섬기고 신을 위해 싸웠다.

그들이 네 눈을 뜨게 해줬구나.

내 심장을 열어줬지.

그런 다음 너는 집에 돌아와 어머니의 집 지하실로 들어가서는 어머니나 누이들과 더이상 대화를 하지 않게 됐지. 지하실에서 대체 뭘 한 거야?

네가 말한 그대로다. 비디오게임을 하고 넷플릭스를 봤어. 이맘 유튜비의 말씀을 듣고.

사 년 동안 그렇게 살았다고.

생각을 했다.

뭐에 대해서?

우리에게 얼마나 많은 적이 있는지에 대해서. 네가 말한 그대로야. 인류라는 종족의 사분의 일은―이십억 명―우리고 나머지 사분의 삼은 우리가 아니야. 그런데 우리에 대한 증오심이 존재해. 미국 어디에나 있지. 난 레바논에서도 그 증오심을 봤어. 사방에 적이 있으니 우리는 싸우는 법을 배워야만 해. 이십억 대 육십억이야. 우린 이런 고난에 맞설 방법을 배워야 한다고.

그 적이라는 개념을 탐구하고 싶은데.

그러시겠지. 네가 바로 그 적이니까.

적이 있으면 그들에 대한 폭력이 정당화된다는 개념에 대해서도.

적이란 인간의 형상을 한 폭력이다. 폭력이 걸어다니고 말하고 행동하는 거지. 어떤 면에서 적은 인간이 아니야. 악마지. 그런 존재를 어떻게 상대해야 할까? 그 답은 너도 알 거야. 그 존재가 바로 너니까.

그러니까 넌 내가 인간의 형상을 한 폭력이라고 믿는구나. 그걸 아는 데 사 년이 걸렸고.

넌 중요하지 않아. 난 많은 걸 배웠어. 마지막에는 적에 맞서 나라는 개인이 뭘 할 준비가 되었는지 자문하게 됐지. 그때에야 너 같은 사람들에 대해 생각하기 시작했어.

나 같은 사람이 어떤 사람인데?

넌 이십억 명의 미움을 받고 있어. 그것만 알면 돼. 그렇게까지 미움을 받다니, 어떤 기분일까? 벌레가 된 기분이겠지. 잘난 체하며 온갖 말을 떠들어대지만, 사실 너는 자신이 벌레보다 못하다는 걸 알고 있어. 발로 밟아 죽여야 할 벌레 말이야. 넌 다른 나라로 여행가는 것에 대해 이야기하지만, 전 세계 나라의 절반 정도에는 발도 들일 수 없어. 그런 곳들에서는 너에 대한 증오가 너무도 강하니까. 그 점에 대해 한번 말해보시지.

내가 악마화에 대해 많은 걸 알게 된 건 사실이야. 나는 한 사람의 두번째 자아라는 이미지를 만들어내는 것이 가능하다는 걸 알고 있어. 첫번째 자아와 닮은 점이 거의 없지만 진짜처럼 느껴지는, 계속 되풀이되면서 점차 첫번째 자아보다 더 진짜처럼 느껴질 정도로 신빙성을 얻게 되는 이미지 말이야. 네가 알게 된 존재, 네 적개심이 겨냥한 존재는 바로 그런 나의 두번째 자아라고 생각해. 네 질문에 답하자면, 난 내가 그 두번째 자아가 아니라는 걸 알아. 나는 나 자신이고, 증오에서 고개를 돌려 사랑을 바라보는 사람이야.

아니, 그건 사기야. 내가 아는 네가 진짜야. 모두가 그걸 안다고.

한스 크리스티안 안데르센의 이야기 속 그림자와 비슷하네. 그림자가 스스로 사람에게서 떨어져나와 그 사람보다 더 현실적인 존재가 됐지. 결국 그 그림자는 공주와 결혼하고, 진짜 남자는 가짜라는 이유로 처형돼.

전에도 말했지만, 난 이야기에 전혀 관심이 없어.

겨우 두 페이지밖에 읽지 않았지만 네가 싫어하는 내 책의 중심부에 내가 런던 동부에서 카페 겸 레스토랑을 운영하는 이슬람 가족을 진정한 사랑을 담아 그려냈다는 걸 알려줬다면 어땠을까? 그전에 쓴 책에서는 인도와 파키스탄의 독립에 관한 이야기의 핵심에 이슬람교도 가족을 공감을 담아 그렸다는 걸 말했다면? 9·11 그라운드제로* 근처에 모스크를 세우겠다는 계획에 반대하는 뉴욕 시민들이 있었을 때 내가 그 자리에 모스크가 있을 권리를 옹호했다는 걸 알려줬다면? 무슬림이 주된 피해자가 되는 현 인도 정부의 분파적 이데올로기에 내가 지속적으로 반대해왔다는 걸 알려줬다면? 내가 예전에 카슈미르의 무슬림들이 처한 상황에 관한 책, 지하드에 참여하는 카슈미르의 젊은이를 공감하는 시선으로 묘사한 책을 썼다는 걸 알려줬다면? 그 책은 『광대 샬리마르』야. 너를 알기 전에 쓴 너에 대한 책이지. 그 책을 쓰면서 난 사람의 성격이 곧 운명이라는 걸 알았어. 그래서 너에 대해서도 뭔가 이해해보려는 거야. 유튜비의 소음 이면에 네가 칼을 집어드는 걸 가능하게 만든 그 뭔가를 말이야.

네가 나한테 하는 말은 중요하지 않아. 우린 네 정체를 안다고. 우리 마음을 돌릴 수 있다고 생각한다면 멍청한 거야.

---

* 폭발이 일어난 지점을 일컫는 말.

그래, 좋아. 그렇다면 내가 그런 멍청한 사람인 거겠지.

침묵.

나 또는 나와 비슷한 사람들이 예전부터 사형에 반대해온 이유는 틀린 판결이 많고, 엉뚱하게 유죄판결을 받은 사람이 사형을 당할 경우 돌이킬 수 없기 때문이라는 걸 너에게 알려 줬다면 어땠을까?

거짓말하지 마. 네가 사형에 반대하는 건 네가 정당하게 유 죄판결을 받았고 죽는 걸 두려워하기 때문이야.

내 책을, 네가 두 페이지 읽고 싫어하게 된 그 책을 아름답 고 진실하다고 느끼는 무슬림 작가들이 있다는 걸 알려줬다면 어땠을까? 그 사람들이 내 책을 포용력 있는 예술작품으로 다 시 자리잡게 하고 싶어한다는 걸 알려줬다면? 그랬다면 내가 하는 일을, 내가 해온 일을 다른 시각으로 볼 가능성을 조금이 라도 고려해볼 수 있으려나? 넌 사형집행인이 되고 싶어했어. 그런데 나중에 그 작가들의 글을 읽고 네가 틀렸을지도 모른 다는 걸 깨닫는다면 어떨까?

그건 중요하지 않아. 난 책을 별로 읽지 않으니까. 하지만 알 건 다 알지.

책 읽을 시간이 아주 많아질 거야. 네가 가는 곳에는 넷플릭스나 비디오게임이 없을 거거든.

상관없어.

네가 가장 좋아하는 비디오게임은 〈콜 오브 듀티〉일 것 같은데? 내 상상이지만.

그거야 네 상상이니, 뭐.

내 둘째 아들—기껏해야 너보다 두 살 많아—이 그 게임을 잘한다는 걸 알려줬다면? 심지어 너희 둘이 게임 세계 어딘가에서 서로를 상대했을지도 모른다면? 그렇다면 기분이 어때? 익명성 뒤에서 너희 둘이 친구였을지도 모르지? 우호적인 라이벌이었을까? 혹시 같은 팀이었으려나?

아무렇지도 않아.

작가 조디 피코는 소설『마이 시스터즈 키퍼』에서 "외톨이가 뭐라고 말하든, 당신이 외톨이를 만나게 되는 건 그들이 외로움을 즐기기 때문이 아니다. 전에는 세상에 섞여들려고 노력했는데 사람들이 계속 그들을 실망시켰기 때문이다"라고 말했어. 이 말이 도움이 됐어. 스물네 살 나이에 이미 인생에, 어머니에게, 누이들에게, 아버지들에게, 복싱에 재능이 없다는 점에, 그 무엇에도 재능이 없다는 점에 실망한 네가 눈에 들어와. 앞에 펼쳐진 황량한 미래에 실망했고, 너는 스스로 초래한 일이라고 생각하고 싶진 않았지. 하지만 누군가를 탓해야 했어. 정말 많이 탓하고 싶었겠지. 그 모든 헐거운 비난이 네 온몸과 주변에 흘러넘쳤고, 그때 트윗이든 영상이든 무언가가 일생의 모든 비난을 내 쪽으로 돌린 거야. 그렇게 그 비난이 내 머리에 내려앉았고, 넌 계획을 세우기 시작했지.

침묵.

그냥 궁금해. 너는 밤에 대체로 상상 속 우주에서 생활했어. 그런 우주에는, 〈콜 오브 듀티〉의 우주에는 사방에 죽음이 있지만 그건 진짜가 아니야. 넌 아주 많은 사람을 죽이지만, 아무도 죽이지 않지. 달려가서 죽이고 은신, 달려가서 죽이고 은

신, 그런 식이야. 셔터퀵에 온 것도 게임 속 움직임이었어? 아무도 죽지 않는 살인을 하기 위해서? 아니, 넌 그런 일을 하게 되리라는 것조차 몰랐을지도 모르겠다. 게이머의 세상과 이 세상 사이의 경계선을 넘어야 했을 테니까. 혹시 그게 너무 어려운 일이었나? 게이머로서는 칼을 들고 다녀도 되지만, 이 세상에서는 칼이 정말로 사람을 베고 상처를 입히고 죽이지. 내가 무대에 올라가고 네가 자리에서 일어나 달리기 시작했을 때까지도 넌 정말로 이런 일을 하게 되리라고 확신하지 못했을 거야. 그런 다음 달리는 네 발이 돌아갈 수 없는 지점을 건넜을 테고, 그런 뒤에는 멈출 방법이 없었겠지. 너는 내 바로 앞에 있었고 나는 그곳에 있었어. 나는 현실이었어. 땅을 딛고 서서 너를 마주보는, 네 눈을 들여다보는 진짜 현실. 내가 있었고, 너의 다른 현실도 전부 있었어. 너의 외로움, 실패, 실망감, 비난하고 싶은 욕구, 사 년간의 세뇌, 적에 대한 네 생각. 나는 그 모든 것이었고, 너는 찌르기 시작했지. 그러면서 무시무시하다고, 기분이 좋지만 동시에 무시무시하다고 느꼈어, 장담하는데 두려웠을 거야. 죽을 만큼 두려웠을 거야. 사실 소설 속에서 살았던 사람은 너였으니까. 그런데 이제는 네 소설에 이끌려 현실세계로 들어온 결과를 마주하게 됐으니까. 그리고 그 말은 네가 살인을 향해, 너의 망가진 인생을 향해 가고 있다는 뜻이었으니까.

침묵.

———

3회차

하나 물어보자. 여자친구 있나?

무슨 그런 질문을 하지?

평범한 남자에게 할 만한 평범한 질문이야. 사랑에 빠진 적
이 있나?

난 신을 사랑한다.

그래, 그런데 인간은? 네가 천국의 미녀에 대해서 한 말이
기억나는데, 천국에 가려면 아직 시간이 좀 남았잖아. 그러니
금방 미녀를 차지하지는 못할 거야. 이 아래에서 사랑한 사람
은 없어?

네가 알 바 아니야.

없다는 뜻으로 알아듣지. 남자친구는 어때? 네가 레바논의 진짜 남자들에 대한 존경을 말했잖아. 뉴저지의 진짜 남자들은 어때?

역겨운 소리.

그럼…… 이것도 아니라는 거네. 그냥 확인해보려는 건데, 한 번도 없어? 평생 살면서 그 누구도 사랑하지 않았니? 너를 보니까 내 마음속에 예상하지 못했던 감정이 일어나.

무슨 감정.

동정심.

네가 나를 동정한다고? 아니, 아니지. 내가 너를 동정하는 거야. 게다가 넌 간섭이 심하고 무례하군.

뭐가 간섭이 심하고 무례한 건지 말해주지. 이십칠 초 동안의 칼 공격. 그게 간섭이 심하고 무례한 짓이야. 그 정도면 나한테도 너에게 몇 가지 사적인 질문을 할 자격이 있을 것 같은

데. 동정과 인셀*의 차이는 뭐지?

꺼져.

인셀은 자기가 동정이라는 점에 화가 나 있어. 넌 화가 난 남자야. 육십억 명의 적이 있고 친구는 하나도 없지. 연인은 하나도 없는 것 이상이고. 넌 격분해 있어. 분노가 너무 많아. 난 그냥 네가 정말 죽이려던 게 누구인지 궁금할 뿐이야. 널 거절한 어떤 여자? 헬스장이나 이스라엘 국경에서 만난 어떤 남자? 아니면 혹시 네 어머니? 나보다 훨씬 더 똑똑한 내 친구 한 명은 그렇게 생각해. 정말 내가 살인의 대용물이었나? 날 찌를 때 누구의 얼굴을 봤지?

이 대화는 끝이야.

아니, 아니야. 이 대화의 핵심은 내 머릿속에서 일어난다는 거야. 그러니까 내 머리가 그만두라고 할 때까지 이 대화는 끝나지 않아. 넌 할말을 생각할 필요조차 없어. 내가 네 입에 할말을 넣어줄 거니까.

---

* 'involuntary celibate'의 약자. 비자발적 금욕이라는 뜻.

그렇다면 그건 아무 쓸모 없는 말이겠지.

나는 종교적 동기를 가지고 움직인 다른 살인자들에 대해 생각하고 있어. 2001년 9월 11일, 비행기를 납치한 남자들. 2008년 11월 26일, 뭄바이의 타지팰리스와 오베로이호텔, 유대교 샤바드센터, 그리고 많은 사랑을 받던 레오폴드카페에서 살인적 공격을 벌인 남자들. 이들 중 아내나 연인이 언급되었던 경우는 전혀 기억나지 않아. 경악해서 즉시 비난하거나 그들을 애도했던 인생의 동반자는 없었어. 어쩌면 사랑에 빠진 남자들은 그렇게 냉혹한 공격을 하기 힘들다고 느끼는지도 모르지. 외로움은 그런 행위를 기꺼이 하기 위한 필요조건인지도 몰라. 친애하는 A, 어쩌면 너도 그 외로운 살인자 집단의 일원인지 모르겠다.

그렇게 믿고 싶으면 마음대로 해. 아무튼 내 감정은 내 선택과 아무 상관이 없으니까.

그럼 이제 미국에 대해 말해보자.

왜?

이슬람 극단주의자의 표면 아래에서 뉴저지 소년의 모습을 찾을 수 있는지 확인해보려고. 너, 스프링스틴 좋아해? 미식축구는 봐? 제츠 팬이야, 자이언츠 팬이야? 농구는? 네츠가 연고지를 브루클린으로 옮기고 나서는 네츠를 포기했나? 본 조비는 어때? 퀸 라티파는? 메릴 스트리프는? 아니, 메릴 스트리프는 빼자. 네 스타일이 아닐 것 같네.

대답하지 않겠다.

그럼 국가적 차원으로 올라가보자. 아메리카나로. 살인이야말로 무엇보다 미국적인 스포츠라고 생각하지 않아? 미국인들은 매일 대량으로 서로를 살해하지. 우린 모두를 살해해. 애, 어른, 유대인, 누구든 말만 해라 이거야. 우린 쇼핑몰에서, 병원에서, 종교적 장소에서 살인을 저지르지. 내가 '우리'라고 말하는 건 나도 미국 시민이기 때문이야. 물론 넌 여기서 태어났고 난 아니니까 내가 너만큼 미국적이지는 않다고 주장할 수도 있겠지. 확실히 난 누군가를 죽여야겠다는 생각은 한 번도 해본 적이 없어. 그럴 계획을 세운 적은 더더욱 없고. 하지만 넌 계획을 세웠어. 그 계획을 성공적으로 실행하는 데는 실패했지만. 생각해보니 그런 점은 별로 미국인답지 않네. 어쩌면 네 레바논적 특성이 드러난 건지도 모르고. 어떻게 생각해?

네가 개소리만 하는 놈이라고 생각한다.

진지한 질문 하나 할게. 넌 인간 한 명의 목숨의 가치가 뭐라고 생각해?

어떤 의미의 가치를 말하는 거지?

현금 가치를 말하는 건 아니야. 한 번 공격할 때마다 얼마나 받는지 묻는 게 아니라고. 그보다는 도덕적인 질문이지. 네가 생각할 때 값진가, 아니면 싸구려인가 묻는 거야.

누구의 생명인지에 따라 달라지지.

그 가치를 누가 정하는데?

누군가에 대한 힘을 가진 자라면 누구든. 그런데 네게는 힘이 없으니, 네 생명은 개똥만큼의 가치도 없어.

그러니까 너는, 칼을 쥐고 있던 너는 힘이 있었다는 거네. 그래서 네가 내 생명의 가치를 정했고.

그렇다고 할 수 있지.

하지만 지금 너는 구치소에 있고 내가 질문을 하고 있어. 놀랍지, 안 그래?

그래. 놀라워.

자신의 생명에는 어떤 가치를 매기지? 궁금한데. 난 성찰하지 않는 삶은 살 가치가 없다고 말한 소크라테스 이야기를 네게 하고 싶었어. 그러니까 당연히 성찰하는 삶만 살아갈 가치가 있는 거지. 그래서 묻는 건데, 너는 네 삶을 성찰하나? 매일 내면을 들여다보면서 네가 하는 행동에 대해 생각하냐고?

내가 듣기에는 허영심 같군. 빌어먹을 자아도취 같아. "아, 내면을 들여다보자. 삶은 전부 나에 관한 것이니까. 중요한 건 나니까." 이런 식이지.

그리고 넌 그렇지 않다?

난 이 점을 네게 이해시키려고 노력해왔어. 난 중요하지 않아. 너는 특히 중요하지 않고. 중요한 건 신을 섬기는 것이지. 만약 네가 그분의 종이라면, 그건 중요한 일이지. 잘 들어, 학교에서는 철가루와 자석을 가지고 실험을 해. 자석의 방향을 잡으면 철가루가 모두 줄을 맞춰 서. 모두 같은 방향을 가리키지. 내가 하려는 말이 이거야. 자석은 신이야. 네가 철로 만들어져 있다면 올바른 방향을 가리키겠지. 그리고 철은 신앙이야.

슬슬 이해가 되네. 너는 종이 되고 싶은 거구나. 너는 주인이나 너 자신보다 큰 어떤 이념을 찾으려 했던 거야. 그러면 그 앞에서 머리를 조아릴 수 있으니까. 넌 자유로워지고 싶지 않았어. 복종하고 싶었지.

아직도 이해를 못하는군. 오직 복종만이 자유로 이어진다. 씨발, 그게 중요한 거야.

고마워. 너한테 물어볼 게 좀더 있는데, 그것들은 좀 기다렸다가 묻기로 하지.

264

날 놔줘. 여기서 내보내달라고. 이게 네 복수인가? 네 머릿속에 날 가둬두는 게?

여긴 감옥이 아니야. 학교일지는 몰라도.

넌 내게 가르칠 게 아무것도 없어.

우리가 있는 곳이 바로 그런 곳이야. 선생은 가르칠 수 없고 학생은 배우지 못하는 곳. 게다가 누가 학생이고 누가 선생인지도 불분명하지.

영원히 그렇겠지.

영원은 긴 시간이야. 그냥 종신형이라고만 해두자.

———

4회차, 마지막.

「합리주의자의 신앙The Faith of a Rationalist」에서 버트런드 러셀은 이렇게 말해. "사람은 자신의 열정에 어울리는 신념을 갖게 되는 경향이 있다. 잔인한 사람은 잔인한 신을 믿고, 자신의 잔인함에 핑계를 대기 위해 믿음을 이용한다. 오직 친절한 사람만이 친절한 신을 믿는다. 그리고 그들은 어느 경우에든 친절하게 행동한다." 설득력 있지. 그런데, 친애하는 A, 네 경우에는 이 말이 들어맞지 않는 것 같아. 아버지를 만나러 레바논에 갔을 때 네가 몇 살이었지? 열아홉 살? 넌 오랫동안 아버지가 없는 외로운 소년이었어. 내면이 비어 있어 쉽게 이끌리고 쉽게 만들어지는 소년, 누군가가 이끌어주고 만들어주기를 바라지만 잔인하지는 않은 젊은이였지. '그 누구에게도 손대지 않는, 마음 착하고 똑똑한 소년'이었어. 여기서 의문이 생겨. 갓 성인이 된 그런 어린애가 배움을 통해 잔인해질 수 있을까? 내면의 동굴 어딘가에 잔인함이 도사리고 있다가 자신을 내보내줄 말만 기다리고 있었던 걸까? 아니면 절반 정도만 형성된 네 동정의 토양에 잔인함이 심기고, 뿌리를 내리고, 번성한 걸까? 널 아는 사람들은 네가 한 행동에 놀랐어. 네 안의 살인자가 전에는 얼굴을 드러낸 적이 없었으니까. 그 자아가 이런 사람으로, 지금의 너로 변하는 데는 이맘 유튜비와 함께 보낸 사 년의 시간이 필요했지.

넌 날 몰라. 영원히 모를 거다.

『악마의 시』와 그 작가에게 재앙이 쏟아져내리던 옛 시절에 내가 하던 말이 있어. 그 책을 둘러싼 논란을 이해하는 한 가지 방법은 유머감각이 있는 사람과 없는 사람 사이의 다툼으로 보는 거라고. 이젠 너를 알겠어. 나의 실패한 살인자, 위선적인 암살자, 몽 상블라블, 몽 프레르.* 넌 웃는 법을 몰랐기 때문에 살인을 시도할 수 있었어.

———

상상 속 대화는 끝났다. 나는 더이상 그를 상상할 힘이 없다. 그에게 나를 상상할 능력이 한 번도 없었던 것과 마찬가지다. 하지만 지금도 그에게 하고 싶은 말이 있다. 그에게 내 말을 들을 능력이 있을 거라고는 생각하지 않지만.

이런 일에서 가장 중요한 점은, 예술이 정통에 도전한다는 것이다. 예술을 거부하거나 헐뜯는 것은 예술의 본성을 이해하지 못하기 때문이다. 예술은 예술가 개인의 열정적인 눈을 당대에 널리 받아들여지는 이념과 반대되는 곳에 둔다. 플로베르가 『부바르와 페퀴셰』에서 말했듯이, 예술은 통용되는 이념이 예술의 적임을 안다. 클리셰는 통용되는 이념이다. 이데올로기도 마찬가지다. 보이지 않는 하늘의 신들의 승인에 의존하는 것이든 그렇지 않은 것이든 마찬가지다. 예술이 없으

---

* mon semblable, mon frère. 샤를 보들레르의 시 「독자에게」에 나오는 구절로, '나의 동포, 나의 형제여'라는 뜻이다.

면, 사물을 생각하고 신선하게 바라보고 우리의 세상을 새롭게 할 수 있는 능력은 시들어 죽어버린다.

예술은 사치재가 아니다. 예술은 우리 인간성의 본질에 자리잡고 있으며, 존재할 권리 말고는 특별한 보호를 요구하지도 않는다.

예술은 논쟁과 비판, 심지어 거부까지도 받아들인다. 그러나 폭력은 받아들이지 않는다.

그리고 결국 예술은 예술을 억압한 자들보다 오래 살아남는다. 시인 오비디우스는 아우구스투스 카이사르에게 추방당했지만, 그의 시는 로마제국보다 오래 살아남았다. 시인 만델시탐의 삶은 이오시프 스탈린에게 파괴되었지만, 그의 시는 소련보다 오래 살아남았다. 시인 로르카는 프랑코 장군 휘하의 깡패들에게 살해당했지만, 그의 예술은 팔랑헤당*의 파시즘보다 오래 살아남았다.

———

때때로 우리는 필요하다고 생각되는 말, 딱 맞는 것처럼 들리는 말을 우연히 맞닥뜨린다. 그 말을 한 사람이 평소 자주 생각하지 않는 작가이더라도, 심지어 그 작가가 우리가 평소

---

* 1933년에 조직된 스페인의 극우 정당.

에 읽지도 않는 철학자에 대해 한 말이라도 말이다. 아래는 조지프 캠벨이 니체에 대해 한 말이다.

> (니체는) 자신이 "운명에 대한 사랑"이라고 부른 개념을 떠올렸다. 당신의 운명이 어떻든, 어떤 지옥 같은 일이 벌어지든, "이것은 내게 필요한 것"이라고 말해라. (……) 겪고도 생존할 수 있는 모든 재앙은 당신의 성격과 입지, 인생을 향상시킨다.

어느 정도 시간이 지나면, 우리는 이 말이 클리셰라는 걸, 아마도 사실이 아닐 거라는 걸 깨닫는다. 이 말을 일상적인 언어로 표현하자면, 나를 죽이지 못하는 고통은 나를 강하게 만든다는 뜻이다.

하지만 그럴까? 정말로?

7. 두번째 기회

　내가 이 책을 쓰고 있을 때 사망한 밀란 쿤데라는 삶이란 단발성 사건이라고 믿었다. 이미 벌어진 일은 돌이킬 수 없다는 것이다. 퇴고란 없다. 그가 "참을 수 없는 존재의 가벼움"이라는 말로 전하려 한 것이 바로 이것이었다. 한때 그는 이것이 자신이 쓴 모든 책의 제목이 될 수 있는 말이며, 견딜 수 없는 말인 만큼 해방적인 말일 수도 있다고 했다. 나는 언제나 그 생각에 동의해왔지만, 8월 12일의 피습으로 생각이 바뀌었다. 나는 신체적, 정신적 부상으로부터 회복하는 과정에서 더 강한 사람이 되어 이 경험에서 빠져나오리라고는 확신하지 못했다. 그냥 살아서 빠져나오는 것만으로도 기뻤다. 강해졌는지 약해졌는지 알기에는 너무 일렀다. 나는 운과 의사들의 기술,

사랑 가득한 보살핌 덕분에 내게 두번째 기회가 주어졌다는 것만 알 수 있었다. 나는 쿤데라가 불가능하다고 믿었던 것, 즉 인생의 두번째 기회를 얻었다. 확률을 이겼다. 이제 문제는 이것이었다. 두번째 기회를 얻었는데, 어떻게 활용해야 할까? 어떻게 써야 할까? 무엇을 똑같이 하고, 무엇을 다르게 해야 할까? 어느새 나는 레이먼드 카버의 시 「그레이비」를 떠올리고 있었다. 살아갈 날이 육 개월 남았다는 말을 들었는데 십년을 더 살게 된 경험을 이야기하는 시다. 카버는 이제 시간이 다 되었다는 걸 알았을 때 이 시를 썼다. 폐암이 그를 붙잡고 놔주지 않았다.

> ……"나 때문에 울지 마."
> 그는 친구들에게 말했다. "나는 운좋은 사람이야.
> 십 년을 더 살았어. 나도, 그 누구도
> 예상하지 못했던. 순전히 그레이비*였네. 그걸 잊지 마."

내가 처한 상황을 이 시구처럼 생각하는 것은 좋은 방법이었다. 피습 이후 내 삶의 하루하루가 그레이비였다. 고마워요, 레이. 나 역시 '나 자신을 사랑받는 사람이라고 할' 수 있었고,

---

* 쉽게 덤으로 주어진 것을 뜻한다.

나 자신이 '이 땅에서 사랑받았음'을 느꼈다. 물론 미움도 받긴 했다. 하지만 '사랑받음'은 모든 미움을 능가한다.

일라이자와 나는 장기적으로 생각하지 않기로 했다. 우리는 그레이비로 주어진 하루하루를 감사히 받아들이고 최대한 충실하게 살아가기로 했다. 매일 우리 자신에게 이렇게 묻기로 했다. 오늘은 어때? 지금 이 순간은 어때? 오늘 하면 좋은 일이 뭘까? 다시 해도 괜찮은 일은? 만일 그런 일이 있다면, 그 일을 어떻게, 누구와 함께할까? 우리의 본능이 하자고 할 때까지 미뤄두어야 할 것들은 뭘까? 단기주의가 우리의 철학이 되었다. 지평선은 너무 멀었다. 그렇게 먼 곳은 우리 눈에 보이지 않았다.

밸런타인데이를 기념하기 일주일 전에 『승리 도시』가 출간되었다. 책에 대한 반응에 마음이 들떴다. 책을 내고 난 뒤 좋은 적도 덜 좋은 적도 있었지만, 이번은 특별했다. 어느 정도는 뻔한 이유—내가 살아서 출간을 목격할 수 있었다는 것—때문이었지만, 대체적으로 덜 뻔하게 들리는 이유 때문이었다. 책에 대한 평가와 의견이 연민이나 동정심, '가엾은 살만, 그에게 친절하게 대해주자고' 같은 취지가 아니라, 책을 하나의 예술작품으로 대하며 진지하게 참여하는 차원에서 이루어졌다는 점 때문이었다. 보통 나는 좋은 서평은 잊고 나쁜 서평을 기억하는데, 이번에는 그런 부정적인 생각을 피했다. 무엇보다 이 책이 인도에서 성공을 거두었다는 점이 자랑스러웠다. 인도에서는 지식과 이해, 흥미, 사랑이 감도는 분위기에서 이 책에 대한 이야기들이 오갔다. 아마 오래전 출간한 『한밤의 아이들』 이후로 내가 태어난 나라에서 가장 좋은 반응을 받은 것이 이 책일 터였다. 서구의 저널에 글을 기고하는 저명한 인도인 비평가들도 이 책을 칭찬했다. 이 책의 출간은 꿈같았고, 내게 희망과 힘이 되었다.

나는 책 출간을 지원하는 일을 별로 할 수 없었다. 하지만 동료 작가들이 그 공백을 채워주는 모습을 보는 건 특별한 경험이었다. 나는 닐 게이먼과 마거릿 애트우드가 수많은 사람들이 지켜보는 스트리밍 프로그램에서 에리카 와그너와 함께 『승리 도시』에 관해 이야기하는 것을 보았다. 사리타 초우드리가 나로서는 감히 바랄 수도 없을 만큼 책의 발췌문을 훌륭하게 읽어주었다. 영국의 헤이페스티벌에서는 엘리프 샤팍, 더글러스 스튜어트, 그리고 이번에도 애트우드가 소설 출간을 축하하는 토론회를 열었다. 세상으로 돌아오는 다음 단계를 생각하는 동안, 나는 내 어깨를 감싸안고 용기를 주는 친구들의 팔을 모든 곳에서 느낄 수 있었다.

———

파크슬로프의 자택에 있는 폴 오스터를 만나러 브루클린에

갔다. 오스터는 힘든 한 해를 보냈다. 아들에 이어 손녀까지 세상을 떠났다. 이제는 본인이 암에 걸렸다. 그는 항암 치료를 받기 시작해 머리가 다 빠졌다. 폴은 오래전부터 아름다운 머리카락을 가졌지만 이제는 모자 아래에 머리를 숨기고 있었다. 체중도 줄었다. 하지만 기분은 좋은 듯했다. 그는 면역요법은 물론이고, 삼 주 간격으로 네 차례 항암제 투여를 받을 예정이었다. 그 방법으로 종양의 크기가 줄면 좋겠다고 했다. 그런 뒤에는 한 달 혹은 육 주 동안 항암 치료로 인해 약해진 몸을 회복하고, 그다음에는 수술을 받을 수 있으면 좋겠다고 했다. 수술로 한쪽 폐에서 두 개, 혹은 세 개의 엽葉을 제거해야 할 터였다. 나는 그에게 체코 대통령이 된 극작가 바츨라프 하벨을 떠올리라고 했다. 하벨은 애연가이기도 했는데, 결국 수술을 받고 한쪽 폐가 절반만 남았으나 그러고도 꽤 잘 살아갔다. 오스터는 웃으며 자기는 그보다 더 잘해내고 싶다고 말했다. 그를 보고 그의 웃음소리를 들으니 좋았다. 그의 낙관주의를 보는 것이 기뻤다. 하지만 암은 교활했다. 그저 최선을 희망할 뿐이었다.

———

놀라운 소식 — 어쨌든 내게는 놀라운 소식이었다 — 은 아무 일도 벌어지지 않은 반년이 지나고 나서 글을 쓸 수 있는 활력이 정말로 돌아왔다는 것이다. 당시에는 생각하지 못했지만, 돌이켜보니 일상으로 조심스럽게 재입장한 것이 도움이 되었던 것 같다. 나는 지금 당신이 읽고 있는 책의 제안서를 썼고, 출판사에서 마음에 들어했다. 나는 다시 한번 써야 할 책이 있는 작가가 되었다.

솔직히 말해서, 이건 쓸 필요가 없었다면 훨씬 좋았을 책이다. 예전에도 그랬고 지금도 그렇다. 내 머릿속에는 한 권의 책이 있었고 지금도 존재하고 있다. 나는 그 책이 『승리 도시』 다음에 나올 거라고 생각했다. 신비롭고 수수께끼 같은 대학에 관한 소설로, 나는 그 책을 쓰려고 토마스 만의 『마의 산』과 프란츠 카프카의 『성』을 읽어두었다. 둘 다 내 대학이 되어주면 좋겠다고 생각했던, 신비롭고 수수께끼 같은 소우주에 관한 위대한 책이다. 나는 방안의 코끼리라는 뻔한 현상을 피하려고 열심히 노력했지만, 빌어먹을 거대한 매머드가 내 작업실에서 코를 흔들고 콧김을 뿜으며 상당한 악취를 풍기고 있다는 진실을 피할 수 없었다. 나는 소설 『키호테』에 희극적 부조리극이라는 매머드에 관해, 매머드로 변해버린 뉴저지 사람들에 관해 쓴 적이 있다. 그리고 지금 이곳에서는 뉴저지와 다른 관련성을 지닌, 나의 짐승이 자기를 생각해달라고 고집을 부리고 있었다.

이 책이 바로 그 생각이다. 나는 이것이 일어난 일에 대한 소유권을 주장하고, 그 일을 내 것으로 만드는 나만의 방식이라고 스스로를 타이른다. 이건 그 일을 나의 작품으로 만드는 일이라고 말이다. 나는 작품 만드는 법을 안다. 하지만 살인 시도에 대처하는 방법은 모른다. 살인미수에 관한 책은 거의 살해당할 뻔한 사람이 그 사건을 파악하는 하나의 방법이 될 수 있다.

———

PTSD에 대한 글을 쓰는 건 언제나 어려운 일이다. 자아에 트라우마와 엄청난 스트레스가 있고, 그 결과로 장애가 생겼으니 말이다. 두 사람이, 즉 나와 나의 사랑하는 아내가 동시에, 그러나 다른 방식으로 그런 스트레스를 경험하고 있다면 더 힘들다. 눈 하나, 손 하나 반만 가지고 대처하기는 정말로 힘들다. 글쓰기의 육체성이, 그 어색함이 키보드를 한 번 누를 때마다 고통의 원인을 떠올리게 하기 때문이다. 손은 장갑 안에 든 것처럼 느껴지고, 움직이면 탁탁거리는 듯한 소리를 낸다. 그리고 눈은…… 어마어마하게 강력한 존재감으로 부재를 알린다.

대부분의 시간에 PTSD에 대처하는 나만의 방법은 괜찮다고 주장하는 것이었다. 나는 심리치료사에게 "불평하는 게 무슨 도움이 되는지 모르겠습니다"라고 말했다. 그가 웃었다.

"당신이 여기에 와 있는 이유가 불평하기 위해서라는 걸 모르시겠어요?" 그 후로 나는 마음을 털어놓으려고 애썼지만 쉽지 않았다. 내 본성에 어긋나는 일이었다. 일라이자는 달랐다. 나는 매일 그녀가 얼마나 동요했는지, 행복에서 얼마나 멀리까지 나가떨어졌는지, 그녀가 제자리를 지키며 자신의 본분을 다하고 사랑을 유지하려고 얼마나 애썼는지 알 수 있었다. 우리가 서로에게 할 수 있는 건 서로를 배려하고, 서로에게 도움이 되는 환경을 만들어주고, 먹구름이 걷힐 때까지 낑낑대며 나아가는 것뿐이었다.

압박감이 지나치게 쌓이는 순간들이 있었다. "떠나야겠어." 일라이자가 말했다. "혼자서 생각하면서 나를 돌보고 치유할 시간이 필요해." 나는 그 말에 동의하고, 우리가 행복한 시절에 함께 시간을 보냈던 카리브해의 리조트 관리자에게 전화를 걸었다. "그럼요." 그가 말했다. "저희가 잘 돌봐드리겠습니다." 일라이자가 떠나는 모습을 보는 건 힘들었지만, 그녀에게 꼭 필요한 시간이었다. 게다가 그녀가 매일 페이스타임을 여러 번 걸어주어 그녀의 얼굴이 원래 모습으로 돌아가고 있다는 걸, 긴장감이 희미해지고 있다는 걸 알 수 있었다. 카리브해의 마법이 통하고 있었다.

물론 장면을 전환한 것만으로 모든 것이 해결되었다고 말하는 건 지나친 단순화다. 하지만 그 여행 덕분에 일라이자는 그녀에게 꼭 필요했던 낙관주의라는 주사를 맞았다.

　나로 말할 것 같으면, 침대에서 일어나지 못하고 부정적인 생각에 쉽게 압도되는 날들을 경험했다. 특히 혼자 있을 때 그랬다. 이게 다인가, 나는 끝장난 건가, 그 피습이 내게서 너무 많은 걸 빼앗아갔나, 겉보기에는 잘 회복한 것 같아도 실은 천천히 죽어가고 있는 걸까. 어쩌면 칼은 여전히 내 몸속에서 심장을 향해 움직이고 있을지도 모르지…… 하지만 나는 이런 생각을 떨쳐버릴 수 있었다. 나 역시 여행에 대해 생각하기 시작했다.

　피습 전에는 한 해에도 몇 번씩 런던으로 가 가족이나 옛친구들과 함께 시간을 보내곤 했다. 책 출간 행사를 위해 가기도 했다. 지금은 그런 일이 어떻게 될지 전혀 알 수 없었다. 가족들은 내 안전을 걱정했고, 나도 모두를 안심시켜야 한다는 걸 알았다. 그래서 오랫동안 해보지 않은 일을 했다. 런던경찰국 특수부의 담당관에게 이메일을 보냈다.

　옛 시절 런던경찰국 특수부는 사복경찰 부서로서, 심각한 위기에 처한 것으로 간주되는 정치인 등을 보호해주었다. 왕실을 지키는 왕실 근위대와는 별개였다. 두 부서 사이에는 언제나 가벼운 (것에 가까운) 신경전이 벌어졌다. 하지만 지금은 이 두 부서가 왕실 및 특수 경호부, 혹은 RaSP라는 이름의 한 우산 아래에 통합되었다. 지금까지 여러 해 동안 그들은 내게 사적인 방문에는 관여하지 않겠지만 공적인 행사를 위한 방문이라면 나와 동행하겠다는 입장을 보였다. 그래서 내가 런던 등지에서, 예를 들면 헤이페스티벌에서 곧 출간 예정인 책으로 관객들과 대중 행사를 할 때, 경찰이 나와 동행해서 매우 은밀하게 상황을 관리했다. 하지만 그 외의 삶은 온전히 나만의 것이었다.

나는 연락 담당관에게 보내는 이메일에 이렇게 적었다. "일전에 발생한 일에 비추어 볼 때, 제가 영국에 방문할 경우 어떤 입장을 취하실지 궁금합니다." 나는 빠른 답신을 받았다. 그들은 나의 건강을 염려하면서, 발생한 사건에 대해 경찰국 소속의 모든 사람이 경악했다고 말했다. 한편, 내가 영국을 방문할 경우 어떤 수준의 보호를 받아야 할지는 내무부에서 판단하고 결정을 내릴 것이라고 했다. RaSP는 내무부의 판단을 최대한 빨리 요청하겠다고 답했다.

결정은 만족스러울 만큼 빠르게 이루어졌다. 오래 지나지 않아 내가 영국에 머무는 동안 다시 이십사 시간 완전무장 경호를 받아야 한다는 데 내무부가 만장일치로 동의했다는 소식이었다. 경호팀은 비행기에서 내리는 일라이자와 나를 맞이해서 우리가 비행기를 타고 다시 떠날 때까지 함께 있기로 했다. 가족 모두가 기뻐했다. 나는 영국이 나를 보호하고 싶어한다는 점에 깊이 만족했다. 하지만 '위험 수준'이 경호가 더이상 필요하지 않은 정도로 내려갔다고 평가되었던, 이십 년도 더

전에 탈출한 과거로 다시 돌아가는 기분이 들기도 했다. 어쨌든 이런 결정에 대해서는 고마워하는 것밖에 할 수 없었다. 그리고 정말 고마웠다.

그들은 내게 말했다. "그냥 안심하시라고 드리는 말씀입니다만, 저희는 영국에서 선생님을 상대로 한 어떤 위협도 발견하지 못했습니다. 다만 문제는, 정신 나간 개인은 언제나 있을 수 있으며 그런 사람 모두를 레이더망 안에 두는 건 어렵다는 점이죠." 안심되는 동시에 안심이 되지 않는 말이었다.

다른 것들도 걱정되었다. 형편없던 옛 시절에는 겁이 나서 나를 태워주지 않는 항공사도 있었다. 머물 곳을 찾기 어려울 때도 있었다. 예전의 그런 불쾌한 경험이 조금이라도 반복된다면 여행이 매우 어려워질 터였다. 하지만 무언가 바뀌어 있었다. 항공사에서도 전혀 문제가 없다고 했고, 호텔에서도 우리를 환영했다. 영국은 양팔을 활짝 벌려 우리를 맞이했다. 나는 더이상 두려워해야 할 인물이 아니었다. 세상 사람들의 마음에도 두려움 대신 애정이 자리했다. 큰 의미가 있는 일이었다.

2023년 3월 23일 목요일 아침, 우리는 런던에 착륙했다. 경호팀 팀장 배리가 미소 짓는 얼굴로 우리를 맞이했다. 내가 즉각적으로 보인 반응은 익숙함과 안도감이었다. 나는 일이 어떻게 진행되는지 알았다. 가족과 친구들도 모두 절차를 기억하고 있었다. 그들은 내가 안전하게 보호받는다는 것에 기뻐했다. 반면 일라이자는 조금 힘들어했다. 그녀는 옛날의 열악했던 상황에 대해 자세히 알지 못했기에, 무장 경찰관들에게 둘러싸이는 것을 이해하기는 했지만 불편해했다. 그들이 우리를 방탄 차량으로 안내한 뒤 문이 너무 무거우니 열지 말라고, 자기들이 열어주겠다고 하는 것 역시 불편하게 여겼다. 게다가 차창도 방탄 소재로 만들어져 두께가 최소 2.5센티미터는 되었기에 열리지 않았다.

나는 분위기를 가볍게 만들어보려고 했다. "개인 운전기사를 둘 정도로 부자가 됐다고 상상해봐."

그러자 일라이자가 대꾸했다. "아니, 전혀 그런 기분이 아니야."

"아니면 우버를 사용하지 않아서 돈을 많이 아꼈다고 생각해도 되고." 내가 다시 말했다.

일라이자가 내게 눈총을 주었다. 익히 아는 표정이었다. 멍청하게 굴지 말라는 뜻이었다. 그래서 그만두었다. 하루하루가 흘러가면서 일라이자도 조금씩 익숙해졌다.

이번에는 달랐다. 상황이 더 안 좋았던 옛날에는 사람들이 내가 '투명인간'이 되어주기를 바랐기에 공공장소(레스토랑 같은)에 가는 걸 싫어했다. 가족이나 친구 집에 가면 한 명, 많게는 두 명의 경찰관이 나와 함께 집안에 앉아 있었다. 못마땅한 기류가 계속 느껴졌다. 내 경호팀이 아니라 그들의 상관들이 나를 못마땅해한 것이다. 내 문제는 내 탓이고 나 때문에 정부가 너무 많은 돈을 쓴다는, 타블로이드 신문에 나올 법한 생각 때문이었다. 그런데 이번에는 훨씬 우호적이었다. 나는 가고 싶은 곳에 마음대로 갈 수 있었다. 경호팀이 상황을 관리해주었다. 다른 사람들의 집에 방문할 때는 경호팀이 밖에서 우리를 기다려주었다. 보호받는 것 이상의 기분이 들었다. 이해를 받는 느낌이었다.

런던에서 보낸 열흘 동안 우리는 모두 감성적이었다. 밀런이 나를 만나러 와서 "지난번에 봤을 때보다 훨씬 나아 보이네요"라고 말했다. 나는 반발했다. 그렇긴 한데 그건 다섯 달 전이고, 줄곧 페이스타임으로 날 봤잖아. "그건 다르죠." 밀런이 말했다. 사민도 같은 감정이었다. 우리가 함께했던 건 내가 가장 약하고 상태가 나빴던 육 개월 전, 이리의 외상센터 병동에서였다. 다시 말하지만, 나를 직접 보는 건 디지털 영상으로 만나는 것과 달리 '현실적'으로 느껴졌다. 게다가 어린 손녀 로즈와 옛친구들을 보는 기쁨도 있었다. 소박한 일상에 세상의 모든 의미가 담겨 있었다. 또한 『승리 도시』가 곳곳에 눈에 띄게 전시된 모습을 보는 것이나 친구들에게서 그 책에 관한 좋은 말을 듣는 것도 즐거웠다.

일라이자도 자기 소설의 영국판 교정본 한 권을 받았다. '감사의 말' 마지막 페이지에 이런 말이 적혀 있었다.

살만, 우리의 사랑으로 이 불가능한 세상에 불가능한 건 없다는 것을 보여주자. 난 나의 온 마음으로, 내 안에 살았던 모든 이야기로, 앞으로 다가올 모든 이야기로 당신을 사랑해. 나의 기쁨, 나의 집, 나의 기쁨, 나의 꿈, 그리고 나의 기적인 살만. 언제까지나.

이건 내가 받아본 글 중에서는 물론이고, 읽어본 것 중에서도 가장 아름다운 사랑의 선언이었다.

뉴욕으로 돌아갈 때쯤, 내게 주어진 두번째 삶의 기회에서 집중해야 할 대상이 사랑과 일이라는 것을 확실히 알게 되었다.

———

오랜 침묵을 지킨 뒤, 나는 트위터 계정을 다시 활성화해 서평을 리트윗하는 등 『승리 도시』 홍보에 힘을 보탰다. 하지만 트위터는 독이 든 우물이어서, 그 안에 양동이를 한 번이라도 담그면 오물도 함께 퍼올리기 마련이다. 트위터에서 나를 옹호하는 사람들이 '언론의 자유에 관한 신자유주의적 이념'을 가지고 있다는 옥스퍼드대 교수의 견해를 내게 들이밀었을 때, 나는 어깨만 한 번 으쓱하고 그 말을 제쳐둘 수 있었다. 하지만 트위터에는 내게 일어난 일을 기념하는 이슬람교도들의 다양한 목소리도 있었다. 그들은 내가 나머지 눈도 잃었으면 더 좋았을 거라고 말했다. 외눈박이라는 점에서 나를 이슬람교의 악마학에 나오는 눈 하나짜리 '가짜 메시아' 다잘과 비교했다. 다잘은 처음에 예언자인 척하다가 나중에는 자기가 신이라고 주장한 인물이다. 그들은 내가 다잘이라는 정체를 '폭로당했다'고 했다. 내가 괴물처럼 기형적이고 끔찍하게 생겼다는 등의 사실도 알려주었다. 그런 쓰레기 같은 말을 내 머릿속에 받아들일 필요는 없었다. 그것은 사랑과도, 일과도 아무 상관이 없었다. 다행히도 나는 후회 없이 휴대폰에서 트위터 앱을 지웠다.

나는 너무도 오랫동안 나의 공적 삶을 지배해온 서사의 충돌에 대해 계속 생각했다―나는 한 서사에서는 존경받고 다른 서사에서는 경멸당한다―나는 이런 서사의 충돌이 우리 모두를 악마화하는, 더 광범위한 이야기들의 전쟁의 일부라고 생각하기 시작했다. 2022년 5월 13일, PEN아메리카는 위기에 처한 세상에 대처할 최선의 방법을 논의하고자 UN에 독특한 국제 작가 모임을 소집했다. 이 위기는 우크라이나 전쟁을 말하는 것이었지만, 그게 전부는 아니었다. 나는 그 모임에서 짧은 연설을 해달라는 요청을 받았다. 당시 내가 한 연설은 다음과 같다.

우리는 이야기의 세계대전―양립할 수 없는 여러 버전의 현실들 사이에 벌어지는 전쟁―에 참여하고 있습니다. 우리는 그 전쟁에서 싸우는 방법을 배워야 합니다.

러시아에서 독재자가 부상하고 잔혹함이 우크라이나를 삼키고 있습니다. 영웅이 된 희극인이 이끄는 우크라이나의 국민들은 영웅적으로 저항하고 있으며, 이미 자유에 대한 전설을 만들어냈습니다. 독재자는 자신의 공격을 정당화하기 위해 가짜 서사를 만듭니다. 우크라이나인들이 나치이며 러시아는 서구의 음모에 위협받고 있다는 서사지요. 그는 이러한 거짓 이야기로 자국민을 세뇌하려 합니다.

한편 미국은 백인우월주의가 흑인만이 아니라 여성에게까지 행사되며 중세로 회귀하고 있습니다. 낡은 종교와 수백년 전의 편견 가득한 이념에 뿌리를 내린 거짓 서사가 이런 일을 정당화하는 데 이용되고 있으며, 그 말을 기꺼이 듣고 믿으려는 사람들을 찾고 있습니다.

인도에서는 종교적 분파주의와 정치적 권위주의가 손을 잡았고, 민주주의가 죽어버리며 폭력이 증가하고 있습니다. 이번에도 인도 역사에 관한 가짜 서사가 작동하는 중이지요. 다수에게 특권을 부여하고 소수는 압제하는 서사입니다. 감히 말하건대, 이런 서사는 인기가 좋습니다. 사람들이 러시아 독재자의 거짓말을 믿는 것도 이런 이유입니다.

이것이 지금 이 세상의 추악한 일상성입니다. 우리는 어떤 반응을 보여야 할까요? 이런 말이 있습니다. 제가 한 말입니다만, 권력자들이 현재를 소유할 수는 있지만, 작가들은 미래를 소유합니다. 권력자들이 오늘날 저지르는 악행이 우리의 작품, 적어도 우리의 작품 중 가장 좋은 작품, 미래에까지 남을 작품을 통해 평가받기 때문입니다. 하지만 현재가 관심을 기울여달라고 비명을 지를 때 우리가 어떻게 미래를 생각할 수 있을까요? 우리가 후손에게서 눈을 돌려 이 끔찍한 순간에 관심을 기울인다면, 과연 어떤 유용한 일을 효과적으로 할 수 있을까요? 시는 총알을 막지 못합니다. 소설은 폭탄을 해체하지 못합니다. 모든 희극인이 영웅인 건 아닙니다.

하지만 우리는 무력하지 않습니다. 오르페우스의 몸이 갈가리 찢긴 뒤에도 그의 잘린 머리는 헤브로스강을 떠내려가며 계속 노래를 불렀습니다. 이는 노래가 죽음보다 강하다는 사실을 우리에게 다시금 일깨워줍니다. 우리는 진실을 노래하며 거짓말쟁이들을 가려낼 수 있습니다. 최전선에서 동료들과 연대하고 목소리를 더함으로써 우리의 목소리를 키울 수 있습니다.

무엇보다 우리는 현재 벌어지고 있는 일의 중심에 이야기들이 있으며 압제자들의 부정직한 서사가 수많은 사람들에게 매력적으로 느껴진다는 것을 알아야만 합니다. 그러므로 우리는 독재자, 포퓰리스트, 바보들의 거짓 서사보다 나은 이야기를 함으로써, 사람들이 안에 들어가 살고 싶어하는 이야기를 함으로써, 그런 서사를 뒤엎으려 노력해야 합니다.

전장은 전쟁터에만 있는 것이 아닙니다. 우리가 살고 있는 이야기 역시 각축을 벌이는 영역입니다. 우리는 조이스의 디덜러스*를 흉내내려고 노력할 수 있을 겁니다. 그는 자기 영혼의 대장간에서, 자신의 종족에게는 만들어지지 않은 양심을 담금질하려 노력했습니다. 또 우리는 오르페우스를 따라 공포를 마주보며 노래할 수 있습니다. 흐름이 바뀌어 더 나은 날이 올 때까지 노래를 멈추지 않을 수 있습니다.

거의 십일 개월, 거짓 서사로 인해 자행된 폭력 때문에 내 인생이 바뀌어버린 십일 개월이 지나 이 글을 다시 보니, 삶의 두번째 기회를 사적인 즐거움으로만 채울 수는 없겠다고 생각했다. 무엇보다 중요한 사랑도 있고, 일도 당연히 있지만, 여러 전선에서 싸워야 할 전쟁도 있다. 뉴델리 또는 플로리다에서 역사를 다시 쓰려는 편견 가득한 수정주의에 반대하는 전

---

* 제임스 조이스의 소설 『젊은 예술가의 초상』의 주인공.

쟁, 미국의 두 가지 원죄인 노예제도와 아메리카 원주민에 대한 압제 및 대량학살의 흔적을 지우려 하는 냉소적 힘에 대항하는 전쟁, 이상화된 과거에 대한 환상에 대항하는 전쟁(빨간 모자를 쓴 사람들이 다시 만들고 싶어하는 '위대했던' 미국이 과연 언제 있었단 말인가?), 영국을 유럽에서 빼내온 자해적 거짓말에 대한 전쟁. 이런 전쟁들이 기승을 부리는데 한가로이 앉아 있을 수는 없다. 나 역시 이 투쟁에 계속 참여할 것이다. 그래야만 한다.

다만, 더 밀어붙일 만큼 관심이 생기지 않는 논쟁도 있었다. 내 인생을 악마화한, 신에 관한 논쟁 말이다.

여기서 마지막으로 종교에 대한―무슨 종교든 상관없이 모든 종교에 대해―나의 관점을 밝히고, 내 생각은 그게 전부라는 것을 표명하고자 한다. 나는 '보이지 않는 존재에 대한 증거'를 믿지 않는다. 나는 종교적이지 않다. 내 가족 구성원들은 대체로 종교적이지 않은 사람들이다(너무 일찍 세상을 떠난 막내 여동생 나빌라는 예외다. 나빌라는 독실했다). 나는 세상을 이해하고 그에 대처하는 데 신앙이 필요하다고 느껴본 적이 한 번도 없다. 하지만 수많은 사람에게 종교가 도덕적 닻이 되어주며 삶의 본질로 여겨진다는 점은 이해한다. 내가 보기에, 누군가의 신앙심은 당사자를 제외하고 아무도 간섭해서는 안 되는 문제다. 종교가 이런 사적 공간을 점유하고 그 가치관을 다른 사람들에게 강요하려 들지 않는 한, 나는 종교에 아무 불만이 없다. 하지만 종교가 정치화되고 심지어 무기화된다면, 그런 종교는 모두의 문제가 된다. 사람들에게 해를 끼칠 수 있는 종교의 능력 때문이다.

나는 프랑스 계몽주의시대에 자유를 위한 투쟁의 주적이 국가보다는 교회였음을 잊지 않고 있다. 종교재판관의 손에 들린 진짜 고문 도구는 물론 신성모독, 이단 배척, 파문까지 온갖 무기를 잔뜩 갖춘 가톨릭교회는 인간의 사고에 엄격한 제한점을 두었다. 여기까지는 되지만, 그 이상은 안 된다고. 계몽주의 작가와 철학자들은 교회의 권위에 도전하고 그런 제한을 없애는 것을 자기의 일로 삼았다. 토머스 페인이 미국으로 가져와 『상식』과 『미국의 위기 *The American Crisis*』라는 에세이의 토대로 삼은 이념은 바로 이런 투쟁에서 유래했다. 또한 이 두 에세이가 미국 독립운동과 건국의 아버지들, 그리고 인권이라는 현대적 개념에 영감을 불어넣었다.

인도가 영국의 지배에서 독립해 인도와 파키스탄이라는 국가를 수립하던 시기에 분리주의로 인한 대학살 및 유혈 사태가 아대륙 전체에 번졌고―힌두교도는 이슬람교도에게, 이슬람교도는 힌두교도에게 공격을 받아 백만 명에서 이백만 명 사이의 사람들이 죽었다―그후 마하트마 간디와 자와할랄 네루가 이끄는 다른 건국의 아버지들은 인도에 평화를 보장할 유일한 방법은 공적 영역에서 종교를 제거하는 것뿐이라는 결단을 내렸다. 이에 따라 인도의 새로운 헌법은 언어와 목적 모두 전적으로 세속주의를 따르게 되었다.* 지금까지는 그 헌법이 버텨주었다. 현재의 정부가 그런 세속적 토대를 약화하고, 건국자들의 신망을 떨어뜨리고, 노골적으로 종교적이며 다수주의적인 힌두교 국가를 만들려고 노력하는 지금 이 순간까지는 말이다.

신앙을 가진 사람들이 자기가 믿는 바를 믿지 않는 사람들에게 강요해야 한다고 믿을 때, 아니면 불신에 관한 힘차고 유머 넘치는 표현을 하지 못하도록 불신자들을 막아야 한다고 믿을 때 문제가 생긴다. 미국에서 벌어진 기독교의 무기화는 로 대 웨이드 판결**을 뒤집고 여성의 선택권에 관한 투쟁이 이어지도록 하는 결과를 낳았다. 앞서 밝혔듯이, 현재 인도의 지도자들이 힌두교 근본주의를 무기화하는 행태는 수많은 분파주의적 문제, 심지어 폭력으로 이어졌다. 게다가 전 세계에서 벌어지는 이슬람교의 무기화는 탈레반과 아야톨라의 공포정치, 사우디아라비아 사회의 숨막히는 분위기, 나기브 마푸즈에 대한 피습, 사상의 자유에 대한 공격과 수많은 이슬람주

---

* 원칙적으로 국가와 종교가 분리되었음을 의미한다.
** 생명이 위험한 경우가 아니더라도 여성의 성적 자기결정권으로서 임신중절의 권리를 보장해야 한다는 판결.

의 국가에서 벌어지는 여성에 대한 압제, 개인적으로는 나에 대한 공격으로 직결되었다.

수많은 사람들이, 보수주의자를 비롯해 자유주의자들까지도 종교를 비판하라는 요청을 받으면 어려워한다. 하지만 개인의 신앙과 공적이고 정치화된 이데올로기를 구분하면, 누군가의 감정을 다치게 할 우려 없이 상황을 있는 그대로 보면서 목소리를 내기가 쉬워진다. 개인의 삶에서는 무엇이든 믿고 싶은 것을 믿어라. 하지만 정치라는 난투극이 벌어지는 세계와 공적 삶에서는 그 어떤 이념도 울타리를 둘러 비판으로부터 보호받아서는 안 된다.

모든 종교는 기원 설화, 다시 말해 하나 혹은 다수의 초자연적 존재가 세상을 창조한 이야기에 관심을 갖는다. 다음은 종교 자체에 대한 나의 기원 설화다. 나는 오래전, 우리의 태곳적 조상들이 우주에 대한 어떤 과학적 이해도 없었을 때, 우리가 접시 아래에 살고 있으며 그 접시에 난 구멍을 통해 천국의 빛이 들어온다는 이야기나 그 비슷한 이야기를 믿으며 살던 때, 그들은 위대한 존재론적 질문—우리는 어떻게 해서 여기에 오게 되었을까? 어떻게 여기까지 오게 되었을까?—에 대해 우화적 답변에 이르렀으며, 그리하여 하늘의 신이나 여러 신들, 창조주 아버지나 그 비슷한 존재들의 판테온이라는 개념이 진화해왔다고 생각한다. 그러다가 그 조상들이 옳고 그

름이나 적절하고 부적절한 행동에 관한 생각을 성문화하려고
했을 때, 한발 더 나아가 일단 여기에 왔으니 어떻게 살아야 할까?
라는 위대한 질문을 던졌을 때, 하늘의 신들이나 발할라*의 신
들, 카일라스**의 신들이 도덕적 중재자의 역할도 하기 시작했
다고 본다(다만 범신론적 종교에서는 엄청나게 많은 신들 중
딱히 행실이 바르지 않은 신도 있다. 이들은 빛나는 도덕적 모
범이라고 말할 수 없을 것이다). 나는 오래전부터 이런 가상
의 과거를 인간이라는 종족의 어린 시절과 비슷하게 생각해왔
다. 어린아이에게 부모가 필요하듯, 그 시기에 우리의 먼 친척
들도 신이 있어야만 자신의 존재를 설명하고 그 안에서 성장
할 수 있는 규칙과 경계를 설정할 수 있었을 거라고 말이다.
하지만 성장해야만 하는 시간이 찾아오기 마련이다. 수많은
사람에게 아직 그 시간이 오지 않은 걸 생각해보면 성장했어
야만 하는 시간이라고 말해야 할지도 모르겠다. 고린도전서
13장 11절에 나오는 사도 바울의 말을 인용하자면 다음과 같
다. "내가 어렸을 때에는 말하는 것이 어린아이와 같고 깨닫
는 것이 어린아이와 같고 생각하는 것이 어린아이와 같다가
장성한 사람이 되어서는 어린아이의 일을 버렸노라." 이제 우

---

* 북유럽신화에서 신들의 세계 아스가르드에 있는 전사들의 천당.
** 신성한 곳으로 여겨지는 티베트의 산.

리는 유일한 창조주 혹은 여러 창조주라는 부모와 비슷한 권위의 인물(들)이 없어도 우주나 우리 자신이라는 결과로 이어진 진화 과정을 설명할 수 있다. 우리에게는—좀더 겸손하게 말해 내게는—지켜야 할 도덕이 담긴 계명이나 교황, 어떤 종류의 신인god-man도 필요하지 않다. 내 나름의 윤리적 감각이 있으니, 고맙지만 사양하겠다. 신이 우리에게 도덕성을 물려준 것이 아니라, 우리가 우리의 도덕적 본능을 체현하기 위해 신을 창조했다.

말할 것이 하나 더 있다. 전에는 해본 적이 없는 말이다. 나는 언제나 이슬람교의 사상과 예술에 큰 영향을 받아왔지만(예컨대 무굴제국의 악바르 황제 통치기에 만들어진 함자나마 연작화나 이슬람교의 『천로역정』이라고 할 수 있는 파리두딘 아타르의 신비주의적 서사시 『만티크 우트테어』 또는 『새의 말』, 스페인계 아랍 사상가이자 아리스토텔레스파 학자인 아베로에스, 다른 이름으로는 이븐 루시드의 자유주의 철학이 그렇다. 내 아버지는 우리 집안의 성을 루시드의 이름에서 따왔다), 어떤 면에서는 기독교 세계의 영향을 더 크게 받았다는 걸 깨닫게 되었다. 그중 한 예로, 나는 음악을 사랑한다. 수많은 찬송가가 내 머릿속에 영원히 박혀 있다. 나는 오늘날까지도 〈참 반가운 성도여〉를 부를 수 있고, 라틴어로도 〈아데스테, 피델레스〉를 부를 수 있다. 내가 다닌 영국 기숙학교

럭비의 전교생이 윌리엄 버터필드가 고딕식으로 재현한 붉은 벽돌로 된 학교 예배당에서 헨델의 〈메시아〉를 공연할 때 나 역시 '할렐루야 합창'을 씩씩하게 따라 부르던 시절을 기쁘게 기억한다. 또 나는 오래전부터 잉글랜드에서 가장 아름다운 건물이라고 생각해온 케임브리지 예배당에서 노래하던 킹스 칼리지 합창단의 아름다운 목소리를, 대학 캠퍼스의 안개 자욱한 잔디밭과 정원에 맴돌던 그 멜로디를 잊을 수 없다. 게다가 나는 방금 고린도전서에 나오는 사도 바울의 말을 인용했을 뿐 아니라, 이 책의 앞부분에서 거울로 보듯 희미하게 보았다는 말을 할 때도 출처를 밝히지 않고 그의 말을 인용했다(이 구절은 고린도전서 13장 12절에 나온다). 사실 내 입에서는 종종 킹 제임스 성경 혹은 흠정역 성서*의 구절이 새어나온다. P. G. 우드하우스가 지브스와 버티의 이야기를 그린 걸작 만화 『아침의 기쁨Joy in the Morning』을 읽은 후로 나는 줄곧 시편 30편을 좋아했다("저녁에는 울음이 깃들일지라도 아침에는 기쁨이 오리로다"). 게다가 레오나르도 다빈치와 미켈란젤로, 그 외의 화가들은 다 어떻게 하겠는가? 이 년 전 나는

---

* 영국 국왕 제임스 1세의 주도로 나온 영어 성경. 킹 제임스 성경이라고도 한다. 이전 성서들의 내용과 문체를 집대성해 만들어낸 당대 최고의 영어 성서로, 이후 영국과 신대륙 미국의 대표적인 성서 번역본으로 정착했고 전 세계 기독교에 영향을 미쳤다.

일라이자와 함께 시스티나대성당의 천장화를 보고 있었다. 그러는 동안 경비요원들은 "실렌치오, 노 포토"*라고 심각한 말투로 읊조렸다. 반항심 가득한 나의 무신론적 자아는 그 천장화의 아름다움에 압도되어 있던 만큼 사진을 꽤 여러 장 찍는 데 성공했지만 말이다.

그러니까 맞다. 기독교 미술과 건축, 음악, 심지어 구약성경은 내 존재 깊은 곳에 들어와 있다. 이슬람교와 힌두교의 것들과 마찬가지로 말이다(『승리 도시』는 오래전 『한밤의 아이들』이 그랬듯 힌두교 서사에서 깊은 영향을 받았다). 그러나 그중 어떤 것도 나를 신자로 만들지는 못했다. 나의 무신앙은 온전하게 남아 있다. 두번째 삶에서도 그 점은 변하지 않을 것이다.

———

『차기보다 찌르기_More Pricks Than Kicks_』를 제외한 대부분의 주요 작품을 아직 쓰지 못했고 소설 『머피』를 집필중이던 사뮈엘 베케트는 1938년 1월 7일 파리에서 영화를 보고 집으로 돌아가는 길에 라 포르트도를레앙 거리를 따라 걷다가 프뤼당이라는 이름의 포주와 시비가 붙는다. 프뤼당은 베케트에게서 돈을 뜯어내려 한다. 베케트는 프뤼당을 밀치는데, 그러자 프

---

* 이탈리아어로 '정숙하세요, 사진 촬영은 금지입니다'라는 뜻.

뤼당이 칼을 꺼내 베케트의 가슴을 찌른다. 칼날은 왼쪽 폐와 심장을 아슬아슬하게 비껴갔다. 베케트는 피를 심하게 흘리며 가장 가까운 브루세병원으로 옮겨졌고 간신히 목숨을 건졌다. 제임스 조이스가 그를 위해 병원의 1인실 입원비를 내주었다.

이 이야기를 읽으면서—이것도 문학계의 불멸하는 존재에 대한 이야기, 또하나의 칼 공격이었다—나는 나를 꾸짖기 시작했다. 이게 무슨 동아리라도 되나? 나는 왜 스스로를 상처 입은 거인들의 그림자로 둘러싸려 하는 거지? 바보 같았다. 그만둬야 했다.

그러다가 나는 베케트가 퇴원하고 이 포주 프뤼당의 재판에 갔다가, 법정에서 프뤼당을 만나 왜 그런 짓을 했는지 물었다는 이야기를 읽었다. 포주의 답은 이랬다. "주 느 세 파, 므슈. 주 멕스퀴즈." 모르겠습니다, 선생님. 죄송합니다. 별다른 대답도 아니었지만, 이것을 읽자 베케트가 그랬듯이 나도 나를 공격한 자의 얼굴을 들여다보며 직접 그에게 말을 걸고 싶다는 생각이 들었다.

내가 아는 한, 그 녀석은 여전히 무죄를 주장하고 있었다. 그 주장을 꺾지 않는다면 전면적인 재판이 열릴 테고, 내 변호사 닉이 한 말에 따르면 아마 내가 법정에 출두해 직접 증언해야 할 터였다.

"실제로 법원에 가야 합니까?" 내가 물었다. "원격으로 할 수는 없어요?"

닉은 대답했다. "제가 검사라면 당신이 법정에 와주기를 바랄 겁니다. 폭행 피해자가 법정에 있으면 아주 강한 힘이 작용하니까요."

그 정도는 괜찮아. 나는 생각했다. 그럴 준비는 되어 있어.

닉은 검사실에 전화를 걸어 살인미수와 가중폭행 혐의에 대한 조사가 어떻게 진행되고 있는지 알아보고 FBI에도 전화를 걸어 테러 사건 송치는 얼마나 진행되었는지 확인해보겠다고 했다. 그래, 나는 생각했다. 사뮈엘 베케트가 법정에서 포주와 맞설 수 있었다면, 나도 내 포주와 빌어먹게 잘 맞설 수 있었다.

———

나는 『승리 도시』의 주요 번역본마다 인터뷰를 한 번씩 하기로 동의했다. 모든 인터뷰는 줌으로 이루어졌다. 에두아르도 라고와 〈엘 파이스〉의 인터뷰를, 마우리치오 몰리나리와 〈라 레푸블리카〉의 인터뷰를, 아담 소보친스키와 〈디 차이트〉의 인터뷰를 진행하기로 했다. 그런데 〈디 차이트〉에서 일라이자를 초대해, 그녀가 찍은 내 사진을 인터뷰와 함께 싣는 것을 제안했다. 일라이자는 기쁘게 동의했다. 그렇게 4월 초의 어느 일요일, 봄이 정말 화창했던 첫날에 우리는 센트럴파크 위쪽 저수지 근처로 향했다. 벚꽃이 사방에 피어 있었다. 달리는 사람, 걷는 사람, 음악가, 풀밭에서 노닥거리는 사람, 나룻배를 타고 빈둥거리는 사람들이 있었다. 도시 전체가 밖에서 아름다운 날을 만끽하는 듯했다.

카메라는 관심을 끈다. 사람들은 카메라가 무엇을 가리키는지 보고 싶어한다. 그렇게 나는 오후 내내 많은 사람의 주목을 받았다. 얼마나 나를 지지해주고 심지어 축하해주는 시선을 느끼는 건 좋은 일이었다. 뉴욕 시민들은 지나치게 간섭하지 않는 일을 잘한다. 그들은 손을 흔든 뒤 계속 조깅을 했으며, 활짝 미소를 짓고는 각자의 삶을 이어갔다. 양손의 엄지를 치켜드는 동작을 해 보이고, 기쁘게 응원의 말을 외쳤다. 그들은 멈추지 않는다. 방해하지도 않는다. 그저 계속 나아간다. 나는 그곳, 공원에서 나의 동료 시민들과 각자의 방식으로 삶을 기뻐하며 함께 있는 것이 무척 좋았다. 일라이자는 만개한 꽃에 둘러싸인 나를 사진에 담았다. 그 사진은 처음에 〈디 차이트〉에 실려 큰 성공을 거두었고, 그다음에는 다른 신문들에 실려 유럽의 곳곳에서도 큰 인기를 얻었다. 그것은 감정이 담긴 사진이었다. 카메라의 앞뒤에서 모두 사랑이 보이는, 사랑의 사진이었다.

이후 내가 유리문에 부딪힌 지 육 주년인 우리의 기념일, 메이데이가 되었다. 메이데이, 메데, 도와줘. 국제적 조난신호.

우리가 처음 만났을 때, 일라이자는 그 옥상 테라스에서 나를 구해주었다. 그러고는 내 곁에 그대로 남아 내 인생을 더 좋게 변화시켜주었다. 그리고 지금 다시 나를 구해주고 있었다. 우리는 우리가 가장 좋아하는 트라이베카의 프랑스식 레스토랑에 가서 잔을 들었다.

———

변호사 닉(젊고 역동적이며 똑똑하고 일을 정말 잘한다)은 이제 A가 '유죄'를 인정하는 쪽으로 변론의 방향을 바꿔 형량 거래를 시도할 가능성이 있다고 생각했다.

뭐, 현실은 시궁창이니까. 난 그렇게 생각했다. 어쩌면 그 범죄를 목격한 사람이 천 명도 넘는다는 걸 그가 이제야 깨닫게 된 것일지도 몰랐다.

"한 가지 특이한 점이 있습니다." 닉이 말했다. "보통 연방 법원에서 재판이 시작되면 주법원의 재판은 기각되거든요. 하지만 이번에는 두 재판이 나란히 진행될 것 같습니다. 연방법원 재판과 주법원 재판 모두 진행되는 거죠."

"그러면 A가 두 가지 혐의에 대해 모두 유죄를 인정할 수도 있다는 겁니까?"

"A의 변호사들은 전반적인 합의를 원할 겁니다. 두 가지 사건을 함께 처리하려고 하겠죠. 몇 가지 확인은 해봐야겠지만,

큰 그림을 볼 때 주법원 재판의 혐의에 대해서는 우리도 이미 알고 있습니다. 살인미수와 가중폭행이죠. 그리고 연방법원 재판의 혐의는 테러가 될 것 같아요. 알려진 테러 단체에 물질적으로 조력했다거나 그와 비슷한 혐의를 내세우겠죠. A는 모든 혐의에 대해 유죄를 인정하고 두 법원 모두에서 판결을 받은 다음, 두 판결 내용을 모두 이행하게 될 겁니다. 하나가 끝난 뒤 다른 하나를 이행하는 식으로요."

"그래서 형량은 얼마나 될 것 같습니까?"

"정확한 답을 드릴 수는 없어요. 하지만 이렇게 진행될 경우, A는 대략 도합 삼십 년에서 사십 년 사이의 형을 살게 될 겁니다."

나는 생각했다. 지금으로부터 사십 년 뒤면 나는 116세겠군. 그러면 괜찮겠네.

내가 물었다. "가석방은요? 수형 태도가 모범적이라고 감형되지는 않습니까? 그 녀석은 아주 젊습니다. 녀석이 마흔 몇 살에 절 찾아 거리를 돌아다니는 건 바라지 않아요."

닉이 대답했다. "연방법원에서 유죄판결을 받으면 가석방이 허용되지 않아요. 형기를 다 채워야 합니다. 그리고 수형 태도가 모범적이라고 해도 최대 15퍼센트에서 20퍼센트까지만 감형을 받을 수 있습니다. 그러니까 만약 이십 년을 선고받는다면 적어도 십칠 년은 확실히 형을 살 거예요. 주법원에서 이십 년을 더 받으면, 십칠 년을 더 살겠죠. 하지만 정확히 말씀드리기는 어렵습니다. 각 재판을 담당하는 판사가 선고의 재량권을 어느 정도 갖고 있거든요."

"알겠습니다. 상황이 이렇게 모호하고 그놈이 변론의 방향을 바꿀지도 모르니 기뻐하기가 어렵네요. 그냥 그놈에게서도, 그놈의 변호사를 통해서도 팔 개월 동안 후회한다거나 반성한다는 말을 한 번도 듣지 못했다는 말을 하고 싶습니다. 그건 그 녀석이 위험한 사람이라는 뜻이에요."

"이해했습니다."

"형량거래가 이루어졌는데 제가 그 거래가 마음에 들지 않는다고 하면 어떻게 되나요?"

"음, 선생님께는 거부권이 없습니다. 어떤 논의가 이루어지고 있고 어떤 합의가 이루어졌는지 혹은 앞으로 어떤 합의가 이루어질 것인지 피해자로서 알 권리는 있지만요. 그것에 관해 의견을 표하실 권리는 당연히 있고요. 얼마든지 분명하게 표현하셔도 됩니다."

"그것으로 우리에게 영향력이 생기겠군요."

"그럴 수도 있죠. 어느 정도는요."

"그래서 이게 다 어디서 진행됩니까? 언제죠?"

"주법원 재판은 셔터쿼 카운티 법원에서 열립니다. 연방법원 재판은 버펄로에서 열릴 거고요."

"비슷한 시기에 열릴까요?"

"아뇨. 시차가 있을 겁니다. 각 재판에서도 유죄 변론과 선고 사이에 시간이 걸릴 테고요."

"얼마나요?"

"전부 여러 달씩 걸릴 수 있습니다. 내년 중반까지 선고가 이루어지지 않을 수도 있어요."

"제기랄, 느리네요."

나는 전화를 끊으며 생각했다. 나의 사뮈엘 베케트적 순간이 실제로 발생할 수 있어. 그날이 코앞에 다가올 수 있어.

———

내가 센테너리 용기 상Centenary Courage Award을 받기로 한 2023년 PEN 축제는 내게 특별한 의미가 있었다. PEN아메리카와 나는 오랫동안 깊은 관계를 맺어왔다. 나는 'PEN 월드 보이스 페스티벌'의 공동 창시자이자 주관자였으며, 우리는 수십 년 동안 훌륭한 싸움을 해왔다. 불행히도 때로는 그 싸움이 그리 훌륭하지 않은 말다툼에 불과했지만 말이다. 팔 년 전인 2015년 4월, 내가 받게 된 것과 같은 센테너리 용기 상이 프랑스의 풍자 잡지 〈샤를리 에브도〉의 살해당한 만화가들에게 주어졌을 때는, 불쾌할 정도로 많은 유명 작가들이 이 잡지가 이따금 이슬람교를 풍자했다는 이유로 시상에 반대했다.

나는 그 기억을 잊을 수가 없다. 사실 그 잡지는 로마가톨릭이나 이스라엘을 훨씬 더 자주 조롱했고, 프랑스 정부를 잔인하게 풍자했지만, 문학계의 저명인사들은 그 잡지를 이슬람 혐오적이며 국가주의에 젖어 있는 것으로 규정했다. 그중 일부는 〈샤를리 에브도〉를 한 번도 본 적이 없으며, 프랑스어를 읽지도 못한다고 인정했다. 씁쓸한 말다툼이었다. 나의 우정을 포함해 몇 사람의 우정이 망가졌다. 그때도 그랬지만, 지금도 나는 그림을 그렸다는 이유로 무슬림 테러범에게 도륙당한 동료들을 위해 맞서지 못하는 건 도덕적으로 혼란스러워진 것이라고 생각한다. 그러니 나로서는 내게 그 상을 주는 것을 반反샤를리 무리가 어떻게 생각할지 매우 궁금했다. 아마 별로 좋아하지 않겠지. 모르겠다. 그중 누구도 내게 몇 년간 연락하지 않았다. 내가 아는 한, 그들 중 내가 당한 피습이나 PEN상에 관해 논평한 사람은 한 명도 없었다.

이 모든 것이 PEN 행사에 약간의 짜릿함을 더해주었지만, 내 관심사는 그게 아니었다. 그날 저녁이 기뻤던 이유는 이제야 작가들의 세상에 다시 합류해 다시 한번 '나의 사람들'이라 할 가장 가까운 이들 사이에 있었기 때문이다. 나는 자연사박물관에, 고래 아래에 친구들과 함께 있게 되어 엄청나게 행복했다. 그건 세상으로 돌아가는 또하나의 큰 걸음이었다. 그때까지 내디딘 가장 큰 걸음.

축제 연설에서 나는 셔터쿼에서 나를 구하려 한 모든 사람에게 감사를 전했다. "그날 저는 표적이었지만, 그분들은 영웅이었습니다." 나는 '작가들은 물론 책과 도서관이 너무도 광범위하게 포위당하고 있는 이 순간'에 PEN이 얼마나 중요한지도 말했다. 그런 다음 오래된 마르크스주의의 슬로건을 활용해 연설을 마무리했다. 나로서는 꽤 놀라운 일이었다. "공포가 우리를 두렵게 해서는 안 됩니다. 폭력이 우리를 저지해서는 안 됩니다. 라 뤼트 콩티뉘.* 투쟁은 계속됩니다."

(아뇨, 필립. 나는 위대한 로스 선생에게 조용히 말했다. 투쟁은 끝나지 않았습니다. 포스트잇 쪽지는 넣어둬요.)

———

PEN 축제는 낙관주의가 고조된 순간이었고, 우리는 기분이 좋았다. 하지만 친구들의 소식에 마음이 무거웠다. 마틴은 플로리다에서 화장되었고, 이자벨은 앞으로 무엇을 해야 할지 몰랐다. 하니프는 사지에 힘이 다시 생겼지만 손은 그렇지 않았다. 그는 간절히 잉글랜드로 돌아가고 싶어했으나, 그가 가고 싶어하는 물리치료실에 자리가 없었다. 폴은 호흡 검사를 통과하지 못해서 폐 부분 절제술을 받을 수 없었다. 그러니 긍

---

* La lutte continue.

정적인 기분으로 지내는 것이 품위 없는 일처럼 느껴질 정도였다.

며칠 뒤, 나는 A와의 형량거래가 이루어질지도 모른다는 소식을 다시 들었다. 그가 삼십 년에서 사십 년의 징역형을 살게 되리라는 가설은 꽤 현실적이었다. 하지만 확실한 건 아무것도 없었다.

기다리는 수밖에 없었다.

8. 종결?

나는 기다렸다. 봄이 늘어지다가 여름이 되었고, 2023년 여름에는 지구에 불이 붙은 것 같았다. 캐나다에서 일어난 화재가 뉴욕 하늘을 주황색으로 물들였고, 호흡하기 위험한 대기가 되었다. 라스베이거스에서는 기후 관련 기록이 깨졌고, 데스밸리에 치솟은 열기 속에서 사람들이 죽어갔다. 나는 1961년의 SF영화인 〈지구가 불타는 날〉을 떠올렸다. 그 영화에서는 인간의 행위 때문에 지구가 궤도에서 벗어나 태양 쪽으로 곤두박질친다. 어제의 B급 영화가 오늘자 신문의 헤드라인이 되다니. 지구는 한 번도 가보지 못한 곳에 와 있습니다. BBC는 이렇게 선언했다. 물고기들이 바닷속에서 삶기고 있다는 보도가 나왔다.

기다린다는 건 생각한다는 것이고, 깊이 생각한다는 건 대부분의 경우에 생각을 바꾼다는 뜻이다. 내 분노는 희미해졌다. 이 행성의 분노 앞에서 내 분노는 사소하게 느껴졌다. 피습 후 일 년이 흘렀다. 별로 사랑스럽지 않은 이 기념일에, 나는 그 일을 받아들일 때 세 가지 요소가 도움이 되었다는 걸 깨달았다. 첫째는 시간의 흐름이었다. 시간이 모든 상처를 치유해주는 것은 아니었으나 고통을 무디게 했고 악몽은 사라졌다. 둘째는 심리치료였다. 심리치료사 저스틴 리처드슨 박사와 보낸 시간은 말로 표현할 수 없을 만큼 도움이 되었다. 셋째는 이 책을 쓴 것이다. 이런 요소들로 '종결'이 이루어진 건 아니다. '종결'이 무슨 뜻인지, '종결' 같은 걸 발견하는 게 가능한지도 모르겠지만. 어쨌든 이 세 가지 요소 덕분에 나는 피습을 전보다 조금은 가볍게 받아들이게 되었다. 그 결과, 나는 개방된 법정에서 A와 맞서거나 그에게 말을 걸어야 할 필요가 있는지, 혹은 내가 그러기를 원하는지 확신하지 못하게 되었다. '사뮈엘 베케트적 순간'이 더는 필요하다고 느껴지지 않았다.

　아무튼 법은 고통스러울 정도로 천천히 움직였다. 몇 주가 지났는데도 나는 여전히 이 사건이 언제 주법원 혹은 연방법원에서 다루어질지 확실한 말을 듣지 못했다. 마침내 8월에 '헌틀리 심리' 일정이 잡혔다는 말을 들었다. 헌틀리 심리는 검사측이 피고가 체포 당시에 했던 특정 진술을 재판중에 사용하는 것을 금지할지 결정하기 위한 사전 심리 절차다. A의 변호인인 국선 변호사는 〈뉴욕 포스트〉에 실린 (범죄 혐의를 입증할 가능성이 대단히 높은) A의 인터뷰를 배제하려 들지 않을까? 하지만 변호사는 의뢰인을 대리해 증인을 부르거나 증거를 제시하지 않는 편을 선택했다. A를 체포한 주경찰관 재커리 콜빈이 나와서 증언했다. 지역신문에서는 A가 콜빈에게 무대 옆에 가방을 놔두었다고 말했다고 보도했다. 콜빈은 가방 안에 폭탄이 있느냐고 물었고, A는 폭탄은 없으며 칼만 들어 있다고 말했다. 가방이 발견되고 수색되었다. 무기는 칼 밖에 없음이 확인되었다. 그렇다면 A는 칼 여러 자루를 골라서 가져온 걸까? 결정적으로 이상한 점이었다. 강당에 무기를 하나만 가지고 들어오는 건 위험한 일이었다. 무기 여러 개를 가지고 들어오는 건 더 위험한 짓이었다. A는 가방 검사를 걱정하지 않은 걸까? 칼은 몇 자루나 있었을까? A는 칼을 한 자루 이상 사용할 계획이었을까? 아니면 어떤 칼을 사용할지 고르기가 어려웠을까? 즉석에서 한 결정이었을까? 아니면 무엇이든 상관없다는 식으로 아무렇게나 선택한 걸까? 관중에게 칼을 나눠주고 함께하자고 권할 생각이었을까? 나는 이런 질문들에 답할 수 없었다. 어쨌든 피의자에게 유리한 판단은 이루어지지 않았다. 검사측은 재판으로 속행하겠다고 말했다.

재판은 2024년의 정해지지 않은 날짜에 열리게 되었다.

내가 닉에게 물었다. "결국 형량거래는 이루어지지 않고 대신 전면적인 재판이 행해질 거라는 뜻인가요? 제가 그 재판에 출두해 증언해야 하고요?"

"아마 아닐 겁니다." 닉이 간단히 대답했다. "A는 지금도 자기 현실을 받아들이고 두 법원에서 유죄 변론을 시작할 가능성이 큽니다."

그래, 나는 생각했다. 필요하다면 나는 당연히 가서 증언할 거야. 하지만 이제 그것이 시민의 의무처럼 느껴졌다. 그것은 더이상 어떤 욕구를 충족해주는 방법이 아니었다.

나는 왜 생각이 바뀌었을까? 왜 '사뮈엘 베케트적 순간'이 얼마 전에 비해 덜 필요하다고 느끼는 걸까? 살인 공격의 피해자인 내가 나를 죽이려 한 사람과 맞선다는 생각에 최소한 만족스러운 드라마가 내재되어 있는 건 당연한 일이 아닐까? 실패한 살인자에게 할 말을 생각해내는 것쯤은 당연히 할 수 있지 않을까? 그토록 많은 초현실주의적 장면을 쓴 작가에게, 그 장면의 초현실성은 그 자체로 어느 정도 매력적이지 않은가? 그것이 내게 좋지 않을까?

답은 단순했다. '일상적'인 혹은 '현실적'인 삶으로 돌아가는 걸음을 떼면 뗄수록, 나는 이 '특별하고' '비현실적인' 에피소드에 흥미를 잃었다. 지금 나는 계속하는 것, 삶이라는 책의 다음 장을 쓰는 것에만 관심이 있었다. 피습은 그 책의 앞장에 엎질러진 커다란 붉은 잉크 얼룩처럼 느껴졌다. 보기 싫었지만, 그렇다고 책이 망가지지는 않았다. 페이지를 넘기고 계속 나아가면 되었다.

나는 결국 법원에 가서 증언해야 할 경우, A에게 다음과 같은 말을 해야겠다고 마음먹었다.

여기, 우리가 서 있습니다. 무장도 하지 않은 일흔다섯 살의 작가를 죽이는 데 실패한 남자와 그가 죽이는 데 실패한, 이제는 일흔여섯 살이 된 작가가 말입니다. 놀랍게도 난 당신에게 할 말이 거의 없습니다. 우리의 삶은 짧은 순간 서로에게 닿았다가 떨어졌습니다. 그날 이후로 내 삶은 나아졌고, 당신의 삶은 나빠졌습니다. 당신은 형편없는 도박을 했고 졌습니다. 운이 따라준 쪽은 나였어요.

당신을 잘 안다고 믿었던 사람들은 당신이 누군가를 해칠 사람이 아니라고 말했습니다. 하지만 자기들 생각만큼 당신을 잘 알지는 못하더군요. 당신은 이곳에서 암살을 기도한 사람으로 밝혀졌습니다. 심지어 그 일을 잘하지도 못하는 사람으로요. 당신은 당신의 진정한 본성에 대해 그 사람들을 속였지만, 다시는 아무도 기만하지 못할 겁니다. 이제 당신은 벌거벗고 세상 앞에 서 있으니까요.

당신은 눈앞에 펼쳐진, 감옥에서 보낼 수십 년의 세월 동안 성찰을 배우고 당신이 잘못된 일을 했다는 걸 깨닫게 될 겁니다. 그런데 말이에요. 난 관심 없습니다. 내 생각엔 이것이 이 법정에 와서 당신에게 하고 싶었던 말인 것 같아요. 난 당신에게도, 당신이 대표한다고 주장하지만 너무도 형편없이 대표하고 있는 이데올로기에도 아무 관심이 없습니다. 내게는 내 인생과 작품, 나를 사랑하는 사람들이 있어요. 난 그런 것들에 관심이 있습니다.

　내 삶에 당신이 침입한 것은 폭력적이고 해로웠지만, 이제 내 인생은 다시 시작되었습니다. 사랑으로 가득한 삶이지요. 당신이 감옥에서 보낼 나날이 무엇으로 채워질지는 모르겠지만, 사랑은 아닐 거라고 거의 확신합니다. 앞으로 내가 당신을 조금이라도 생각하게 된다면, 아마 별것 아닌 듯 어깨를 으쓱하며 지나칠 겁니다. 난 당신을 용서하지 않습니다. 당신을 용서하지 **않는** 것도 아닙니다. 당신은 내게 그저 아무 상관 없는 사람입니다. 지금부터 남은 나날 동안, 당신은 다른 모든 사람에게도 상관없는 존재가 될 겁니다. 나는 당신의 삶이 아니라 내 삶을 살아서 기쁩니다. 내 삶은 계속 이어질 겁니다.

—

잃어버린 눈에 대해 생각하지 않을 수 없었다. 아무리 침착해졌다지만, 나는 눈을 잃었다는 사실을 받아들이지 못했다. 〈뉴요커〉의 데이비드 렘닉과 이야기할 때, 나는 이 책이 앞서 쓴 자전적 회고록 『조지프 앤턴』과 달리 삼인칭으로 쓰이지 않을 거라고 말했다. 누가 열다섯 번 상처를 내면 그야말로 매우 일인칭으로 느껴지니 말이다. 이건 '나I'의 이야기다. 그리고 지금, 나는 이 이야기가 '눈eye' 이야기이기도 하다고 혼잣말을 했다. 다른 눈 이야기들이 내 머릿속에 출현했다. 나는 E. T. A. 호프만의 무시무시한 모래 사나이를 떠올렸다(닐 게이먼의 샌드맨 캐릭터인 '드림'과는 상당히 다르다). 이 모래 사나이는 타는 듯한 모래를 사람들의 얼굴에 뿌린 다음, 그들의 녹아내리는 눈을 머리통에서 빼간다. 호프만의 작품을 읽으며 나는 세상에서 가장 나쁜 일이 눈이 멀게 되는 것이라고 느끼는 사람이 나 외에도 더 있다는 사실을 깨달았다.

주제 사라마구의 소설 『눈먼 자들의 도시』에서는 눈이 머는 전염병이 이름 없는 도시를 휩쓴다. 그러자 사회적 질서가 붕괴하고, 폭력과 굶주림, 질병, 공포가 이어진다. 몇 년 전에 읽었을 때 나는 이 작품이 특별하다고 생각했으나 결말에 실망했다. 집단적 실명이 시작되었을 때와 마찬가지로 아무 설명

없이 갑자기 끝나고, 모두가 다시 앞을 볼 수 있게 되기 때문이다. 나는 대규모 감염에 관한 또다른 유명한 소설인 알베르 카뮈의 『페스트』의 결말에 대해서도 비슷한 의구심을 느낀다. 이 소설에서도 제목에 제시된 전염병이 그냥 점차로 사라진다. 눈이 하나뿐이게 된 새로운 상황에서, 나는 그런 결말이 전보다 더 불만족스럽게 느껴졌다. 눈이 먼 우리들, 아니면 내 경우처럼 반만 눈이 먼 우리는 눈먼 상태가 그냥 사라지지 않는다는 걸 아주 잘 안다.

신의 지혜와 완전한 통찰을 얻을 수 있는 우물물을 마시기 위해 한쪽 눈을 희생한 오딘도 있다. 오디세우스로 인해 눈이 머는 키클롭스 폴리페모스도 있고……

나는 눈에 관한 이 모든 이야기를 새로운 관심을 가지고 다시 읽었다. 아마 위로 같은 걸 얻기를 바랐던 것 같다. 그러나 위로는 거의 얻을 수 없었다. 나는 신의 지혜를 전혀 얻지 못했고, 키클롭스의 섬인 카프리를 사랑하긴 하지만 사람을 잡아먹는 외눈박이 거인에게 동질감을 느끼기도 어려웠다. 한쪽 눈을 잃었다는 공통점은 있었지만 말이다.

내가 위안을, 심지어 용기를 얻은 것은 픽션이나 신화가 아니라 실화에서였다. 나는 파타우디의 나왑과 크리켓에 관한 이야기를 읽었다. 크리켓 팬이라면 파타우디라는 아주 작고 호화로운 주의 통치자, 즉 나왑인 만수르 알리 칸을 알 것이다. 크리켓 경기를 보는 인도인은 모두 알 것이다. 그는 '호랑이'로, 혹은 잉글랜드의 몇몇 사람들에게는 '신참'으로 알려져 있는 위대한 크리켓 선수다. 정말이지 재주가 뛰어난 타자이자 인도 크리켓 팀 주장이었으며, 끝없는 매력의 소유자로서 샤밀라 타고르라는 영화배우와 결혼했고, 유명 영화배우 사이프 알리 칸과 소하 알리 칸의 아버지이기도 하다. 하지만 그는 겨우 스무 살 때, 걸출한 국제적 스포츠 선수로서의 경력이 시작되기 몇 달 전에 자동차 사고를 당해 한쪽 눈의 시력을 잃었다. 아무리 특별한 재능이 있다지만 외눈 타자가 인도 팀의 다음번 상대였던 서인도제도의 웨스 홀이나 찰리 그리피스 같은 무시무시한 강속구 투수를 상대할 수 있었다니 믿기 어렵다. 하지만 만수르 알리 칸은 실제로 경기에 출전해 훌륭한 성과를 냈고, 주장으로 지명되었으며―당시 알리 칸은 크리켓 경기를 하는 모든 나라를 통틀어 최연소 주장이 되었다―그렇게 영광스러운 이력을 쌓기 시작했다. 나는 '호랑이'를 내 롤모델로 삼기로 했다. 그가 홀과 그리피스의 맹렬한 속도에 맞설 수 있었다면, 나도 쏟지 않고 물을 유리잔에 붓고, 다른 보행자들과 부딪치지 않으며 인도를 건너고, 양눈박이 세상에서 외눈박이 인간으로 기능하는 데 전반적으로 성공할 수 있을 터였다.

나는 누구일까? 8월 11일의 나와 같은 사람일까, 아니면 이제 다른 사람이 되었을까? 어떤 면에서 나는 분명히 변했다. 8월 11일의 내 자아는 절대 운동선수를 롤 모델로 선택하지 않았을 것이다. 그 사람이 아무리 뛰어난 재능을 가졌더라도 말이다. 남들이 지금의 나를 다른 사람이라고 생각하는 것도 사실이다. 사람들은 그 사건이 내 글에 어떤 영향을 미칠 것 같으냐고 묻는다. 어떤 질문자는 나를 니체에 비유했다―그 많은 사람들 중에 하필이면!―니체가 극도의 근시로 고생하면서 글쓰는 방식이 변했다고 말한 적이 있기 때문이다. 사람들은 미적으로나 본질적 사고에서나, 나의 글쓰는 방식에 변화가 생겼을 거라고 생각했다. 누군가 그런 말을 하면 나는 강하게 반응했다. "나는 그 사건이 어떤 식으로도 내가 글을 쓰는 방식에 영향을 미치지 않았고, 미쳐서도 안 되며, 앞으로도 미치지 않을 거라고 믿습니다. 픽션이든 논픽션이든 모든 글의 스타일과 형식과 언어는 그 프로젝트의 요구 조건에 따라 결정되며, 책마다 화려할 수도 간결할 수도 있습니다. ……내가 경험한 것과 같은 폭력적인 행동이 예술에 어떤 식으로 기여하는지는 잘 모르겠군요." 이 말을 하면서 나는 8월 11일 이전의 삶에서 내가 했던 다른 말을 떠올렸다. 그때 나는 사람들에게 "당신이 나에 대해 아무것도 모른다고, 다른 행성에서 도착해 내 책을 받아 읽었다고, 내 이름을 들어본 적이 없고 내 삶이나 1989년에 일어난 『악마의 시』에 대한 공격에 관해 들은 적도 없다고 상상해보십시오. 그렇다면 당신은 내 책들을 연대순으로 읽으면서 1989년에 이 작가의 삶에 어떤 재앙이 일어났어, 라고 생각하지는 않을 겁니다. 책은 책만의 여행을 합니다"라고 말하곤 했다. 당시에 나는 파트와 때문에 탈선하고 예술가로서 망가질 방법이 두 가지 있다고 생각했다. '겁먹은' 책을 쓰거나 아니면 '복수하는' 책을 쓰거나. 두 방법 모두 나의 개성과 독립성을 망가뜨리고 나를 파트와의 산물 이상이 되지 못하게 할 터였다. 파트와가 나를 차지할 테고, 나는 더 이상 나 자신이 되지 못할 것이다. 그러므로 유일하게 진실한 방법, 예술가로서 살아남는 유일한 방법은 내가 가는 문학적 경로를 이해하고 내가 선택한 길을 받아들이며 그 길을 계속 나아가는 것뿐이었다. 그러는 데는 의지에 따른 행동이 필요했다. 그러다가 그 질문을 다시 받게 되었다. 나는 누구였을까? 나 자신으로 남을 수 있을까?

수많은 작가들이 공적 자아와 사적 자아의 분리를 의식해왔다. 오래전 나는 베를린 운터덴린덴의 한 카페에서 귄터 그라스와 커피를 마신 적이 있다. 그가 말했다. "때로는 귄터와 그라스, 두 사람이 있는 것 같아요. 귄터는 내 아내의 남편이자 내 아이들의 아버지, 내 친구들의 친구이고 내 집에 살죠. 그라스는 세상 어딘가에서 소음을 내고 말썽을 부리고요." 호르헤 루이스 보르헤스의 유명한 글 「보르헤스와 나」도 있다. 이 글에서 그는 "보르헤스라고 불리는 자가 이런저런 사건을 겪는 자다. ……나는 나 자신이 아니라 보르헤스 안에 남아 있어야겠지만(내가 중요한 사람이라는 것이 사실이라면), 그가 쓴 책보다는 다른 수많은 책들 또는 힘겹게 뜯는 기타 소리에서 나 자신을 알아본다. ……우리 둘 중 누가 이 글을 썼는지 모르겠다"고 말했다. 그리고 극단적이긴 하지만 비슷한 사례로, 그레이엄 그린은 자신에게 대안적 자아가 있다는 사실을 알아챘다. 자신과 그리 다르지 않게 사회적 환경 속을 돌아다니며 진짜 그린이라고 주장하는 거짓된 자아 말이다. 그는 모르는 여자들에게서 낭만적 만남에 대해 이야기하는 메시지를 받곤했으며, 그가 방문한 적 없는 곳에서 찍힌 다른 그린의 사진이 신문에 실린 것을 보았다. 한번은 칠레에서 그린 자신이 가짜 그레이엄 그린이라는 혐의를 받기도 했다. 진짜 그린과 다른 그린은 한 번도 만난 적이 없지만, 이어지는 이야기에서 그린은 언젠가 호텔에 도착해 체크인을 했는데 다른 그레이엄 그린이 방금 체크아웃했다는 사실을 알게 되었다고 했다.

나는 1989년 이후로 줄곧 이 세상에 맴도는 다른 루슈디들에 대해 불안을 느꼈다. 나 역시 '살만'이자 '루슈디'다. 이렇게 말할 수밖에 없는데, 세상에는 수많은 무슬림이 만들어낸 악마 루슈디가 있다. A가 죽이고 싶다고 생각했던 루슈디다. 과거 영국의 타블로이드 신문에서 만들어낸 오만하고 자기중심적인 루슈디도 있다(지금 이 루슈디는 뒷자리에 물러나 있는 것 같다). 파티광 루슈디도 있다. 그리고 지금, 8월 12일 이후에는 좀더 공감적으로 상상된 '착한 루슈디', 거의 순교자에 가까운, 언론의 자유를 상징하는 루슈디가 있다. 하지만 이 루슈디조차 모든 '나쁜 루슈디'들과 공통점이 있다. 집에 앉아 있는 살만, 아내의 남편이자 아들들의 아버지, 친구들의 친구로서 자신에게 일어난 일을 극복하려고 노력하며 지금도 책을 쓰려고 애쓰는 살만과는 거의 상관이 없다는 점 말이다. 이 모든 루슈디들이 책 자체에 대한 주의를 흐뜨려놓는다. 어떤 면에서, 그 루슈디들 모두가 책 읽는 것을 불필요하게 만든다. 그리고 내 생각에는 그것이 8월 12일 전에, 그리고 8월 12일로 인해 내가 겪은 가장 큰 피해다. 나는 책보다는 내가 살면서 겪은 불행 때문에 유명해진 이상한 물고기가 되었다. 그러니 "그 일이 당신의 글에 어떤 영향을 미칠까요?"라는 질문에 대한 정확한 대답은, 그 일이 내 글이 읽히는 방식에 영향을 준다는 것이다. 혹은 읽히지 않는 방식에. 혹은 둘 다에.

하지만 나는 내가 '살만'인 동시에 '루슈디'라는 점을 받아들여야 한다. 픽션을 만들어낼 때 필요한 낙관주의와 내 소설이 계속 독자들을 만날 거라는 희망(내가 계속 소설을 만나게 될 거라는 가정도 해야겠지만), 여기에 더해 훌륭한 싸움을 이어나가려는 의지를 유지하려면 말이다. 운명이 나를 덕망 높고 자유를 사랑하는 바비 인형으로, 표현의 자유를 상징하는 루슈디로 바꿔놓았다면, 나는 그 운명을 끌어안겠다. 어쩌면 내게는 그것이 '종결'의 의미일지 모르겠다. 현실을 수용하고 그 현실을 가로지르며 앞으로 나아가는 움직임.

———

〈샤를리 에브도〉 살인 사건 직후에 나는 이렇게 썼다. "비합리의 오래된 형태인 종교는 현대의 무기와 결합해 우리의 자유에 대한 실제적 위협이 된다. 종교적 전체주의는 이슬람 세계의 중심부에 치명적인 돌연변이를 일으켰고, 우리는 오늘날 파리에서 그 비극적 결과를 본다. 나는 우리 모두가 그래야 하듯 〈샤를리 에브도〉의 편에 서서 풍자의 예술을 변호한다. 풍자의 예술은 언제나 자유를 위해 독재와 부정직과 어리석음에 대항하는 힘이었다. '종교에 대한 존중'은 '종교에 대한 두려움'을 뜻하는 암호가 되었다. 다른 모든 이념이 그렇듯 종교도 비판과 풍자의 대상이 되어야 마땅하다. 그리고, 그렇다, 종교는 두려워할 필요 없는 불경의 대상이 되어야 한다." 나에 대한 A의 공격의 경우에는 '무기'라는 단어를 '기술'이라는 단어로 바꾸겠다. 칼에는 현대적인 특징이 전혀 없지만, A는 그야말로 '가짜 뉴스의 시대'라고 일컫는 것이 더 정확한, 정보화 시대라는 우리 시대의 새로운 산물이기 때문이다. 집단사고를 만들어내는 거인인 유튜브와 페이스북, 트위터, 폭력적인 비디오게임이 A의 스승이었다. 말랑말랑하게만 보이던 그의 인격은 이슬람 근본주의의 집단사고에 뼈대를 두고, 위의 스승들이 한 말이 거기에 더해지며 생겨났다. 그 자아는 살인자가 될 뻔했다.

존 로크는 이런 말을 했다. "나는 예전부터 인간의 행동이 그들이 하는 생각을 가장 잘 해석한다고 생각해왔다." A의 칼 공격은 그의 내면에 대해 우리가 알아야 할 모든 것을 말해주었다. 재판이야 때가 되면 열릴 것이고, 재판 출석을 요청받으면 나는 나가서 증언할 생각이다. 선고는 선고대로 내려질 것이다. 그런 일들이 더는 전처럼 중요하게 느껴지지 않았다.

———

피습 후 십삼 개월이 지나서 나는 셔터쿼를 다시 방문했다. 나 자신을 위해 해야 하는 일이라고 판단했다. 범죄 현장을 찾아가 내가 쓰러져서 거의 죽을 뻔했던 곳에 건강하고 강한 상태로—최소한 그때보다 건강하고 더이상 약하지는 않은 상태로—다시 서 있는 나 자신을 느껴보고 싶었다. 그곳은 죽음이 나를 겨냥했다가 (아슬아슬하게) 비껴간 곳이었다. 나는 그곳을 다시 방문하는 것이 극복의 의례처럼 느껴지기를, 내가 그 끔찍한 날을 떠나보내는 데 도움이 되기를 바랐다.

"같이 가." 일라이자가 말했다. "이번에는 당신 혼자 가게 두지 않을 거야."

출발하는 날이 다가오면서, 앞으로 일어날 일에 대한 전망이 이따금 나를 내리누르기 시작했다. 내 생각은 계속 과거의 그날로 돌아갔고, 이미 처리했다고 생각했던 커다란 감정들이 다시 차올랐다. 그러다가 또 어떤 때에는 그런 전망이 훨씬 희미하게 느껴지기도 했다. 대수롭지 않게 어깨를 으쓱하며 그 원형극장에 다시 들어갈 수도 있겠다는 생각이 들었다. 그래, 그런 일이 있었지. 하지만 그건 그때고 지금은 지금이야. 여기에는 볼 것이 없어. 그만 떠나자. 나는 일라이자에게 다가오는 일정에 그녀도 기분이 이상한지 물었다. "당연하지." 일라이자가 대답했다. "자연스러운 거야." 나는 일라이자에게 그곳을 다시 방문하는 것이 내게 어떤 영향을 미칠지 잘 모르겠다고 말했다. 깊은 영향을 미칠까, 거의 아무런 영향도 미치지 못할까, 아니면 그 사이일까. "기분이 오락가락해." 내가 말했다. 아마 그 것도 자연스러운 것일지 몰랐다.

"우린 알 수가 없어." 일라이자가 말했다. "가봐야 알 수 있 겠지."

나는 셔터퀴협회의 선임 부대표인 섀넌 로즈너에게 그곳을 방문하고 싶다는 의사를 밝혔고, 섀넌은 이해한다며 도움을 주었다. 모두가 가능한 가장 이른 날짜는 묘하게도 9월 11일이었다. 규모가 훨씬 더 컸던 테러 공격, 세상을 바꾼 또다른 테러 공격의 이십이 주기. 그 끔찍한 사건 앞에서 내 이야기는 그때도 지금도 매우 사소하다. 하지만 내 이야기도 같은 맥락, 종교적 테러의 이야기에 속해 있다. 9·11은 비행기도 칼이 될 수 있다는 사실을 알려주었다. 아메리칸항공11편과 유나이티드항공175편은 치명적인 칼날처럼 표적인 쌍둥이빌딩의 몸을 가르고 들어갔고, 살해당한 그 두 거인의 몸속에 있던 수천 명의 사람들은 나보다 운이 없었다.

나는 한 등장인물이 다른 등장인물에게 "있잖아, 난 정말 9월 10일이 그리워"라고 말하는 연재 풍자만화 「둔스베리」를 떠올렸다. 잃어버린 순수에 대해, 심지어 잃어버린 세상에 대해 그토록 부드럽게 말하는 그 문장이 내 머릿속에 남았다. 지금의 나 역시 나도 모르게 '있잖아, 난 정말 8월 11일이 그리워' 하고 생각한다. 호수 위에 뜬 보름달을 올려다보던 그 태평한 녀석, 곧 새로운 소설을 출간할 예정인 작가이자 사랑에 빠진 남자로 돌아가고 싶은 마음이 너무도 간절하다. 이번의 귀환 여행이 마법처럼 그런 일을 가능하게 해줄까? '종결'이 아니라, 불가역적으로 잃어버린 과거에 대한 깊어진 열망, 칼이 내게서 잘라내버리고 치료할 길 없는 통증만을 남겨놓은 과거에 대한 열망을 일깨워줄까? 어쩌면 나는 모든 인간에게 똑같이 적용되는 견딜 수 없는 사실, 즉 어제는 돌아오지 않는다는 사실과 마주하기 위해 셔터쿼를 다시 방문하려는 것인지도 몰랐다.

우린 알 수가 없어. 가봐야 알 수 있겠지.

9월 11일 새벽 다섯시 정각, 우리의 항공편이 취소되었다. 셔터쿼 방문을 준비하며 여행에 대해 깊이 생각해온 나와 일라이자에게는 감정적 타격이 꽤 컸다. 하지만 우리는 지난 일 년간 훨씬 더 심한 타격에도 잘 대처해 살아남았다. 우리는 여행을 일주일 뒤로 변경했다. 어떤 이유에서인지 새로운 날짜가 원래 날짜보다 우리 둘 모두에게 스트레스를 덜 주는 것처럼 느껴졌다.

떠나기 직전에 나는 A가 형량거래를 거부해 모두를 당혹스럽게 만들었다는 걸 알게 되었다. 그러므로 주법원과 연방법원 두 곳에서 재판이 십중팔구 열릴 터였다. 어쩌면 A는 합리적으로 생각하지 않는지도 몰랐다. 그러거나 말거나, 그가 저지르지 않았다고 주장하는 짓을 저지르는 모습을 본 사람이 천 명도 넘는다. 혹시 심신미약을 주장하려는 걸까? 아니면 이틀 동안 법정에서 사람들의 눈길을 끌면서 먼 곳에 있는 관중을 상대로 근본주의자 영웅 노릇을 하고 싶은 건지도 몰랐다. 어쩌면 다시 생각을 바꿀지도 모르고. 무엇이든 하고 싶은 대로 해. 나는 생각했다. 너는 네 길을, 나는 내 길을 가는 거야.

———

9월 18일 월요일은 내가 마지막으로 셔터쿼에 간 지 일 년 하고도 일 개월 일주일이 되는 날이었다. 우리 둘 다 매우 침착하고 '정상적인' 기분으로 잠에서 깼다. 나는 나보다 일라이자가 걱정되었다. 일라이자는 셔터쿼에 한 번도 가보지 않았으니 그 원형극장을 처음으로 보게 될 테고, 그것이 일라이자에게 강렬한 감정을 불러일으킬 수 있었다. 하지만 일라이자는 그곳에 가는 것이 아주 좋은 생각이라고 고집을 부렸다. "난 괜찮을 거야." 일라이자가 말했다. "그리고 사실 난 당신이 더 걱정돼."

비행기 안에서 나는 문득 A가 구류된 셔터쿼 카운티 구치소가 어디에 있는지 알아봐야겠다고 생각했다. 우리의 목적지인 셔터쿼협회에서 그리 멀지 않다면, 가서 그의 앞에 서고 싶었다. 그냥 그 장면을 내 마음속 눈에 담아두기 위해서 말이다. 나는 두 장소가 차로 십 분도 걸리지 않는 가까운 거리에 있다는 걸 알게 되었다. "가자." 내가 일라이자에게 말했다. 일라이자는 잠시 망설였지만 동의했다.

그날 날씨는 이상하게 상서로웠다. 뉴욕시에는 아침에 큰비가 내렸지만, 버펄로에 도착해서부터 여행의 나머지 기간 동안 밝은 햇살이 비쳤다. 일 년 전의 8월 11일과 8월 12일이 그랬듯 아름다운 날이었다. 마치 우주가 우리를 위해 내가 지난번에 방문했을 때와 같은 환경을 만들어주기로 한 것만 같았다. 그것이 도움이 되었다. 셔터쿼에 폭풍이 치고 비가 왔다면 우리 경험은 달라졌을 것이다. 더 어둡고 불길하고 불편했을 것이다. 하지만 푸른 하늘이 우리를 맞이하고 기분을 산뜻하게 만들어주었다(나중에 공항으로 갈 때 구름이 밀려들면서 비가 다시 쏟아지기 시작했다. 연극적으로 느껴졌다. 우리가 도착했을 때는 낮의 커튼이 열렸다가, 우리가 떠나자 다시 닫히는 것만 같았다).

우리는 목가적인 작은 마을과 촌락을 지났다. 기분좋은 분위기를 망치는 건 트럼프를 지지하는 몇몇 팻말뿐이었다. 우리는 여러 이름의 장소를 지나쳐갔다. 이로쿼이연합의 일부이던, 세네카 민족의 원래 땅인 세네카. 그 지역 사람들이 아프리카 선교 활동을 지원했다는 이유로 19세기에 명명된 앙골라. '정원 같은 곳'이라는 뜻의 에덴. 2차세계대전이 일어나기 한참 전 프랑스 됭케르크에서 이름을 따온 던커크. 그리고 내가 가장 좋아하는 프레도니아. 영화광이라면 누구나 알겠지만, 프리도니아는 1933년에 나온 마크스 형제의 걸작 영화 〈식은 죽 먹기〉에서 그루초 마크스가 지도자가 된 상상 속 나라의 이름이다. 그 영화의 대사 일부가 떠올라 내 얼굴에 미소가 피어났다. 머릿속에 약간의 바보 같은 생각을 잠시 품는 것도 기분좋은 일이다.

아니, 이 보고서는 네 살짜리 어린애도 이해할 수 있겠다. 밖에 달려나가서 네 살짜리 어린애 한 명 찾아줘. 난 도저히 이해가 안 되니까.

하지만 그때, 도로 표지판에 적힌 다른 이름이 우리 눈에 들어왔다. 이리, 펜실베이니아주 경계로부터 30킬로미터. 그 표지판이 해멋병원에 관한 강력한 기억을 불러일으키며 암울한 분위기를 드리웠다.

한참이 지나서야—뉴욕시의 우리집으로 돌아오고 나서야—일라이자는 피습 당일 귓속에 끔찍한 말들이 메아리치는 가운데 비행기를 타고 이리로 가던 기억이 고통스럽게 그녀를 엄습해왔다고 털어놓았다. 이 사람은 해내지 못할 거야. 일라이자는 억지로 그 기억에서 관심을 돌려 오늘에, 오늘이 우리 둘 모두에게 띨 수 있는 의미에 집중했다.

———

구치소는 눈에 띄지 않는 붉은 벽돌 건물이었다. 왼쪽에 경찰 건물이 있고, 구치소는 철조망 뒤 오른쪽에 있었다. 나는

326

그곳의 사진을 찍어 사민에게 보냈고, 사민은 답장을 보내왔다. "너무 평범해 보인다." 그렇다. 정말 그랬다. 하지만 그 건물은 예상하지 못했던 영향을 미쳤다. 서서 그 건물을 바라보며 흑백 죄수복을 입고 그 안 어딘가에 있을 A를 상상하려 애쓰던 중, 나는 바보같이 기분이 좋아졌고, 뜻밖에도 춤을 추고 싶어졌다. "그만해." 일라이자가 경고했다. "난 당신이 여기에 서 있는 사진을 찍고 싶어. 씩 웃거나 깡충깡충 뛰어다니지 마." 우리는 그곳에 오래 머물지 않았다. 그럴 필요가 없었다. 나는 나의 살인자가 되고 싶어했던 인간이 나의 바람과 예상대로 자기 인생의 상당한 시간을 보내게 될 장소를 보아서 기뻤다.

———

셔터퀴협회는 햇빛 속에서 최고의 모습을 보이고 있었다. 주위는 매우 조용했다. 성수기가 끝나서 여름 행사에 참여하러 그곳에 왔던 만 명의 사람들은 떠나갔고, 일 년 내내 그곳에서 지내는 사백 명 정도의 사람들만 남아 있었다. 뒤로는 셔터퀴호가 반짝였고, 여기저기 금빛을 띠기는 했지만 나무는 아직 푸르렀다. 나는 밤에 서서 보름달 사진을 찍었던 장소를 볼 수 있었다.

샤넌 로즈너와 협회장 마이클 힐이 우리를 마중나왔다. 나는 지금이 두 사람에게, 또 우리에게 강력한 감정을 불러일으키는 순간이라는 것을 바로 알아차렸다.

"그 일이 벌어진 후로 매일 당신을 생각했습니다." 마이클이 말했다. 목소리가 갈라지자 그는 덧붙였다. "정말, 정말 죄송합니다."

"그럭저럭 토막 나지 않고 다시 오게 되어 기쁘네요." 내가 말했다.

"여긴 정말 아름답네요." 일라이자가 말했다.

"이곳의 아름다움과 평화로움, 그리고 그 사건의 추악한 폭력성 사이의 간극에 대해 아주 많이 생각했어." 내가 말했다. "어째서인지 멋진 배경 때문에 범죄가 더 충격적이더라고."

"바로 그거예요." 마이클이 말했다. "이렇게 건강해 보이셔서 정말 기쁩니다. 우리 모두가요."

그렇게 시간이 되었다. 우리는 일 년 전에 내가 통과했던 무대 쪽 문으로 원형극장에 들어가 무대 뒤 공간에 잠시 머물렀다. 나는 그곳에서 헨리 리스의 어머니를 만나고 수표를 받았었다. 지금은 검사가 증거물로 가지고 있는, 피 얼룩이 묻은 수표 말이다. 일라이자가 감정적으로 심하게 동요하고 있다는 걸 알 수 있었다. 나도 마찬가지였다. 하지만 우리는 이곳에 할일을 하러 왔다. 문이 열렸고, 우리는 무대로 나가 텅 빈 여러 줄의 좌석을 빤히 바라보았다. 그 좌석들도 우리를 마주보았다.

무대도 비어 있었다. 윤을 낸 마루가 넓게 펼쳐져 있었다. 나는 일라이자를 위해 그 순간을 재현했다. 헨리와 내가 앉을 의자 두 개가 대략 여기, 그리고 여기에 있었다고 그녀에게 알려주었다. 또 입식 마이크가 있어서, 소니 톤아임이 저쪽에서 우리를 소개했다고 말했다. 그리고 A는—내가 처음 보았을 때—오른쪽으로 반쯤 올라간 곳에 있는 좌석에서 뛰어오른 게 틀림없다고도. 저기. 그렇게 그는 빠르게 달려 이 계단을 올라왔다. 여기. 그런 다음은 공격이었다. 내가 쓰러진 곳은 여기쯤이었다. 바로 여기.

나는 그동안 상상해온 일, 꼭 해야만 하는 일을 하고 있었다. 그 자리에—바로 이 자리라고 내가 나 자신에게 말한 그곳에—서 있었다. 고백하건대, 그곳에 서서 나는 약간 의기양양했다. W. E. 헨리의 시 「무적」의 몇 줄을 떠올렸지만 암송은 자제했다. "우연의 곤봉 아래에서/ 내 머리는 피에 젖었으나 수그러들지는 않았다."

그후 나는 일라이자에게 사람들이 나를 다시 여기로 데려왔다고, 그런 다음 얼마나 오래 걸렸는지는 모르지만 들것에 실려 헬리콥터까지 갔고, 헬리콥터는 저쪽 어딘가에 착륙해 있었다고 알려주었다.

마이클이 말했다. "저희가 즉시 구급차를 뒷문으로 보냈습니다. 여기가 작가님이 실려나가신 문입니다."

매우 친절하게도 셔터쿼 사람들은 우리를 그 거대한 공간에 단둘이 남게 해주었다. 그리고 우리는 한동안 포옹을 하고 싶었다. 그곳에 서서 서로를 꽉 끌어안고 서로에게 말했다. 괜찮아. 우리가 여기에 오길 잘했다. 우린 함께 있어. 사랑해. 나도 사랑해. 이건 중요한 일이었어.

그곳에 간 것이 일라이자에게 힘든 일이라는 건 알 수 있었다. 하지만 일라이자는 이제 모든 일이 어떻게 돌아갔는지 알게 되었으니 좋은 점도 있다고 했다. 더는 상상할 필요가 없으니까. 사람들이 일라이자에게 "여기가 작가님이 실려나가신 문입니다"라고 말했을 때, 일라이자는 견디기 힘들었지만 버텼다. 우리는 함께 버텼다. 나는 일라이자가 그곳에 와서 무척 기뻤다. 우리는 서로를 끌어안고, 아무 말 없이 우리가 서로를 위해 그곳에 있다고, 악몽을 헤쳐나왔으니 이젠 괜찮다고 얘기해주었다. 나 혼자 왔다면 완전히 달랐을 것이다—더 슬프고, 덜 긍정적이며, 회복에도 도움이 덜 되었을 것이다.

나는 내게 일어난 일을 이해하는 데 시간이 좀 걸렸다. 처음에 나는 일라이자를 위해 사건의 장면을 재현하고 그녀의 안녕을 걱정하느라 내 감정에 집중하지 못했다. 하지만 그 고요한 곳에 일라이자와 함께 서 있으면서, 어쩐지 어깨의 짐이 벗겨진 것을 깨달았다. 내 기분을 표현해주는 가장 좋은 단어는 가벼움이었다. 하나의 주기가 마무리되었고, 나는 이곳에서 내가 할 수 있길 바랐던 일을 하고 있었다―나는 내게 일어난 일과 화해하고, 내 삶과 화해하는 중이었다. 이 말은 꼭 해야겠다. 나는 새 랄프로렌 정장을 입고 내가 거의 살해당할 뻔한 곳에 서 있었으며…… 완전해졌다고 느꼈다.

"여기 온 게 당신에게는 잘한 일이라는 걸 알겠어." 일라이자가 말했다. "그래서 나도 좋아."

나는 피습 이후 나 자신에게 던졌던 질문을 떠올렸다. 이런 타격에도 우리의 행복은 살아남을 수 있을까? 그곳에, 셔터쿼 원형극장의 무대에 서서 나는 질문의 답을 찾았다. 그렇다, 우리는 불완전하게나마 행복을 재건했다. 하늘이 푸른 오늘 같은 날도 우리가 전에 알았던 것 같은 구름 한 점 없는 날이 될 수는 없다. 우리의 행복은 상처 입은 행복이었다. 그 행복의 한구석에는 그림자가 있었고, 아마 언제까지나 있을 것이다. 그래도 그것은 강력한 행복이었다. 일라이자와 포옹하며, 나는 이것으로 충분하다고 느꼈다.

"여기서 할 일은 다 했네." 나는 일라이자의 손을 잡으며 말했다. "이제 집에 가자."

옮긴이 강동혁
서울대학교 영문학과와 사회학과를 졸업하고 동 대학원에서 영문학 석사학위를 받았다.
옮긴 책으로 에르난 디아스의 『먼 곳에서』 『트러스트』, 커트 보니것의 『타이탄의 세이렌』,
압둘라자크 구르나의 『그후의 삶』, J. K. 롤링의 해리 포터 시리즈 등이 있다.

문학동네 세계문학

나이프

1판 1쇄 2024년 10월 4일 | 1판 2쇄 2024년 10월 25일

지은이 살만 루슈디 | 옮긴이 강동혁
책임편집 백지선 | 편집 최정수 고선향 오동규 이현자
디자인 이혜진 최미영 | 저작권 박지영 형소진 최은진 오서영
마케팅 정민호 서지화 한민아 이민경 왕지경 정경주 김수인 김혜원 김하연 김예진
브랜딩 함유지 함근아 박민재 김희숙 이송이 박다솔 조다현 정승민 배진성
제작 강신은 김동욱 이순호 | 제작처 영신사

펴낸곳 (주)문학동네 | 펴낸이 김소영
출판등록 1993년 10월 22일 제2003-000045호
주소 10881 경기도 파주시 회동길 210
전자우편 editor@munhak.com | 대표전화 031)955-8888 | 팩스 031)955-8855
문의전화 031)955-1927(마케팅) 031)955-2684(편집)
문학동네카페 http://cafe.naver.com/mhdn
인스타그램 @munhakdongne | 트위터 @munhakdongne
북클럽문학동네 http://bookclubmunhak.com

ISBN 979-11-416-0748-7 03840

www.munhak.com